東京物語考

furui yoshikichi
古井由吉

講談社文芸文庫

目次

安易の風　七
窪溜の栖　二三
楽しき独学　四一
居馴れたところ　五七
生きられない　七三
何という不思議な　八九
心やさしの男たち　一〇七
無縁の夢　一二三

濡れた火宅　一三九
幼少の砌の　一五七
とりいそぎ略歴　一七三
命なりけり　一八九
肉体の専制　二〇五
境を越えて　二二一
あとがき　二三九
解説　松浦寿輝　二四六
年譜　二五七

東京物語考

安易の風

記憶に間違いがなければ昭和の二十八年か、あるいは九年に、高校生の私は五反田で小津安二郎の「東京物語」を見た。駅に近い、御殿山から品川へ向かう道路に面した映画館である。正面はコンクリート風だが、道の向う岸から見あげると、上は古めかしい瓦の大屋根だった。当時、映画が終ると私はたいてい駆けるようにしてその場を去ったものだ。遣る瀬なさをまず振り落すためだったか。まだ運動靴などをはいていた年頃である。で、その日も二階の上映室を出て日盛りの窓に目を細め、階段を早足で降りかけると、途中の踊り場で刑事に呼び止められた。

土曜の正午頃に映画から出て来た学生服姿を怪しまれたわけだ。私の学校はその頃から隔週五日制を取っていた。その旨を話すと刑事はすぐに顔を和らげ、私と同じ年頃の息子でもあるのか、どこかわびしげに大学受験の話を始めた。誰も彼も大学へ行くことになって世の中どう変っていくことやら、親は食うや食わずの心配なのに、と歎いた。私も何となく心を惹かれて、馴れぬ立ち話の相手をしばらくしていた。おのずとぽつりぽつりとなる両者の口調に、いましがたの映画の名残りが滴っていたかもしれない。おかしな図である。

同じ東京の小市民とはいいながら、自分のところよりも一段と小綺麗な暮しだな、と高校生の私はまずそういう印象を画面から受けた。戦災の痛手をこうも蒙らなかったら、我家《うち》だって、苦《にが》さもあんなところだったか、とかすかな羨望も覚えた。戦争の打撃によってさらに多くの小市民家庭が、零落の方向にせよ解放の方向にせよ、出来あがり定着しつつあった時代だったかと思う。雑居家族がそろそろ整理され、ひとつの端境期《はざかいき》であった。後の言葉でいう核家族として、簡易にまとまれた家と、なにかの事情でまとまりきれず古い崩壊の傷やら膿やらをまだひきずっていた家と、およそふたとおりあったようだ。「東京物語」中の「東京者《もの》」の暮しぶりは、少年の私の目にはその前者の、むしろ新しい、仕合わせな部類として映ったわけだ。

杉村春子の扮する中年の長女が、母親の葬儀も落着いた頃の或る日、郷里の家で一家揃っての食事の最中に、飯を掻きこんでいた箸をいきなり止めて、もどかしく宙をつつくようにしながら、ああ、あれあれ、お母さんの、あの帯いただくわ、と高っ調子に言った場面が印象に残った。十六、七歳の私にとっても、親族の女たちの間で幾度も目撃した光景のような気がして、まことに得心の行く場面ではあったが、それでもまた一方で、ああもさばさば行くものか、もうすこし粘りはしないか、という訝りはあった。しっとりとした佳作ではあるが、日本映画特有のスローテンポにはじりじりさせられる、とさる学生新聞の生意気盛りの匿名氏は評していた。洋画のほうではたしか、「陽のあたる場所」が評判を呼んだ頃である。あれこそ重苦しい、スローテンポではないか、と私はそちらにも心を惹かれていた。もう三十年近く昔になる。

わたくし、現在四十代なかばの世帯主、生まれて四十何年来の東京住人、新開地の旧地番を中年期から本籍とする男は一体、新しい東京者なのか、古い東京者のなれのはてなのか、それともあんがい、たわいもない反復なのか――。

先人たちの小説の内にさまざまな東京物語をたずねて、おのれの所在を知りたいという欲求が、この文章の始まりである。東京者というのは東京移住者、およびその子供たち、とひとまず範囲を区切る。そうなると関心のおもむくところはまず、そもそもの移住の初め、いかに取り着いて、いかに挫折屈託して、やがていかに居着いたかの身上話となり、それもなるべくは古い、あからさまな形がよろしい。という話になればまた私の念頭におのずと浮ぶのが明治の世の、金沢からの移住者徳田秋聲である。この人をこそ、私は東京物語の主なる祖の一人だと考える。近代の作家をつかまえて祖などと呼ぶのは可笑しいような話だが、東京物語なるものがたかだか百年のものなのだからしかたがない。じつに、祖父から孫までの三代の生涯で楽に覆《おお》える年月なのだ。

とにかく小説の只中へまっすぐに入りたいと思う。折しも葬式、納棺の場面である。そこでひとつの笑いが棺を取り巻く者たちの間から起る。その笑いの、正体にいささかこだわるいわれはありそうだ。作品は明治四十三年発表の「足迹」、その五十章目にあたる。場面そのものは明治三十四年頃と思われる。所は築地、夜には霊岸島の船の汽笛が聞えるあたり、格子戸造りの小瀟洒《こざつぱり》とした家の内である。

「さあ皆さん打著《ぶつつけ》てしまひますよ。」葬儀屋の若いものと世話役の安公とが、大聲に觸立てると、衆《みんな》はぞろぞろと棺の側へ寄つて行つた。

細長い棺の中には、布《きれ》の茶袋が一杯詰められてあつた。冠物《かぶりもの》や、草鞋のやうな物が其端の方から見えた。生前に色々の著物を縫つて著せるのが樂しみであつた人形を入れてやらうか遣るまいかと云ふことに就いて、女の連中がまた捫着してゐた。

「入れないさうです。」と、誰やらが大分經つてから聲かけた。

衆《みんな》が笑出した。

「殘しておいても何だか氣味がわるいやうですから入れて下さい。」とお庄は言つたが、母親は惜しがつた。

「私《わし》が娘《あれ》の片身に田舎へ連れて歸らしてお貰ひ申しますわね。」と、姑も言出した。安公が凸凹の棺のなかを均しながら、ぐいぐいと壓しつけると、「おい來たよ。」と蓋が旋《や》て直《ぴた》りと卸された。

《衆が笑出した》と、変に印象に残る一行であった、と文芸時評家の流儀に従えば、それで済みもすることなのだが。

まず、通夜とか葬式の席で人はあんがいに笑う、ちょっとした齟齬《そご》をきっかけにとかくだらけたような笑いを洩らすものだ、とは一般的に言える。いよいよ納棺の、気の張りつめた間際に、人形のことで、まだ決まりのつかぬことが出てきた。その家の主婦であった故人は生前、子のない淋しさを、人形の衣裳を縫うことで慰めてきた。男たちはそんなことに大して神経もまわらないが女たち、主人《あるじ》の姪にあたる同居人の少女とその母親と、郷里から出てきた故人の母親と、女たちはさすがにそれにこだわる。また悶着、とあるのは、いくらかムキになって議論したというぐらいのところか。周囲の存在をしばし忘れはしたようだ。とにかくそれによって流れはいっとき滞った。儀礼の最中にいきなり妙な間《ま》があくのは、姿勢が保ちがたくなって具合の悪いものだ。大分経ってから、という言葉が笑いの説明とはなっている。入れないそうです、と触れた声には、すこし辟易させられたのを惚《とぼ》けて、頓狂な調子があったのだろう。

ともあれ死者との最後の別れが、生者たちのだらけた笑いに送られるかたちになった。笑い出した箇所につづく、女たちの言葉はこの作家に特有の、後から来る説明、その前の悶着の内容を示すものであって、時間の流れとしては、笑い出してからすぐに、棺の中をおしつけて蓋をおろすところへつづく。男たちの顔には、おそらく亭主もふくめて、笑いの影がまだ残っていたはずだ。これはあまりと言うべきだろうか。

病人は早々に医者から見放されて、それから入院した。身内の者たちもただ死を待つよりほかになかった。そういう事情もはたらいているのだろう。郷里の母親もすぐに呼び寄せられて、三週間ばかり経っているらしい。「孰《どっち》にしたつて死ぬ病人だもんだで、病院に望みはない」、と言い放った四十手前の亭主は細君の入院中にもしばしば外を泊まり歩いて、臨終の時には知人の家で夜っぴき花札をひいて明け方に寝込んだところを呼びつけられた。女たちはいざ葬式の衣裳の仕度に天手古舞《てんてこま》いをさせられていた。しかし、いわゆる頽廃の気とも違う。

「良人《うち》も彼処は、今年が丁度三年目だでね、どうか巧い工合に失敗《しくじ》らないでやってくれ、ば可いと思つてね……三年目には必然失敗《きっとしくじ》るのが、是迄のあの人の癖だもんですからね。」

故人が生前、お庄母娘《おやこ》にそうこぼした。お庄の母親の弟にあたるこの家の主人《あるじ》は、若くから郷里の村を出て、二度も三度もまごついたのちに、お庄母娘の転がりこんできた頃には石川島のほうの会社で、いくらか信用ができて株などに手を出していた。町屋風の家の、青々とした畳に新しい簞笥なども見えて、茶の間の火鉢の近くの壁に三味線やら月琴やらの掛っている、そんな暮し向きである。甲斐性《はたらき》はあるようなのだが、勤めにすこし尻が暖まるとすぐに外の事に手を出す。株のほかにも、鉱山の売買などを勝手にやって、儲けた金で茶屋遊びをする。しかしその羽振りも、細君の言葉から察するにたかだかここ二、三年のことで、その細君の入院する前にはすでに行き詰まり、使い込みで会社を罷めさせられながら堅い手も打たず、いつか投機《やま》のあたることを心頼みに、惰性で遊びつづけている。自身も死病におかされかけていることを知らずにいた。二年あまり後にはやはり手遅れの身を、もう一度上京して盛り返す望みをまだ捨てずに、寄せるあてもない郷里へ運ぶことになる。日清戦争後の景気の下火になったことも、この人物の運命に関《かかわ》ったようだ。

つまり活力もあり度胸もあり、たぶん勤勉でもあり、あるところまでは力ずくでものしあがるのだが、さてそこから堅く守るすべを知らない。守るべきところで、頽《くず》れが出てくる。投機と茶屋遊びに奔《はし》るわけだが、この人物の場合、遊ぶことは遊ぶがさほど淫するほうでもなさそうで、細君との別れ話も起らない。むしろ活力が野放図となり、こらえ性をなくして、一攫千金の欲のほうへつい傾くという病いだろうか。いわゆる頽廃の気とも違うと先に述べたのは、ここのところである。余剰と衰弱から醸し出されるデカダンツではなくて、程《ほど》をわきまえられぬ活力そのものの病いと見える。

この守るすべをどこか知らぬという、頽れへの傾きは、十六、七のまだまだ健康なお庄の体質にも通じるものである。お庄の十一か十二の歳に、両親と子供六人、お庄の一家は東京へ出てくる。山畑をすこしばかり残して、家屋敷と田とを一切売り払ったその金が、そっくり父親の胴巻きにある。山国の村から汽車のあるところまでは馬車と人力車と、峠越えは徒歩で、五日もかかった。途中の温泉場で父親は三日も四日も逗留して、芸者をあげて騒ぎ出す始末で、上野に着くと妻子を先に人力車で湯島あたりの、同郷で縁つづきの未亡人の経営する下宿屋へやり、自身は駅前から姿を消して翌日まで現われない。

郷里で放蕩した父親には東京で新しい世帯を立てるだけの性根もない。楽な稼ぎをあてこんだ行きあたりばったりの暮しがつづいて、やがて郷里に残した畑も売られ、およそ一年半後にはすっかり行き詰まって、妻子を東京に残したまま田舎へ帰ってしまう。一家は縁を頼って分散する。しばらくして上京した身内の口から、父親が郷里のさる傾きかけた宿屋の寡婦のところへ、口ききのようなかたちで入り込んでいるという話が伝えられる。半年ほどしてもう一度上京して、末の子を押しつけられて郷里へ帰り、それきり東京へはもどらなくなる。

その間にお庄は、一度は父親と関係の怪しげな女のいとなむ、浅草は雷門の手前の横丁にある小間物屋にあずけられたが半年ほどで湯島へ逃げもどり、やがて日本橋の堅い家へ奉公に出されるがそこもひと夏で、だいぶ頽れのまわった朋輩に誘われて、浅草の仲見世寄りの静かな町で茶屋づとめなどを始める。五ヵ月ほどもつづいたようで、膝や尻に醜い肉がついたということのほかはさほどの荒《すさ》びもなかったようだが、それでもしまい頃には、暮れに田舎へ流れて行った朋輩のことが心にかかるようになっていた。結局、親類たちに咎められて、身を寄せることになったのが、すでに母親と弟が湯島から引き取られていたこの築地の叔父の家である。

お庄は唯笑つてゐたが、此女の口を聞いてゐると、然うした方が、何だか安易なやうな氣もしてゐた。

これはまだ日本橋の堅いところに奉公していた頃、例の朋輩に茶屋奉公をすすめられかけたときの、お庄のふとした思いであるが、この中の《安易》という言葉には独特の意味合いがあるようだ。たとえば今の箇所のすこし前の、不貞《ふて》た朋輩の話に耳を貸しながら、《お庄も足にべとつく着物を捲し上げて、戸棚に凭れて、うつとりして居た》とある、その姿その体感に通じるものである。頽れるにまかせて流されていく安易さ、その予感のうちにすでにある懈《けだる》さ、と言えば説明にはなる。しかし生活欲の掠《かす》れた倦怠ではない。お庄は若いが上に生活欲の盛んな女であり、その点では滅多に頽れはしない。むしろ生活欲のおもむく、埒を越して溢れ出すその先に、安易の予感はあるようなのだ。秋聲の人物の多くがそうである。生活欲に振りまわされる只中で、行き場に迷う力がふと妙な向きを取りかかり、懈怠に捉えられる。

それにしても今の世の人間に訝られるのはお庄の父親の、桁はずれの無責任さである。

戸主が一人で郷里へ逃げ帰るとは、東京に残された妻子は一体どうなる、と目を剥くのはしかし、核家族方向の世帯の観念にとらわれているしるしであるようだ。お庄の周辺の血縁者たちは父親の逃亡を、呆れ怒りこそすれ、さほど異常なこととも思っていない節が見える。置き去りにされた妻子たちも、それぞれのところに身を寄せて、父親を慕って郷里へ引き揚げようとも思わない。分散は一家の破局でもないらしい。

一方ではまた、お庄母娘の身柄を築地に引き取らせるについて、それまでお庄たちの保護者格であった湯島の下宿屋の女主人は、「彼處には子供がないで、其位のことをするのが當然《あたりまへ》だ」と、今の世の人間が聞いたら周章《あわて》そうな言葉を吐く。株などで儲けて景気が良いんだから、ということがそれに付け加わる。つまり世帯そのものの観念が今とは違う。枠がよほど広くて、はぐれかけた縁者をあっちへやりこっちへやり、出入りも流動的と見える。

こうしてお庄母娘は築地の家に転がりこんで、居候でもなく、当然の家族として居着くことになるわけだが、しかしこの家にしてからが取り着いたばかりの身上《しんじょう》であり、主人の山気《やまっけ》と世の景気とに左右され、一寸先も知れぬ、負けず劣らず流動にゆだねられた、一種の仮り住まいのようなものなのだ。

死者を取り巻くあの笑いもおそらく、そういう流れ定まらぬ空気の中に置いて眺めなくてはわからないものなのだろう。居着きの住人の間と、出入繁《しげ》き外来の住人の間とでは、死者への哀悼すら、質はともあれ形がおのずと異ってくるはずである。老病死にたいする人の心の動きは思いのほか埒もない。その取りとめもないものに形をあたえて質をかろうじて保つのが土地の習慣と歴史、一住民の死さえもささやかな過去として土地の記憶に留めるという暮しの持続であるとすれば、浮動して生きる人間が死者を前にしても感情に定まりのないのは是非もないことかもしれない。これもまた新開の風《かぜ》、荒涼と吹く風のひとつである。今の世の都会人にとっても、いかなる装飾に囲まれていようと、この無縁の風は、身に覚えのない風ではない。

しかしあの笑い、たぶんおもに男たちの笑いの、直接の原因となったものは女たちの確執である。人形を棺に入れる入れないの悶着は、なかなか隠微なことには違いないが、目を吊りあげるほどのことでもなかったのだろう。問題は人形ではなくて、衣裳のことであ る。衣裳をめぐる女たちの執念がその場にゆくりなくも露われた。人形のことにしては真剣であった、と思われる。これには経緯がある。

この故人は地方暮しからの糟糠の妻で、三味線をやったり手は器用だがあまり気働きのあるほうでもなく、抑鬱ぎみで愚痴が多く、亭主の茶屋遊びにただ気を揉むばかりで心を惹きとめる甲斐性もなかったが、そのかわりに倹約家《しまりや》で、自分の着物をせっせと拵えさせては貯めこんでいた。この主婦が不治の病いに身を横たえて、「私も永いあひだ、世帯の苦勞ばかりして來て、今死んで行つては眞實《ほんと》に滿《つま》らない」と唸るように言うのを、お庄は

《心から憎いと思つて》、その顔を眺める。

　お庄の言い分はこうである。郷里で父親はこの叔父と遊びまわっていた頃にも、母親の物を取り出して行った。叔父の学資をもすこしは助けた。傾いた母親の実家の、わずかばかり残った田畑を売って、叔父は学校に通った。その過去のことを叔父自身も妻に言い立てて、お庄の《身につく》物を買おうとしたが、そのつど叔母はいい顔をしなかった、と。

　同居人や居候の言い分ではない。夫婦世帯よりも血縁の枠で物を考える姪の言い分であるが、それ以上に、これは女の言い分である。直接には叔母にたいしてだが、行きつくところは叔父、一家の主人《あるじ》、男に向けられている。主人の男をめぐって、身の先々を配慮されるべきだという点では、主婦とほとんど対等と感じている。

　身につく物というのはもちろん、着る物という意味ばかりでなくて、まさに身につく、女にとって自分のものとしてそれだけが残る財産である。着物の財産価値が今とは違う。しかも家はすでに傾きかけている。そのうちに立派な仕度をしてやると叔父はまだ豪気なことを言っているが、お庄は自分がこの家の一時の景気からほとんど何も身につけられずに終ることになりそうなのを予感している。

　それに病人の母親、これはお庄母娘にとって不倶戴天の敵のごとき存在である。まず、田舎から駆けつけて実の母として悲劇の主役たることを主張する。同居の者たちの哀しみの足らないことを非難がましく言う。それだけではない。この姑がやがて娘の衣裳を調べに家中を掻き回しはじめたことだ。大抵は病人がここ数年の間にまめに拵えたもの、なかにはまだ袖に手を通したこともないもの、お庄の嫁入りの時に譲ると約束されたものなどを、あれこれかまわず、早くも形見として、勝手に片寄せてもいるらしい。娘の身につく物には母親として当然の権利があると思っている様子なのだ。何でも持って行かせたほうがいい、とこの家の主人も見ぬふりをしている。それを口惜しがって眺めていたお庄たちの身にも、病人が亡くなると、故人のこまごまとした物がつきはじめる。

「何《なあ》に間に合うて。今日の午前《ひるまへ》に目を落したつて、葬式《とむらひ》は明後日《あさって》だもんだで……それも紋を染めてゐたぢや間に合ひもすまいけれど、婚禮と云ふぢやなし石無地《こくむぢ》でも用は十分足るでね。それでなけれアお此《この》さんの絽の方のを直すだけれどな」と、病人の容態のいよいよとなった明け方、夜遊びの叔父を捜すよう頼まれて病院から築地の家に駆け戻りながら葬式の衣裳のことを心配するお庄に、奥座敷の箪笥の前で母親は落着きはらって見積りを立てる。それからお庄はまた夜明けの街へ飛び出し、入舟町から中ノ橋を渡って朝濛靄《あさもや》の中に人力車を走らせる。知人の家で遊び疲れて寝たばかりの叔父をつかまえて、俥《くるま》は叔父にあずけて歩いて帰る途中で、家の近所の髪結いにちょっと声をかけておき、朝の八時頃に自宅で髪を結わせているところへ病院から電報が届くと、叔父はまだ戻っていなくて、化粧の仕あげも早々にまた外へ飛び出す。

「何の爲に使をして下すつただか、此方《こつち》ぢや今目を落すと云ふ騒ぎだのに、行けば行たきりで、氣長にお洒落なぞなすつてお出でなさるでね。」すでに霊安室に移された死者《ほとけ》の、母親がくりかえし厭味を言う。

お庄はしまいに笑い出した、とある。あまりのことを言われると笑う癖のある女性なのだ。

葬式までに、こんな緊張関係の中に女たちはあった。お庄にとっては、苦心して前日の昼すぎに仕立てを注文した紋付がようやく出棺に間に合ったところで、それにつけても、放蕩者の亭主に物をなくされた愚痴が母親の口に繰り返される。棺を囲む男たちは当家の主人と、彼が妻の死目《しにめ》にも会わず遊び惚けていた家の主人と、前に当家の主人から融資を受けた安という車屋と、お庄の弟と例の下宿屋の息子の医学生と、郷里から駆けつけた故人の弟と、ほかに大勢でもなさそうだ。主人は故人の親たちに遠慮して葬列には加わらないことになっている。再婚の意を表明することになるからという理由で、おそらくそんな付会よりも古い禁忌の俗習へつながるものと思われるが、ここではただ主人に安易の気持をもたらしただけに違いない。

その前夜の、通夜の更ける頃には、茶の間の隅でお庄の母親が昼間しかけた葬式の支度をまた縫いにかかると、死者の母親は煮物などをつまんで先に休み、静かになった座敷のほうからは男たちの、碁を打つ音が響いてきた、とある。

その安易の寒々とした空気がたぶん会葬の東京者の大なれ小なれ流動に生きる男たちの間にもひろがり、儀礼にも束《つか》ねられず、そそくさと先を急ぐかたちで納棺が進められいよいよ蓋を覆う、ひとまず片のつくその間際に、棺中の死者をふくめて女たちの、男をめぐり衣裳をめぐり生きる真剣さがふいにあからさまになり、どれだけの間かは知らないが、男たちはややたじろぎ、鼻白み、顔のつくりようにとまどい、なすすべもなく見まもるうちに、やがて頓狂のような世話役の声があがって、一同締まりのない、また安易な笑いへほぐれる。

窪溜の栖

母親のゐる家《うち》は、傳通院の直下の方の新開町であつた。場末の廣い淋しい其通には、家がまだ少かつた。出來たてのペンキ塗の湯屋の棟が遠くに見えたり、壁にビラの張られてある床屋があつたりした。

前章で覗《のぞ》いたひとつの東京物語、徳田秋聲の「足迹」の、お庄が小説の結びに辿《たど》り着いた土地の描写である。旧小石川表町だと言われる。現在は文京区小石川三丁目、まず都心のほうに属する地域であるが、明治三十年代末を舞台とするこの小説では、新開町と書かれている。場末と呼ばれている。

家はまだすくなくて、遠くに銭湯の棟が見える。この風景は現在の中年たちにも見覚えがあるはずだ。昭和三十年代の後半から、沿線の遠方がつぎつぎに宅地化されて、つい先頃までの田園のあちこちに借家やらアパートやら建売りやらが一寸の地面も惜んでひしめきはじめたものの、まだ畑や雑木林や泥濘《ぬかるみ》や、土の気のほうが勝《まさ》っていっそう侘しげな雰囲気の中に、いきなり隆々と、あたかも開拓団の本部のごとく、大仰《おおぎょう》な棟と煙突が聳え立つ。今ではそんなものもあまり見られなくなったが。現在私の住まう新開地では住宅の間ですでに廃屋と化した銭湯もある。

お庄の《足迹》は築地の家の葬式のあと、形見分けに、故人の母親の東京見物の案内に日を過して、浮かれたような四十九日の法要も済むと、叔父がまた危い事業《やま》に手を出して、家は京橋の金六町に移り、事業はやはり失敗に終って人の押しかけるようなこともあり、さらに本郷の金助町（湯島の西隣でいまの本富士署の道路向う見当の界隈）の借家に移ってお庄親子は下宿屋をはじめることになる。まもなく叔父の不治の病いが発見され、お庄は下宿人の商業学校生と、男を知り染め、男をほかの女に奪われ、頽《くず》れの出かけたところを、親類の仲立ちで中野新井薬師の門前の料理屋へ片づけられる。ところがそこの内情がまた荒《すさ》んでいて、発育不全みたいな息子は血の繋がらぬ、妾から直ったという阿母《おふくろ》と、それがまた亭主の死後《あと》に引っぱりこんだという親爺《おやぢ》とに反抗して、呑んだくれはする、お庄には粘りつく、あげくは嫉妬に狂ってお庄に刃物は揮《ふる》う。おまけに阿母という人が女さえ見れば嫁だろうと金儲けの種と考える人で、親子騒動のはてに夫婦揃って四谷の親類のところへ預けられたのを汐に、ある大雨の夜、お庄は逃げ出す――持ち物の残りを唐草模様の風呂敷に包んでひそかに人力車に積みこみ、まず近くの荒木町の親類の家に寄って荷物をおろし、そこからは単身徒歩で、「介意《かま》ふもんですかよ。彼奴にさへ見附からなけア可いんだ」とばかり、黒絣の単衣に男物のインバネスを着込んで男物の蝙蝠傘に顔を隠し、風雨の中を市ケ谷の士官学校前から暗い濠端へ、停車場の明かりを右手遠くに見て外濠沿いの一本道を神楽坂下までくだり、飯田橋の揚場町から、その先はいまでは埋め立てられた外濠沿いに、砲兵工廠いまの後楽園遊園地の南を行ったのだろうか、元町というのは水道橋あたりか、そこの水道のわきを通りかかるとき、探しに出た亭主とすれすれに行き違って肝を冷やし、ようやく湯島の親類の、初めて父親に連れられて東京に出た折に身を寄せた、その家に辿り着いてへたりこむ。現在の地図でざっと測ると、およそ五キロの《足迹》となる。まず気丈な女性である。築地の葬式からおよそ二年経っている。

その翌日の午後にお庄が、その間にまた湯島に厄介になっていたのが数日前からよそへ住込みの賄《まかな》いに出たという母親を訪れたのがこの伝通院下の、四、五軒並んだ粗末な新建ちのひとつの二軒長屋である。

新壁の隅に据ゑた、粗雑《がさつ》な長火鉢の傍に、孑然《ぼつねん》と坐込んでゐる母親の姿が、明放したそこの勝手口から直《す》ぐ見られた。臺所にはまだ世帯道具らしいものもなかつた。裏は崖下の廣い空地で、厚く繁つた笹や夏草の上を、眞晝の風がざわざわと吹渡つた。

お庄は母親の隠家へでも落著いたやうな氣がして、狭い茶の室《ま》へ坐込んで日の暮まで話込んでゐた。

この結びの文章が、今はもう昔、初めてこの小説を読んだ、とにかく仕舞いまで辛抱した十七歳の少年の心に残った。これだけが留まった。

さて二十何年目にしてようやく、この土地を訪れようとすれば、伝通院の直下と作中にあるのがさしあたり便りであった。旧地名が小石川表町とは教えられていた。自身は城南の、芝から品川あたりの育ちなので、小石川界隈には馴染みがない。わずかに、この小説を初めて読むすこし前の頃、春から夏にかけて、関口台にある学校に通った縁がある。十五番の都電で飯田橋、大曲《おおまがり》、江戸川橋と行ったものだ。伝通院の名は看板などで目に入っていた。郵政省関係の役所かと最初は思った。

どうしようかと不精者が迷っているところへ、明治三十八年改正の「東京最新全圖」(京は京ともなっている)の、復刻版が手に入った。さっそくひらいて伝通院を探すと、これがなかなか見つからない。家康公の母君の墓所というからよほど大きく、特記されているものと思ったのが間違いで、まことに控え目な文字だった。寺をぐるりと取囲んで表町があった。いや、寺領の内にまで表町とある。これも明治の世か、徳川の忠臣が見たら憤死したかもしれない。おそらく門前すぐの界隈を表町と呼んでいたのが、周囲にも人家が建込んでくるにつれ、そのつど取りもあえず表町と名づけて行ったのだろう。裏もまた表町で、寺を囲み寺を犯し、表町なる名がじつに七つも見える。閑静な霊地周辺が新開の場末と活性化していく、それが時代だったのだろう。

窪みにある静かな町とか、窪ったためにある暗い穴のような家とか、「黴」の中では書かれている。つまり「足迹」の結びがそのまま「黴」の始まりとなる。お庄はお銀となり、やがて弟の葬式のために帰省した母親に代ってその家に泊まりこむ。家には中年に入って行き詰まりかけた独身の文士がいる。加賀は金沢の武家の裔《すえ》と作中からも読める。

町の入口の泥濘が深くて、夜は暗い草の原の小径となり、田舎の街道にでもありそうな松が埃をかぶっている、とある。あちこちに安普請の貸家が立ち並んで、俄仕立ての蕎麦屋や天麩羅屋なども出来ていた、とある。また、向こうの塩煎餅屋の軒明りが暗い広い街の片側に淋しい光を投げていた、などという描写も「新世帯」の中には見える。この小説も土地は同じである。とにかく寺領の、陽あたりのよろしくない北側の、湿っぽい崖下と読めた。

さて飯田橋の歩道橋の上に立つと、すでに途方に暮れたものだ。高速道路に跨がれて風景が昔と一変している。その高速の下に沿い、岸も河床もコンクリートを打たれて濁りの上澄みみたいな水の中に大きな鯉を飼っている川に沿い、昔と町並みがいささかずれているようなのを訝りながら、大曲の手前から右へ折れ、まもなく安藤坂を登る。坂といっても、いまでは市街が切れ目なしに這いあがっているだけのことだ。マンションが多くて、なお建築中のものもあり、坂の勾配の感じを奪っている。下からひとり登っていくと、上からひとり降りてくる、と昔はそんな閑静さだったのだろう。そこを登りつめ、右手から登ってくる富坂を突っ切ったまっすぐのところに、伝通院はある。なるほど山の上からはるか千代田城の方を望んで南面して立つかたちになる。あるいは、墓所であるから、江戸の北側の、いちおうの境と感じられていたのかもしれない。

あたりはまた平坦となり高台の感じはさらに薄い。取りあえず寺の門に向かって左手のほうへ歩き出した。墓地の塀に沿って右へ折れるとゆるい坂道となったが、さほど下らぬうちに尽きたと思われた。その辺からあてづっぽうに右の細い道へ入っていくと、両側に新しい一戸建てやら小型のマンションやらが立ち並び、見当に狂いがなければ寺の敷地の裏手に回っているはずなのに、崖下の雰囲気もない。どこにでもありそうな、起伏もない住宅地の一劃にいるのと変りがない。訝しい心地で進むうちにしかし、右側の家並の間から奥を見通せるところどころがあり、のぞくとなるほど突きあたりが、たいていコンクリートで固められているが崖、崖下となっている。その崖とこちらの道との間に前後二軒おさまっているところもあり、奥の家は玄関から階段でもって崖上の道へ出るようになっている。二階が道の高さになるが、塀に目隠しされているので、そちらからはおそらく崖下の家とも見えないだろう。その道のさらに上もしかし崖のようだった。

また行くうちに左側に小さな児童公園があり、そのむこうから瓦屋根の並びがのぞくので入ってみると、下には細い通りを挟んで下町風に家が密集している。ここもまた崖上であった。にわかにあちこち崖が見えてきた。

崖のいちばん下にあたるところまで来て、印刷やら紙やらを扱う町工場の目に立つ、細長い裏通りを歩いていた。両側の家並はもはや立錐の余地もない。表町という名はいつ抹消されたのか、店の看板などにはまだ残っている。たまに角のあたりに、横長・重ね張りの羽目板やら二階の窓の張出しの手摺りやらの懐かしい、戦前の仕舞家《しもたや》風の家が見えた。小さな、雑貨から食料まで商う店もあり、硝子戸を閉ざしている。全体が仕事場の感じのする通りで、表へはかえって淋しい。活力というものはどうかすると表からは淋しく見えるものだ。「黴」の家に聞えていたような、機械の音も睡《ねむ》たくこもっている。

この裏通りと平行して、やや離れたところを、植物園をかすめて大塚へ抜ける道路が走っている。その対岸つまり北側が白山の高台となる。南側が伝通院のある小石川の高台である。ふたつの高台に挟まれているわけだが、しかし明治の末には高台といってもまだ山、山の面影をよほど残していたのではないか。今よりもよほど逼《せま》っていたのではないか。とすればここはまさに谷である。ビルだの電柱だの、目を紛らわすものはまだなかった。小広いとはいえ谷に暮す心地ははっきりあったかと思われる。風も荒くて、湿気がとくにひどかったはずだ。夜には物音が妙に立つということもなかったか。

また引返してきて東から伝通院の見当へゆるい坂を登りかけると、ささやかな三つ辻の傍に善光寺坂なる立札があり、その角を占める寺が信州善光寺別院という。人の姿のないのをさいわいに本堂の裏手の墓地の中まで入ってみると、ひしめく墓石と卒塔婆のむこうに、塀を隔ててのぞく家がまた懐かしい。屋根は寄棟《よせむね》、その下にさらに長い廂、武骨な樋、なるほどこんな造りを見なくなって久しい。今の家は総じて張出しがすくない、つましいものだ。庭に棕梠らしきものが、まっすぐに莫迦高く育って、葉は大屋根をはるかに越して風にくたびれ、幹は蔦蔓《つたかずら》に太々と巻きつかれてなにやら得体の知れぬ大木に見える。古い家なのだろうが、真四角で大振りな格子の硝子窓には、ずいぶん《モダン》な感じもある。じつに東京山の手の人間は昔から、寺や墓地の近くに屋敷を構えることを忌まなかったものらしい。現在でも麻布や芝のマンションには墓地を見おろすのが多いではないか。旧山の手に住《す》まうとなれば是非もないことだ。山あり谷あり墓あり、これが山の手である。どの家も墓地に向かって窓をひたと閉ざしている。

東京タワーだって旧墓地を踏まえている。六本木あたりでビル工事をやると人骨がぞろぞろと出たという。なにしろ三百年前にはすでに百万都市だったという土地だから死者の数も多い。山の手にはあんがい蝶の類が豊富なのだ、とさる昆虫採集家も言っていた。

墓地の左側は、これはもう、本物の崖であった。石垣の芯にまで湿気が染みついたようで、崖の上下の草木もよそよりは濃い。陰々となまなましく繁茂している。寺を出て石垣沿いにまた登り、細く奥まった人家を過ぎるとまた寺の前に出た。寺であり、お稲荷さんだという。妊娠したお銀が身の先々を占いに、御籤を引きに行った近間の稲荷とは、ここのことであるらしい。境内にあがり、稲荷ならば玉垣というべきか、石の柵に依って見おろすとすぐ下に小体《こてい》な平屋が、玄関をすぐ崖のほうへ向けて閉ざしている。よほど古いようで寄棟の瓦屋根が崩れかけ、シートなどを張って修理中だった。高さとしてはいましがた墓地から見あげた崖の上にあたるらしい。「黴」の主人公たちの栖《すみか》としてもふさわしそうだがあの家は、裏手は崖まで広く笹やら草やらが繁るとあるから、おそらくもっともっと下、幾重もかさなる崖のいちばん下のところと思われる。

本堂の手前から、霊窟《おあな》なる立札に惹かれて右へ折れ、ちょうどまた右手の崖下に来た先の墓地へ目をやっていると、径は左へ回って妙なところに出た。林の中の円い、小広い、窪地である。いかにも窪らしい窪なのだ。その底に人の背丈ほどかそれより小振りの鳥居がいくつも立っている。奥の岩には洞窟があり、のぞくと小さくて白い、蒼いような、瀬戸のお狐が夥くいる。その左手の岩に清水の、小さな滝の跡があり、行場《ぎょうば》にも思えるが、お不動さんではなくてお稲荷さんだ。息を詰めてそろりそろりと通り抜け、向う岸に脱《のが》れて振り返ると、窪はいよいよ窪らしく、おりしも日は暮れかかり、次第に夕闇とともに妖しい気を底から溜めていくように見えた。周辺の祠には十一面観音なども併わせ祀《まつ》られている。崖下にはまた古い人家の屋根がひしめいている。この妖気がもしも、夏の夜更けに窪を溢れ、はるばると崖を流れくだって、「黴」の家まで忍び寄り……。

「こんなに狭くちや、ほんとに寝苦しくて……。」大柄な浴衣を著たお銀は、手足の支《つか》へる蚊帳のなかに起きあがつて、唸るやうに呟いた。

笹村は、六疊の方で、窓を明拂つて寢てゐた。窓からは、すやすやした夜風が流込んで、輕い綿蚊帳が、隣の廂間から射す空の薄明に戰《そよ》いでゐた。

ばたばたと團扇を使ひながら、何時までも寢つかれずにゐるお銀の淡白《うすしろ》い顏や手が、暗いなかに動いて見えた。

ほんとうに蚊の多いところだ。妙なことを想像する間にもあちこち刺されて窪を退散した。これで気も済んだようなので善光寺坂をまた柳町のほうへ下りかかり、登り口の辻のあたりが見えたとき、また面白いことに気がついた。窪よりは薄いが夕暮れが道の上にも降りかけている。すると人の目は地面の起伏を白昼よりもよく見分けられるものらしい。柳町の繁華街から入って来る、表町のほうから出てくる、幾筋もの道の集まるあたりがあきらかに周辺のすでに地卑《ぢびく》な土地よりもさらに一段と地卑になっている。これでは水が集まる。

「私が此處を出るにしても、貴方のことなど誰にも言やしませんよ。」

女は別れる前に、ある晩笹村と外で飲食をした歸りに、暗い草原の小逕を歩きながら言つた。女は口に楊枝を銜へて、両手で裾をまくしあげてゐた。

「田舎へも、暫くは居所を知らさないでおきませうよ。」

印象に残る姿である。このあと、「だけど、もう何だか面倒くさいんですから」という台詞が出る。しかしここまで来てこうして眺めると、銜えた楊枝はともあれ、裾を両手でたくしあげているのは、女の捨て鉢な気持もさることながら、これはなるほど、よっぽどじめつく道であったわけだ、とそちらへ感心が行く。いくらかは明るい柳町のほうから入って来るとすれば心理的に、そんな話が出るのはこの窪地の暗がりあたりだ。ここから先、表町の通りに入ればまた近所の人目を憚かって離れて歩かなくてはならない。

この《泥濘の深い町の入口》で、それから数ヵ月後、寒い雨の降る夜に、男を乗せて行きなやむ人力車が、やはり帰るさの女と出逢う。

「今帰つたんですか。」

腕車《くるま》と擦違に聲をかけたのは、靑ツぽい雙子の著物を著たお銀であつた。

「如何でした。」

「醫者へ行つたかね。」

「え、行きました。そしたら、矢張さうなんですつて。」

如何でした、と女がたずねたのは友人に呼出されて行った男の、別れ話の結着である。自分の身の始末の相談だと女には分かっている。こんな場合にこんな、敢えて他人《ひと》まかせのようなたずね方をする女性もいまどき少ないのではないか。女とのことで義理を欠いて八方塞りになった男は友人の呼出しにもやや忿然として、《窪ツためにある暗い穴のやうな家》を出かけ、いっそ公然と結婚しようかと思う、などと友人の前で一度は見得を切ったものの、「君の考へてゐるほど、難しい問題ぢやあるまいと思ふがね。女さへ處分してしまへば、後は見易いよ。……」といたわられると張りつめた意地が弛んで、何時にない安易を感じた、という。まだ医者に確めもせぬ妊娠のことまで友人に打明けて、心和《なご》んで帰って来たところだ。

それから家で夜中の一時まで、男と女と女の母親と、三人で相談が続く。身を退いてくれるよう、男は穏やかに話を進める。「貴方の身が立たんと仰しやれば、如何も爲方のない事と諦めるより外はござんしねえ。御心配なさるのを見てゐても、何だかお氣の毒のやうで……」と母親もあっさり承知したらしい。やがて腹の中の子の始末について、《輕卒《かるはずみ》のやうな可恐しい相談》が三人の間で囁かれる。笹村の《興奮したやうな目が、異様に輝いて來た》とある。請け合う母親の《目も冴々として來た》という。「だけど迂闊《うっかり》したことは出來ませんよ」と、これはさすがにお銀の不安の声だが、「なアに、滅多に案じることはない」と、これは逸《はず》んだような、母親の言葉である。翌朝目がさめると男の気持はまただらけたようになっている。今朝はなんだか動くような気がする、と女は腹へ手をあてて、男を揶揄《からか》うような目をしたりする。

男は武家の出である。維新もまだ三十数年にしかならない。女も田舎では押しも押されぬ家柄だという。母親も土地の相応の家から嫁いでいる。父親も母方の叔父も、小市民として相勤めては一生かけておそらくその半分も取戻せぬものを放蕩やら時代の変動やらで失っている。

「新世帯」の中の、丁稚奉公で叩きあげて新開地に店を出した、峻《けわ》しいほどの働き者の酒屋の若い主人も、どこか卑しからぬ眉目をしていたとある。勤勉すら何かへの拒絶であることはある。それぞれ旧体制の時代にいささかの素姓を矜った人間たちがこの寺領裏手の崖下の、江戸の都心のほうから来て都市の行き詰まりのひとつであったらしい谷間、いや、それよりももうひとつ奥へ近代になってから開かれた低湿の町に、仮りにも住みついた心地は、どんなものだったろう。

友人の尽力でお銀の体の極《きまり》が漸く著いた、とあるのはもうその翌年の夏、子も無事に生まれてひと月は経った頃である。何事かと思うと、こうである。別れ話がまた持ちあがり、男は仕事場を牛込の下宿に移している。ある日、そこに友人が寄って、男と打合せを済ませて男の家へ、女と話をつけに行く。男が下宿で落着かぬ気持で待っていると友人はやがて戻って来て、あれは一緒になったほうがかえって可いかも知れない、と言う。女の言分に得心させられてきたらしい。さっそく今度は一緒になる条件が話し合われる。一緒になるもならぬも、二人はずっと一緒に暮しているわけだ。家の内はいよいよ世帯らしくなっていく様子も読める。しかしまた、やがて別れるという前提も、その間ずっと、すっかり消えてはいない。

「笹村も、私が何か慾にでも絡んで此家にゐるやうなことを始終言ひますけれど、その位なら私だつてもつと行く處もありますんです。私もこの子には引かされますし、一度失敗《しくじ》つてもゐるものですから、今度またまごつくやうなことでもあれば、それこそ親類に顔向も出來ませんのでござゐます」と女は最初に、別れ話をつけに来た男の友人に訴えている。

友人が条件を携えてまた出て行ってから二時間ばかりして、男は待ちきれずに家へ飛んで帰る。女の冷いような条理は拒むことはできないが、女の心持がしみじみ胸に通ってくるとは思えなかった、とそんなことを言う。家でさらにどんな話があったか知らないが、夜に入って友人と三人で花札が始まる。その最中に女が戯れに乗って友人の手を叩いたりする。

「ああ云ふ輕卒《かるはずみ》なことは愼んでもらひたい」と男は客の帰ったあとで文句を言う。女はあやまって、不服そうにしている。秋口には田舎から女の戸籍が取寄せられ、妻子を東京に打棄てて顧みなかった父親も上京する。父親と母親が男の家の茶の間で何年かぶりに一緒に朝茶を飲んでいる光景なども見える。

これで世帯は成立したというべきか。そうでもないようなのだ。小説はまだ半分までも来ていない。男と女とが、暮しを共にして子も生まれ、細々とした日常がそなわる、それだけではまだ世帯とは言えない。とそのことはよいとしても、籍が入り二軒長屋から門構えの家に移っても、「お前達は丸で妾根性か何かで、人の家にゐるんだ」とか、やがて二人目の子が生まれてもまだ、「貴方にもお氣の毒ですから、方法さへつけば、私だつて如《ど》何《う》しても置いて頂かなければならないと云ふ譯でもないのでござゐます。だけどさアといつて、今が今出ると云ふことにもならないものですから」とか、夫婦別れとはだいぶ趣きを異にした、むしろ長くなった同棲者たちの悶着に近いものが、つまり男女の《爛《ただれ》》がうち続く。当時の女の地位の卑《ひく》さもさることながら、とにかく男女ともに世帯というものを、あたかもそこまで結果として成り立ってきたにすぎぬもの、これからいつ何時行き詰まるとも知れぬもの、いつまでも定まりなきものと感じている節が見える。これにくらべれば現代の夫婦のほうが、《ニュー・ファミリー》でさえも、よほど固定した世帯の観念に守られている。

ともあれ籍の入った翌年の春先に夫婦はこの窪ための家を出て、もうすこし山の手の、本郷へ抜ける通り裏あたりへ越すことになる。日露戦争の景気も始まっているらしい。足かけ二年の間に、新建ちの白い板敷も、瘨症な雑巾がけのあとの、つるつると黝《くろ》い光沢《つや》をもって来た、とある。ここにも、荒木町から湯島までの《足迹》に見たのに劣らぬ、張りつめた女の存在が見える。

ついでながら、「黴」の家の裏手の、崖下に続く笹を切り拓いて、新しい二階家が立ち並びはじめる。それを眺めて、笹村だかお銀だかが、せせッこましく厭味に出来ていると疎《うと》む。おそらくまずお銀の目なのだろう。一戸建ちの二階家なら自分らの二軒長屋よりはよほど広いだろうに、そういう目を保《も》つ女性である。それにしても厭味という言葉には思わず苦笑させられたことだ。合理簡便の居住性というのも、見ようによっては、なるほど厭味なことに違いない。

楽しき独学

東京二世の私には体験のない事だが、遠方に郷里というものをもつ知人たちの帰省話は学生の頃からいろいろと聞いて、そんなものかと心に残ったものもすくなくない。列車が土地の圏内にかかる際に独特な心理があるものらしい。自身の物腰と背つき、それに顔つきまでがおのずと変る、だいぶ老《ふ》けた心地がする、と或る人は話した。頭がなんだか重たくなって、東京で考えていたような物事が考えられなくなる、と苦笑していた人もあった。いまどき、ここもう十何年というもの、帰省のたびに土地の暮しは変貌していて、或る意味では東京よりも変り方が激しいぐらいのもので、新製品などは郷里で初めてつくづく拝ませてもらうことが多い、そんな御時勢であるのに、と言う。

また郷里からの戻り道では、列車が土地の境あたりを抜けたそのとたんに、帰省中にあれこれあった悶着が、まさか消えるわけではないけれど、先々のために反芻しておこうとすると、あるはずの粘りがなくてさらさらと流れ落ちる。さて東京に着けばさっそく、そちらはそちらで中断されていた難事が降りかかってくるはずだが、そのほうもさしあたり、妙に気楽そうに車中に浮いている。物が考えられなくて、やがて眠ってしまう。だいぶして目をさますと、東京者の顔に戻っているそうだ。

都市圏に入って来ると列車の窓のすぐ外を国電が並んで走ったりするだろう、あれを見るといっとき、存在がどんなに楽になるか、都会育ちにはわかるまい、とさる友人が言った。その人は長男だった。

流出はさまざまある中で、こういうのはどちらかと言えば、《高等教育》の筋に依って流出したほうの口の、特徴あるいは特症のひとつなのではないか、と私は勝手に睨んだ。

> 車夫の話が自分のことや家族のことに關係し出すと、榮一は相手にならなかつた。そして、汽車に乗ると勝代の顔も辰男の顔も心に薄らいで、只入江のほとりの古めかしい大きな家の二階にあんな弟妹の住んでゐるのが、憎みも愛もなく顧みられた。

正宗白鳥の中篇小説「入江のほとり」の、もう末尾に近い箇所である。栄一なる人物はこの入江のほとりの旧家の長男で、もう四十歳のほうに近い。四年振りに帰省して、そう長くはない滞在の後、また東京の小さな借家へ戻ろうとしている。殊《こと》に家族の中に交っていると急に歳を取ったような気持になるのが厭だった、とある。汽車に乗るともう弟妹の顔も薄れるとは、先の私の知人よりはもうひとつ進んで、さすが白鳥の手に成る人物である。

弟と妹が今頃は何をしているか、もしも薄情な長兄が汽車の中からちらりとでも思い浮べたとしたら、たぶん二階でそれぞれ机に向かって、英語の勉強に励む姿であっただろう。英語の勉強、それがこの小説の題材のひとつである。英語と入江のほとりの旧家とは、妙に思われるだろうが、切ない取合わせでもあるのだ。妹の勝代はまだ二十歳前で、当時法令が公布されてからまだ歳月の浅い高等女学校を出ているのかいないのか、文中からは定められないが、とにかく学校で英語の初歩教育は受けていて、すでに新しい女学生タイプの、大胆なほうではないのだが、英語かぶれの東京かぶれの娘である。友人たちの先に出ている東京へまもなく自分も出て、英語学校に入ろうと、目下その受験準備中である。学問で身を立てて生涯独身を通すことを夢見る一方で、東京で落第して服毒自殺する姿などを想像する。地元への嫌厭が強くて、それが昂じて恐怖がかったものにまでなり、恐くて外も出歩けない。おかげで、運動不足で胃腸を悪くして将来を心細がっている。

弟の辰男は、こちらは英語の手ほどきを一度も受けたことがない。すべて独習で、辞典文典を頼りにひとりで単語の綴り《スペル》を調べ、ひとりで発音を定め、勝手に課して勝手に綴る英作文が、正規の英語教育を受けた兄弟たちに読ませると、ほとんど意味が通らない。それでも、いくら忠告されても頑として自己流を曲げない。家族ともろくに交わらず、夜々黙々と独習に没頭する。じつはすでに三十歳に近く、地元の尋常小学校に代用教員として勤めている。自身の学歴はおそらく、時代におおよその当りをつけると、明治十九年改正の学制に則《のっと》った尋常小学校四年、高等小学校四年の課程を済ましたと思われる。英語の独習を始めてからもう四、五年になるが、小学校の正教員の資格を取ろうともしない。中学教員の資格を取ろうという望みもなければ、東京へ出ようともしない。長兄の出立は朝方なので、弟はちょうど小学校へ通う頃だったのだろうが、兄としてはやはり、鈍重に机に向かって恣意みたいな英文を綴る姿しか目に浮ばなかったにちがいない。ともあれ、郷里をまた離れるにあたってこの中年の長男の心にわずかに懸ったのはこの二人の、先の知れぬ、英語狂の弟妹のことだけであった。

そのほかに、才次といって栄一のすぐ下の弟がいて、兄に代って地元に残り、家を継ぐことになっているらしい。兄よりも白髪が目立つという。もうひとり良吉といって、これは辰男のすぐ下の弟にあたり、七年ほど前には辰男と一緒に山間の小学校に勤めていたが、その後東京の英語学校を経て、現在はどこかの高等学校の卒業まぎわであるらしい。やはり帰省していたのが、長兄の着く前に郷里を発っている。因《ちな》みに、高等学校令は大正七年に改正公布されている。もう二人、幼い弟妹がいるようだ。両親は健在である。

時代はちょうど、この入江のほとりの村に、来月から電燈が引かれる頃である。そのことが一家の食卓の話題となっている。村まで来れば、付合いでひとつだけは引くが、畢竟無用の事だ、と老父は言う。才次は手間と安全とを言い立ててふたつは引くことをすすめる。良吉もそれに口を添える。辰男はそんなことにも無関心で、ただ東京を知る兄弟たちの口から洩れるイルミネーションなどという英語の、綴りと訳語を考えている。食事を終えるとすぐに二階へあがって辞書を繰る。だいぶ経ってイルミネーションは確められたが、スヰッチやタングステンは見あたらなかったという。試みに独習者の心になって手もとの英和を繰ってみたら、switch, tungsten, なるほど最初の綴りが出にくい。illumination, これなら見つかるはずだ。私自身も哀しくなった。外国語では長いこと似たり寄ったりの苦労をしたほうなのだ。

正宗白鳥は明治十二年（一八七九）生。八年長上の秋聲とくらべると、ずいぶんまた文体が違う。わずかな歳月だが時代の差かと思われる。

生地は岡山県和気郡穂浪村、現在の備前町にあたる。地図で探すと岡山市の東、播州赤穂の西、細く深く切れこんだ入江の奥になる。二百年続いた素封家の長男に生まれ、兄弟たちも国文学者、洋画家、植物学者としてそれぞれに名をなしたという。

作品「入江のほとり」は大正四年（一九一五）四月に発表されている。白鳥は三十七歳になる。かならずしも私小説ではないと思われるが、作者が作中の長兄栄一に自身を擬しているようなので、この辺の年代を、作中のさまざまな年代に当たりをつける目安にさせてもらった。

白鳥の年譜（紅野敏郎氏編、筑摩書房、現代日本文學大系、16）にはこの際、学校歴にだけ目を向けることにして、まず明治十六年に満四歳で尋常小学校に入り、同二十年に高等科に進み、二十五年に十三歳で卒業、地元の旧藩校閑谷黌《しずたにこう》に入っている。明治五年公布の学制では六歳から下等小学四年、上等小学四年、下等中学三年、上等中学三年となっており、それが十九年に改正されて、尋常小学校四年、高等小学校四年となる。創成期の混乱もさまざまあったのだろう。同じく十九年には中学校令も公布されているが、二十三年には全国でまだ五十五校しかなかったという。お仕着せの中上級教育をまだ尊重しない雰囲気が知識人の間にはあったのかもしれない。とにかく少年の白鳥は漢籍を主とした藩校に進み、そこを一年半でやめて、今度は岡山市の米人宣教師の経営する薇陽《びよう》学院というところへ通っている。《生きた》英語を学んだわけだ。それからしばらく独学の時期があって、明治二十九年、十七歳で上京、東京専門学校（早稲田大学の前身）の英語専修科に入学、三十一年に卒業、さらに同校の史学科から文学科に移り、三十四年二十二歳で学校歴を終了している。大体において学制の整備以前の、《私塾》時代の人と見てよいのではないかと思う。

作中の長兄栄一は、学校にいた時分には英語の会話に身を入れ、西洋人の夜学にも通って、一時は大抵の事は自由に話せたものだと語っている。二十ほど年下の勝代も、「實用會話集」などという本をいつも抱えこんでいるようで、やがて西洋の婦人と自在に会話をかわす日を夢見ている。

明治初期の英語教育はもっぱら文法翻訳を事とする、漢文講読に近いものであったらしい。それが二十年代の末あたりから、発音を重んじ英語によって英語を理解させる改革が唱えられはじめたそうだ。改革の波は勝代のもとまで及んでいたのだろう。辰男の独習は、して見ると、古くて自由な兄と新しくて自由な妹とに挟まれ、漢文から継いだ不自由な講読法を孤独に、グロテスクなまでに純粋化させたものである。戦後に至るまで連綿と続いて知識人の教養の骨子をなした講読法を。それを考えるとなかなか、「辰さんはこの英語の意味を理解して居るのか知らん」などと勝代とともには笑えない。

「……（榮一さんは）東京で暮らすよりや田舍に住んで居る方が仕合せだと、よく手紙に書いて來るけれど、自分だつて、一月とも田舍にぢつとして居られんのだもの。……學問した者は、こんな下等な人間ばつかり住んで居る村へ戻つて來たつて話相手はないし、見る者聞く者が嫌になつて仕様があるまい。勝には榮さんの心持がよう分つとるがな。……」

これが勝代の言い分《ぶん》である。ある程度は長兄の心を見透している。東京の学校に出る前に今のうちに墓詣りをしておこうにも、途中で地元の人間に顔を見られるのが気味悪くて、どうしても出て行かれない、外を通る人の声を聞いても気疎《けうと》くなることがあるとい

う。こんな言葉に触れると、都会人というものはかならずしも、都会に出て暮しを定める
までの曲折によって都会人になるのではなくて、地元に居る時からすでに、そのありよ
う、その感じようによって都会人なのではないか、それが流出してくるだけのことではな
いか、と思いたくなるところであるが……この勝代と、家に残る才次との間でこんなやり
取りがある。
半農半漁らしいこの村も近年は漁が思わしくなくて、田地を売って大阪神戸へ出る連中
があるが、大抵は失敗《しくじ》って戻ってくる。貧乏村の銭を持ち出して都会へ捨てに行くのだか
ら村はますます貧乏になるばかりだ、と才次は憤る。寺の住持さえ神戸へ投機に出かけた
まま帰らぬありさまで、おかげで寺も墓も荒れて、法事はともかく葬式の出た場合のこと
を人は心配している。それにつけても才次には都会へ出る家の者たちにたいして一言も二
言もある。出て行く以上は、先の土地に一生落着いて、行き詰まっても戻って来ぬよう、
きっぱり極《き》まりをつけておかなくてはならぬ、都会住《ずま》いをした者に頼られては村で質素に
暮す者が迷惑する、また、そんなことでは共倒れになる、と言う。
「それは利己主義ぢやがな……」と勝代は責める。
「どうせ皆なが利己主義ぢやから、初めからさう極めとくに限るんぢや……」と才次は払
う。

家に居ついて自立しそうにもない辰男の身の始末についても才次は、別家させるにして

も実家からすこし離して家を建てることを考えている。すぐ近くだと良きにつけ悪しきにつけ嫉みあって煩《うるさ》いものだ、と言う。昔はすぐ地続きに建てたものだが、今時はそうは行かんじゃろう、と母親も反対しない。家の兄弟にはそんな下等な人間はありゃすまいに、と勝代はまた不満を洩らす。

このやりとりを見ても、流出者と残留者との、どちらが近代という時代に立ち向かわせられているか、古い遺産にどちらが精神的に依存しているか、いちがいには決められないものだ。また長男の栄一と次男の才次との間にこんなやりとりも見える。

お互いに四十に近い歳を語り合ううちに栄一が、一生の好きなことをやってみるのは今のうちだ、と言う。金を活かして使うのも今のうちのような気がする、と。そのことなら自分のほうがいっそう本気で考えている、と才次は話に乗り出す。老父が財産を自由にさせてくれれば村で興《おこ》したい事業のことを、弟は考えている。兄は、旅行のことを思っている。二、三年西洋に行ければ越したことはないが中国でも朝鮮でも、あるいは内地でも端から端までゆっくり旅行してみたい、内地なら千円もあれば足りる、と。漱石の「道草」の中では遠国から帰った大学教授の主人公が、この入江の物語から十二、三年前の話と思われるが、つきまとう少年時代の養父を、最後に三百円の要求を突っぱねて、百円で縁切りにしている。

弟の才次の心を鬱屈させているものは、封じられた中年男の活動欲ばかりではない。行き詰まっていく地元全体の暮しへの焦《あせ》りもある。近辺の内海では魚の種が年々尽きるばかりで村同士の漁場の悶着が激しくなる、漁師の中には先の望みを失って百姓に転じる者もあるがそれでは満足にも暮せない……。

「しかし、此處いらの奴は皆な身體は強いし、随分過激な勞働には堪へるんだから、智慧と資本のある者が先へ立つて使つてやれば役に立つんだが……」

「そりや何處でもさうだ」

それはどの土地でも同じことだ、とこの長男がしたのと似たような答え方を、いかに多くの知識人たちが、行き詰まった地元《ローカル》の現実を一般へ紛らわして身ひとつ逃げるために、自他に対してつぶやいてきたことだろう。辰男の処遇については、英語を楽しみにして一生通せるのなら好きなようにさせておいたらいいじゃないか、と栄一は言う。傍の者に迷惑を掛けないのだから、と。さしあたって迷惑は掛けないが、同じ櫃の飯を食っていると、自然に傍の者の気を悪うすることがある、と才次は困惑をあらわす。おれも家にじっとしていたらああなっていたかもしれないよ、と兄は笑って話をそらす。

お前はあれが他人に通用するとでも思っているのかい、とその栄一が辰男の英語の独習を、頭ごなしにきめつける。黙って聞く辰男の目に涙が浮んだとあるが、それは自尊心の痛みばかりでもないらしい。自作の和文を、辞書を繰って一言ずつ英語で埋めていくのがこの男の日課であり、ほかにすることもない。それを絹糸で綴じた洋紙の帳面に綺麗に書き留めておくのだが、英語を正規に学習した者から見れば、単語の羅列でしかない。しかし辰男自身それが《正格》の英語でないことは常から承知しているという。中学教師の検定試験を受ける了見もない。だいたい、面白いのかと聞かれれば、英語の勉強を自分で面白いとも面白くないとも感じたことがないのだという。

この辰男の存在の、地元に居ながらの孤絶の深さは、地元への嫌厭のあまり外が恐くて出歩けない勝代の比ではない。長兄に誘われて裏山に登り、島の名や山裾の村のことをたずねられても、辰男にははかばかしくも答えられない。まるで他郷を見渡しているようで方角も取れなかった、とある。かえって兄に島の名などを教えられ、思い出させられるが、それも英作文の課題としてしか心を惹かない。海上を鳥が五、六羽、群れ飛んでいる。それも鳶だか雁だか、見分けがつかない。ただ《ブラックバード》と名づけて満足し、さらに《飛ぶ》にあたる動詞を思案する。まさか、鳶と雁との識別がつかないとは考えられないが、しかし鳶にあたる、雁にあたる、英単語が知識の内におそらく、存在しなかったのだろう。そこへ black bird なる文字が浮んで、目の前に飛ぶ鳥たちを呑みこんでしまう。いわゆる《ブラックバード》ではない。ただの黒い鳥である。

この山の上で兄から英語の独習を手痛くけなされるわけだが、その帰り道に、住持の不在によって荒れまさる墓地に二人して立ち寄り、祖母と妹の墓に詣るとき、《目が窪んで息の臭かつた妹の死際の醜い姿》を、まざまざと胸に浮べるのは、郷里をも都会をもひとしく厭うふうな兄ではなくて、出奔などつゆ思いも寄らぬ弟のほうなのだ。

疎いのは裏山からの眺めばかりでない。十数町隔てた小学校へ通うほかは、春にも秋にもほとんど一歩も家の門を出ないという。二階にある自分の部屋からも滅多に顔を出さないので、平生、雨戸一枚外の景色にも馴染みが薄い。窓の外どころか、階下の父親や兄の部屋にさえ年に一度足を入れることがあるかないかで、中の様子もよく知らない。そんな状態がすくなくとも五、六年は続いているらしい。

この無用者が郷里にまた厭いた長兄の出立の前夜に、ひとり二階の机の前で屈託して居眠りするうちにランプを押し落して火を出す。しばし茫然として、焼跡となった屋敷を目に浮べ、それから何年も動かしたことのない机を次の部屋まで引っ張り出して火を叩き消していたところへ家の者が気づいて駆けあがり、一同大騒ぎするあいだ、ひとり後退りして薄暗がりに突っ立ったままでいる。火の消えたあと家族の詰問にも口を開かず身も動かさず、あげくには相手にもされなくなり、階下で興奮して話しこむ家の者たちの声の静まりかけるのを待って忍び足で厠へ降りてまた二階へ逃げもどり、火と水の跡の隅に夜着を被って横たわり、どうやらこれで英語の独習も奪われることになったような、これから先の長い夜々の時間の空虚を想って眠りに就き、村一面が焔の海となる夢を見る。

翌晩、出立を一日遅らせた長兄は、新しいランプに火も入れず暗闇の中にいる辰男を無理やり呼びつけて、あきらめて百姓になるよう迫る。それはやれないことはありません、と辰男は意外にはっきりとした返事をする。しかし百姓をして米や麦を作っても面白うないから、と答える。面白くないも何も、と兄はさらに迫りかかるが、それは西洋の草花でも造れば綺麗で面白かろうが、という兄の言葉尻をとらえて辰男はいきなり、

「花なら自然に生えてるのが好きぢゃ。山に居つた時分に植物の標本を些《ちっ》とは集めたことがありました」

この返事に兄が植物採集のほうへ話を逸らされてしまうのが、東京者の関心の中途半端さを露わしておかしいところであるが、この採集がまた奇怪なものなのだ。二、三百種も集めたが標本としては役に立たないので焼いてしまった、なぜなら名が分からないから、自分のほかには誰にも分からないから——つまりここでも自分勝手に、命名していたという。それでも兄には今夜に限り、この弟がまんざら低能児とも変人とも思われない気がする。それでもまた弟の容貌をつくづく眺めて、他人から慈愛《いつくしみ》を寄せられそうなところのまるでないその愚鈍らしさに目をそむける。不平があったら言えばいい、と最後に優しくたずね、そんなこと他人に云っても仕方ありません、とまた意外な拒絶に会って声を尖ら

せるもののやがて、「勝は學校を出てお金を取れるやうになつたら、辰さんに上げるつもりぢや、勝は利己主義は嫌ひぢやから」と横あいから妹に口をはさまれて、辟易して引きさがる。

お前はそんな頑丈な身体をしているし、辛抱強いのに、と栄一は辰男に畑仕事をすすめるときにそう言っている。農村型の体軀であったらしい。またかつて鼻を患ったこともあるという。

存在の病いというものには、内因あるいは心因と見られる場合でも、おのずと環境の力は働いているという。都会型と農村型があるそうで、これはよほど古い生活類型に基づく説だとは思われるが、前者は妄想の内容が豊富で（つまり豊富すぎるわけだ）人格の解体も急激であるのにひきかえ、後者はすべての点で緩慢で変化にも乏しく、年々の暮しの単調な反復に障らぬぐらいのものだが、長年の間にわずかずつ進行して茫然の色を深め、立ち行かなくなった時にはすでに周囲へつながりを失っている。それでも外見は自然な年の寄り方とたいして区別もつかず、黙々とした営為の手をふと停めて、周囲をまたしらじらと、他郷のごとくに見渡す……。これを、私はいまや大都会型の病いと思う者なのだ。

かりに辰男のような人物を、粥でも啜れるぐらいの田地を分けて別家させるかわりに、そっくりそのまま東京のアパートへ移したとしたら——それはすこしの差で考えられる事だ、時代の変化が、学校制度がそれを可能とする、そのまま中高年に至ることだってある、個々人を中心に見れば大都会はあんがい内実の動きに乏しいところだ――人知れぬ陥没の呻きが、二階の窓あたりから聞えて来はしないか。無数の辰男たちの、さらに持越されてその子たちの、その孫たちの。今の世にある東京物語の、わびしい主役たちの前身を、私はこの物語のこの人物の内に見た。これも都会人の《祖》の一人である。

居馴れたところ

「それは利己主義ぢやがな……」

これが「入江のほとり」の家の娘、英語好きの女学生かぶれの、東京志向の勝代のおハコであったらしい。おそらく女学生の間で流行《はやり》の、まず口癖に近いものだったのだろうが、この台詞が自身は土地の人間の声を聞くのも気疎《けうと》がっているくせに、地元に留まって土地全体の生活の行詰りを憂慮する次兄の、他処へ出て行く者たちは郷里の資産を頼りにせずにそれぞれの暮しに責任を持たなくてはならぬという、自立の要請に対して吐かれたという理不尽さは注目に値することであった。

それは利己主義だ、というような非難は現代の人間にとって、すでに耳に疎いものとなっている。たまさか古い小説の会話の中などでそんな言葉に出会うと、いったん通り過ぎてからオヤと振返らされる。時代錯誤の感をとっさに受けるのだが、どこでどう、どちらが錯誤しているのか、新しすぎるのか古すぎるのか、しばし分からない。こういう生硬《なまかた》の新造話の消長俗化の跡を辿ったら、ずいぶん面白いのだろうが……。

こちらは大正期の正宗白鳥の、いわば近代の知識人たちの母胎のひとつみたいな地方の旧家を扱った小説であるが、明治期の徳田秋聲の、一介の新開地の酒屋の主人を扱った小説「新世帯」の中でも、いきなり《個人主義》などという言葉に出喰わして、今の世の読者はびっくりさせられる。

《獨立心と云ふやうな、個人主義と云ふやうな、妙な偏《かたよ》つた一種の考が、丁稚奉公をしてから以來《このかた》彼の頭腦《あたま》に強く染込んで居た》とあり、何事かというと、《一體が、目に立つやうに晴々しいことや、華やかなことが、質素《ぢみ》な新吉の性に適《あ》はなかつた。人の知らない處で働いて、人に見著からない處で金を溜めたいと云ふ風であつた。どれだけ金を儲けて、何れだけ貯金がしてあると云ふことを、人に氣取られるのが、既に好い心持ではなかつた》ということなのだ。

時代は明治三十年代で、新吉なる男は北国のかなりの家柄の出身らしいが、家が零落したようで十四の歳に立志伝に刺激されて東京へ飛び出し、十一年間日本橋新川《しんかわ》の酒問屋に奉公して、小石川表町に酒、醬油、薪炭などを、新開地の零細な客相手にあきなう新店を出したところである。《取著身上《とつつきしんじよう》》の、とにかくけわしいような働き者で、店がようやく軌道へ乗りかけたところへ酒屋仲間の調子の良い口ききで、八王子のずっと手前の在から嫁が来る。婚礼といっても男のほうにはさしあたり身寄りもなく、世話役の朋輩一人と、仲人夫婦と、むこうは新婦とその兄と叔母と、七人が店の二階で盃をかわすだけのことで、火鉢が借り物ならば新郎の衣裳も借り物、料理と引出物は朋輩が仕出しであんばいして、その日も午後まで働いて三時すぎに新郎は床屋と銭湯に行き、家に戻って店の表戸を入口だけ閉《た》て残して待つうちに、時計が七時を打つともなく、静かな新開の町の宵をゴロゴロと、遠くから腕車《くるま》の音が近づくという次第であるが、そのささやかな仕度の費《つい》えさえすでに新郎の苦痛となっている。強《あなが》ち金が惜しいばかりではない、という。個人主義云々の箇所《くだり》はそのあとに来る。

「私の個人主義」という講演が、大正三年に夏目漱石によってなされている。明治年間から知識人にとって、個人主義というものは一大問題であり、また危機でもあったのだろう。現代の人間にとっても依然として、インディヴィデュアルという観念は、生活の原理として、なかなか身につきにくいものがある。それと比べれば、小石川表町の酒屋の主人の個人主義とは、《と云ふやうな》という辞が添わっていても、新造語のやや逸脱した、俗化拡大された用例と言うべきなのだろうが、しかし「新世帯」なる小説を読み進むうちに、なるほど個人主義とは、この主人公の生き方をあらわすのに、ふさわしからぬ言葉ではない、とうなずかれる節々が見えてくる。用語としてはたしかに不穏当なのだろうが、その言葉のあらわすべき実態の、荒涼はこの男のほうにあるのではないか、と。

個とはつまり、これ以上は解体不可能の存在のことだ。過程《プロセス》から言えば、解体されるべきところまで解体されたということである。平たく言えば、孤《ひと》りになってしまったということだ。しかし働き者でなくては生きられない。そのつどの勤勉と甲斐性とによって、そのつど世間と繫がっている。この緊張がゆるめばたちまち孤立者の、倦怠と頽廃に侵蝕される。貯えもまだいくらもない。こんな婚礼の仕度にも、店を出してから喰うものも喰わずすこしずつ溜めた金を、あらかた吐き出してしまわなくてはならない、と「新世帯」の若い主人は婚礼の夜に、世話役の友人が勝手にしつらえたささやかな振舞いにも眉をひそめる。

もはや解体の涯《はて》と思われていたものがさらに解体されていくのは、歴史の示すところであるが、さしあたり、店頭での掛売りを一切しない新開の町の酒屋というものは、おそらく当時としては、これこそ《孤獨》と呼ぶべき存在であったのだろう。それにくらべれば、個人主義に悩み、孤独の認識を誇る知識人たちのほうが、多くはひとたび得られた帰属に守られたその分だけ、生活の荒涼から免れていたのではないか。「東京物語」ならぬ、「個人主義物語」があるとすれば、むしろそんな観念もなげな流入者たちの、懸命な《取著《とつつき》》の物語のほうに、端的にうかがえるのかもしれない。

正宗白鳥もそんな身上《しんじょう》の、外目にはささやかな変移を描いている。こちらは甲州出身の夫婦の取り著いた八百屋の物語である。土地は電車通りに面して、乳母車を押して行けるほどの近さに琴平さまがあり、霊南坂の奥に一軒飛び離れた得意先があり、隣の理髪店の本店がほど遠からぬ溜池にあるというから、たぶん虎ノ門の近辺、飯倉のほうへのぼる旧市電通りかと思われる。店にはバナナだの枇杷だの夏蜜柑だの、《水菓子》も綺麗に並んでいる。そこの看板がいつのまにか、八百清から八百信に変る。そして新しい棚が造られて缶詰や罎詰も並び、以前よりも上等の果物が置かれるようになる。代替りかと思って店の内をのぞくと、見馴れた主婦《かみさん》の顔がある。

「死者生者」は大正五年、作者三十八の歳に発表されている。「入江のほとり」の翌年にあたる。作中の年代も、作者が前年に甲府出身の女性と結婚していること、作品の発表の頃、虎ノ門界隈から坂上にあたる、飯倉のあたりに越していることなどから、ほぼ同じ時期の見聞から来るもの、と見定めて良いのではないかと思う。

「入江のほとり」とくらべるとよほど、《客観小説》となっている。これもまたずいぶん粗い造語であるが、筆致を見るとそうとでも呼ぶよりほかにない。外からの目、と言えばよいか。家の内側に踏みこむときでも、ある距離と、枠が保たれる。とにかく堅固な文章である。自然主義の成功作のひとつなのだろうが、しかし自然主義思想の波及よりも先に、すでに伝統として存在していた堅固さ、芝居などに見られる非情さに近い心性なのではないかと思われる。ついでながら、この作品にしても秋聲の「新世帯」にしても、それぞれに堅固な《客觀體》を備えているが、どちらの作家の場合も後年、自己の文章を展開させせるにつれて、表現の精緻さは得たかわりに、堅固さは失っている。多くの文豪たちが同じ道をたどったようだ。《客觀體》の底にある非情さの、さらに根もとにあるものは、階級なのではないか、と私などは睨む者なのだが……。

電車通りがあり桜並木があり、街燈の点く頃にはこの界隈も涼しく、碁会所あり柔道道場あり玉突場あり、数軒隔って理髪店があり、その隣が八百屋だった、というような出だしである。床屋の隠居が紹介され、支店を繁昌させて兵役中の次男へ渡す楽しみが語られ、八百屋のほうも次第に面目を改めたとあり、絶え間なき栄枯盛衰と言って、いつでも銜《くわ》え煙管《きせる》で店先にいかめしく頑張っていた薬屋の老人が、忌中の簾《すだれ》の掛ったのを境に姿を見せなくなり、さらに八百屋の看板が……というような運びである。まず反《そ》っ歯の下女があらわれる。

……二十を少し過ぎたくらゐな女盛りで、派手な浴衣に紅い襷を掛けて、笑つてゐるやうな顔してゐても、生地の醜さは隠されなかつた。で、通りすがりの縁のない人からでも、をり〳〵は侮蔑の目を向けられた。

「でも一生懸命に磨くと見えて些《ちつ》とは綺麗になつた。初めて見た時にやまるでお化見たいだつたが」と、床屋の隠居も獨りでさう思つてゐた。

といった姿をもって序章は終り、この《些とは綺麗になつた》という皮肉がじつはなかなか、やりきれぬ内容を含むことが後になって読めるわけだが、さて本題に入ると時は一年ばかり溯って、甲州から来て商売に取り著いた八百屋の主人《あるじ》が、歳は三十で店がようやく軌道に乗りかけた頃に、胃癌らしい病いに罹る。若い頃は芝の露月町で奉公していたのが、その店が潰れたのでいったん郷里に戻り、地元の女と一緒になって、夫婦して再度上京したものらしい。

不断粗《まず》い物ばかり喰っているから病気になる、と隣の床屋の職人たちは噂する。あの主婦《かみさん》は慾にかけては恥も外聞も構わないのだから、と憎んで病人を憐れむ。しかし以前は夫婦して汗水垂らして稼いで、日々の上り高を計《かぞ》えては励み合っていた仲であった。病気になった主人に、里心がつく。あれほど熱心だった今の商売を厭うようになった。それを主婦は腑甲斐なく思って、時として手酷《てきび》しく叱りつける。田舎に家や田地があるわけでなし、誰がお膳を据えて待っているものか、と。第一、出て来た時のことを考えると、見窄《すぼ》らしい様をして帰る気になれないじゃないか、と。そう言えば、「新世帯」の酒屋の主人も、どうしてまた七年も八年も郷里に帰らないのでしょうねと訝る細君に、一度行けァ一月や二月の儲けはフイになっちまう、と剣突を喰らわしている。

粥を啜っても先祖の地で安穏に暮したい、と病人は思う。こんなに患って故郷を慕って帰って行く自分を古馴染みたちが見殺しにはしない、女房だって稼業に気を取られているので自分の苦痛を十分に憐んでくれない、と。主婦のほうは上京の初志を貫くことに頭が一杯で、どうやら死相さえ現われていそうな亭主に、心を向ける余裕もない。全体に横幅が広い三十歳手前の女で、身づくろいも構わずやって来た。

いったん東京へ出て来たからには仕上げなくては郷里に帰れないという意地は流出者に一般のものなのだろうが、しばしば女たちのほうをより強く繋ぎ止めるようだ。郷里に所在を失ったという認識が、あるいは男たちの場合よりも持続するのかもしれない。また恥の事柄がより微妙に、より決定的に、ほとんど肉体的にからむことが多いのだろう。それに、意外な順応性ということもある。秋聲の「足迹」の中の、自身の意志で上京したわけでもなく、おまけに一人郷里へ逃げ帰った戸主に見捨てられたかたちの、若いお庄ばかりでなく、その老いた母親でさえも、甲斐性《はたらき》に乏しくて親類の厄介になって暮しているくせ、上京したてには新建ちの借家の粗末な流しに驚いたものなのに、二、三年もすると、郷里へ戻ることなどまるで考えなくなる。

隣の職人が窓から覗いたところでは、八百屋の二階には畳も敷いてないそうだ。そこで下女のおてつが寝起きしている。ある夜、病気の主人がそのおてつのいる二階で寝たいと言い出して聞かず、主婦は呆れながら自分の寝具も天井の低い黴臭い部屋に運びあげて、三人並んで寝ることになる。

「氣が利かなくつても、おてつが來てくれてから、おれは餘程氣丈になつたぜ。どう云ふものだか、おれはこの頃は夜中に目が醒めた時に、誰と云ふことはない知つた人間を思出すんだ。三人でも四人でも知つた者が側に寝てゐてくれればいゝと思ふことがあるよ。」

死を前にして孤独の中へ追いこまれた人間の心を表わすものとして、これ以上の言葉もすくなかろうが、下女の存在については、開店以来おそらく四、五年にして、この下女が最初の使用人だった、という単純な事実へ目をやるべきなのだろう。いままで日々に稼業のためにわたり合ってきた大勢の人間たちは、《知つた人間》の内にはむろん入らない。下女とても来たばかりでその内には入れがたいはずなのだが、《身寄り》ということに関しても、追いつめられた感じ方がここにある。

病気のせいだか妙なことを考える、と主婦は怠《だる》い笑いを浮べる。

「それで二階に寝る氣になつたのかい。おてつの側に寝るのがいゝの。病氣するとそんな好奇《ものずき》なことが考へられるのかね。」

なりふり構わず奮闘する女の、いささか虚を衝かれた困惑の返事としてもふさわしいのだが、下女に《ものずき》云々の受取り方にはたしかに、すでに気怠《けだる》いものがある。秋聲の作品に見た、勤勉な生活欲そのものの中にふくまれ、その真只中にあらわれかかる頽《くず》れと、同質のものと思われるが、わずかながら時代の差か、あるいは作者のより知的になった目の違いか、一段とあらわに、やや穢く描かれる。

店を畳んで郷里へ帰るのが望みの病人がやがて細君の要請に折れたかたちで、主人の従弟にあたる二十二歳の青年が郷里から呼び寄せられる。信造は一月も立たぬ間に肥桶《こえたご》の臭いを落して角刈頭のきびきびした目鼻立ちの若者になった、とある。都会の人間などは、ある意味ではすぐに造られるものだ。やはり来てもらって良かった、と主人はその後姿に見入って頼もしがる。あの人はもう田舎へ帰る気はちっともない、と主婦も青年のことを自分で得意がって、それにつけても、丈夫になれば面白い商売がどしどし出来るんだと病人の尻を叩く。

この青年が二階に、下女と一緒に寝起きさせられる。それによって下女の様子に、当然のこと、変化があらわれる。化粧に気づかいはじめたことのほかに、のろい神経もいくらか鋭敏になって周囲のことが多少痒くも痛くも感ぜられ出した、とあるのでどういうことかと思うと、私でさえたまにお腹の疼《いた》むことがあるんだから親方はああまで痩せるまでには随分疼みが酷《ひど》いんだろうと思うと気の毒でならない、といまさらその程度のことで、それまでの物の感じなさが知れて可笑しいようなものなのだが——若い二人を二階に寝かすことにさすがにこだわって、いくら物好きでもあの女じゃあねと病気の亭主に逆酬されていた主婦が、やがて夜中に二階へ神経を凝らすようになり、自分も身づくろいに気を配り出す。

「島田にでも女優巻にでも好きなやうに結ふがいゝさ、お前さんにはよく似合ふだらうから。」

おきくは揶揄《からか》つたが、おてつの髪を結ふ餘裕など與へるどころか、自分のしてゐた臺所仕事も大方はおてつに働かせた。病人の肌着でも下帯でも自分のまでも、おてつに洗濯させるやうにした。汚らしいくらゐ何でもなかつたけれど、主婦が身仕舞に氣を取られ出してから、前よりも仕事が忙しくなるのがおてつにはつらかつた。

このような関係、このような変化、そしてこのような作者の目である。そのうちに主人の病いが重り、苦しい時には念仏を唱えるようになる。何か外の事を云ったらいいじゃないか、陰気でいけないよ、と主婦は顔を顰める。女でお前のように信心気のないものはない、と病人は責める。この家には神棚も仏壇もないことがこの箇所《くだり》で知られる。

何糞、こんな病気ぐらいと元気を出して御覧な、と主婦はすでに死相もあらわな亭主に、まだそんなことを言っている。

そのうちに、《いけ好かない主婦《かみさん》》と、隣の床屋の職人たちが蔭口をきき出す。愛宕下の女郎屋へ夜遊びに忍ぶ男たちの帰りをたまたま押さえた主婦が、朝夕顔を合わせるたびに、意味ありげな笑いを送るせいだが、男たちはあまり取合わずにおいてあとで、主婦《かみさん》は毎晩二階へ匐って来るのかもしれないぜ、などと下女を焚きつける。下女もさすがに夜中に目敏《めざと》くなる。噂はいつのまにか青年の耳にも入る。驚いた青年は、田舎へ帰りたいと主婦に申し出る。事の次第を察した主婦はまんざらでもなさそうで、私でさえ見窄《みすぼ》らしい様をして故郷へ帰るのは死んでも厭だと思っているのにお前さんは何も出《で》かさないでのこのこ帰る気か、と叱りつける。本当に力になってお呉れな、私はどうしてもやり通すつもりだから……と口説く。主婦が噂に驚いていないのを見て、信造の心にも多少の安易が得られた、とある。

病状がさらに進んで、病人は頭を丸めたいと言い出す。お前も頭を剃れ、と女房にからんで大騒ぎの末に、床屋の職人を呼んで皆で相談の上で一分刈りにして、ようやく気の落着いた病人が念仏を唱えて眠りこむと、主婦と信造は隣の部屋の火鉢に寄って話しこむ。だけど、身装《なり》ふりなんぞどうでもいい、うんと稼がなければならない、とまた商売のことが語られる。私はそう思っているから、信ちゃんも若い女なぞに目を移さないで、お金を儲けることに一心になってお呉れと、おきくは歳よりも若いと信造に言われてとろけかかった心を引締めて真顔で言ったとあるが、これこそすでに睦言《むつごと》である。千や二千の金の出来るまで目を瞑《つぶ》って辛抱してくれろ、と「新世帯」の主人《あるじ》も新婚の床の中で妻に口説きかけている。そのような睦び、生活欲と愛欲とがひとつに融け合ったものしか、ここにはあり得ないのかもしれない。

「南無阿彌陀佛」病人の幽かな寝言に、二人は目を見合わせて微笑した、とある。

やがて信造が二階から夜具を運びおろし、階下で病人と主婦と、三人で寝るようになる。病人は自分のいざという時の用意かと疑心を抱き、また、夜中に目を開けて見てると信造の大きな身体が目障《めざわ》りになって仕様がない、と苦痛《つら》がる。信造は信造で病人の悪臭に悩まされて寝つかれない。やっぱりおてつの側の方が寝具合がいいのかい、と主婦は信造をからかいながら、信造をおてつから引き離して傍に置いていることに、この女だけが、安心を覚えている。

ある夜、すやすやと眠る女を挟んで、男たちの間でひそやかな言葉がかわされる。

「信造……」

「苦しいのかい。」

「おれは今さう思つてゐたのだが、おれが死んだら、おきくが何と云つてもお前は故郷《くに》へ歸れ。」

「あ、おれも田舍の方が呑氣でい、と思つてるよ。」

主人の死んだあと、信造はどうしても階下では寝なくなったとあり、死者への義理立てかと思うと、おてつ一人が階下に寝るようになった、とある。おてつは二人の汚れ物の洗濯までさせられながら、何処へ行ったって同じことだから居馴れたところにいる、と言って店に留まっている。一生懸命に磨いたおかげでちっとは綺麗になっているわけだ。

八百屋の看板の書換へられたのは、春になつてからだつたが、自轉車の赤い文字の「清」が消されて「信」となつたのは去年の秋の末頃だつた。

これは作者の技巧の凝縮したようなところで、こういう箇所に触れると小説好きは、分けはあまり判からなくても、得心のカタルシスみたいなものを覚えさせられて困るものだ。主人の死んだ秋頃から、実質上の代替りが内から順々に進んだ、とまずそんなことなのだろう。自転車は御用聞きに飛び回る信造の第一の商売道具であり、上京してまず習い覚えさせられた利器だということも併わせ考えるべきなのだろう。店にとっては男手の象徴《しるし》でもある。あるいは、ただの嘱目《しょくもく》なのかもしれない。しかしこの一文の内に潜む経緯を想像して、眉をひそめる神経質な人嫌いの読者もあるだろう。おそらく、醜事としてもはっきり形をなさず、けじめもあいまいに、馴れから馴れへと、旺盛な生活力を保ったままその底でなしくずしに流れ移っていくような、何事もなげな変動のありように。赤い文字のあらわさが、かえって目にこたえはしないか。

それにしても作者の関心がどうやらそんな《榮枯盛衰》よりも、感じるものも感じずに居馴れたところに居る下女のおてつや、職人たちに撲られても撲られても痛みが引けばけろりとして脇見をする床屋の小僧の、薄い存在のほうへ惹かれているらしいのは、興味深いことだ。

生きられない

彼はまたいつとなくだん〳〵と場末へ追ひ込まれてゐた。

葛西善藏の短篇にもこんな冒頭のものがある。私小説の色あいが濃いようなので年譜からあたりをつけると、四谷荒木町、麴町山元町、牛込弁天町と渡り歩いて、同じ弁天町のもうひとつの住まいに腰を落着けたところらしい。

下宿である。樹木の多い場末の、軒の低い平家建の薄暗くじめじめした小さな家、とある。小官吏の後家さんらしい四十なかば見当の上《かみ》さんが田舎者の女中を相手につましくやっている。部屋数は六つ七つあり、貧乏な学生たち、若い勤め人の夫婦者、無職の予備士官などがいる。終日暗い部屋に閉じこもりきりのこの中年予備士官のところへ、近所の安淫売が出入りしたりする。やがて男は腸閉塞で病院へかつぎこまれて死に、脊髄のほうも悪性の梅毒に侵されていた。夫婦者も細君のほうが胸を病んでいるらしい。勤めから帰った男が大事にいたわっている。

低い崖の下にある。崖の上は、やはり墓地の藪となっている。囲いの朽《くさ》った蓋のない掘井戸が崖下にあり、そこからポンプで水を汲みあげて、上に寺の湯殿があり、若い女の笑い声なども聞えるという。下宿屋の地所も寺の所有になる。夏場に近づくと大きな藪蚊が朝夕にふえる。病人の絶えない家のようで、主人公もまた午後からは不快な熱に、夜には重苦しい夢になやまされている。

孤獨な彼の生活はどこへ行つても變りなく、淋しく、なやましくあつた。そしてまた彼はひとりの哀しき父なのであつた。哀しき父――彼は斯《か》う自分を呼んでゐる。

「哀しき父」大正元年の作で作者は二十五歳、実際に四つになる男の子と生まれたばかりの女の子と、二児の父であった。一年ほど前まで、郷里から妻子を呼び寄せて九ヵ月ばかり東大久保――こちらはまだ田圃などもあり郊外と呼ばれている――のほうで暮していたが、生活に行き詰まって、身重の妻と子をまた郷里へ帰し、ひとりで下宿を転々と移ってきた。

作中では一児の父となっている。そして自身を孤独な詩人、すべてから執拗に自己を閉して小さな世界に黙想する、冷たい暗い詩人と呼んでいる。そして町で季節柄、金魚を目にすることを恐れている。子のことを想わせられるので。

微笑ましいような、まがまがしいような、子の夢を見たりする。親族たちの寝ころぶ部屋の中を子がたった一人、ムクムクと堅く肥えて、ゆるやかに張った腹を突き出して、威張った姿勢をして、手を振って大股に歩きまわっている。お抱え医者らしい男に、鷹揚な口をきいている。

不幸な孫の世話をする郷里の老母が手紙を寄越す。孫は洋服を着たいと云ってきかない、そしてお父さんはいやだ、何にも送ってくれないからいやだと云う、と。

どうか、そんなことは云わさないようにしてください、私はあれをたいへんえらい人間にしようと思っているのです、と父親は郷里の老母に返事を出す。私はいろいろだめなのです……どうか卑しいことは云わさないようにしてください、などと。

子供のもとに帰ろうと心の動くときもある。もっとも高い貴族の心を持って、もっとも元始の生活を送って、真実なる子供の友となり、兄弟となり、教育者となりたい、と。

けれども偉大なる子は、決して直接の父を要しないであろう、とまた思いなおす。

十八枚ほどの好い短篇である。最後に主人公はある朝、起きがけに、血を吐いたように読める。自分もこれでライフの洗礼も済んだ、これからはすこしおとなになるだろう、とその後でもたらされた精神の安静の中で、そんなことを思っている。

結晶した表現であるしるしに、読者はさまざまなものを作中から、欠点と思われる箇所からも、読み取ることができる。たとえば親の不在というような分析も許されるだろう。

親が子のようになり、子が親のようになる、という父子逆転のけはいすら、夢のくだりからは感じられる。しかしここでは次の点にだけ目を向けておきたい。作中では郷里で子の面倒を見ているのは主人公の老母ということになっている。一粒の子と、一粒の孫とを保護するためにこの世に生まれてきたような女、とある。また、かろうじて医薬によって支えられていた彼の父の三十幾年という短い生涯、という言葉から、父親は物故したと読める。ところが作者の生涯ではこれが逆で、母親は作者の十五の年に、四十歳で亡くなっている。父親は健在で作者の結婚した前年に、みずから再婚している。また作者自身も一粒種などではなくて、二人の姉と、一つ違いの弟があり、この弟が破産寸前の家業を継いで、一家の屋台骨であるらしく、作者の子もこの弟のところに引き取られていたように、この作品の六年後に書かれた「贋物」の中からは読める。

葛西善藏について、私は長年ひとつの思い違いを続けてきた。もう二十年近く前になるだろうか、あるとき年譜に目を通して呆れたものだ。大の《無頼派》とも見られる男がのべつ、毎年のように、郷里へ戻っている。それもただの帰省ではなくて、再三東京で行き詰まり、生活を畳んで逃げ帰る。そして郷里で暮すうちに、親類たちに迷惑がられ邪魔物にされ、本人も閉塞を来たして、また東京へ舞いもどる。それの取りとめもない反復ではないか。そう鼻白むのは都会育ちの人間の妬みのようなものだが、さらに都会人にありがちの偏見がはたらいて、その逃げ戻る先の実家というものを地方の素封家か、かなりの地主、すくなくとも居着きの安定した農家、のごとくに思いなしていた。年譜をよく読めばわかりそうなものを、じつにもう固陋な思いこみであった。

《哀しき父》の素性が、富裕の生まれでなければ安堵の育ちでもなく、土着の出身とも厳密には言いがたいという、作中からも読めそうなことをいまさら知らされて、また呆れているありさまだ。《放浪の詩人》などとも文学的には言われるようで、地主階級出身のロマン派を連想させるが、善藏の父親がすでに、土着から流動しかけた生涯を送っているようなのだ。善藏二歳の年に一家をあげて北海道へ移住、という記述が年譜（榎本隆司氏作製、講談社版、日本現代文學全集、45）に見える。三年後に青森に戻り、さらに五所川原村に移り、父親は呉服太物の行商をしたりした、とあり、また六年後に、父親は鉄道運送業を始め、一家は碇ヶ関《いかりせき》村の停車場前に移った、とある。この家業は続いてやがて善藏の弟の手に継がれ、秋田の鉱山町、小坂町で営まれていたようだが、善藏二十八の年に倒産騒ぎがあったらしい。その頃のことを扱った「贋物」によれば、父親は次男から月十円の仕送りを受け、自分で小商いをして小遣いを稼ぎ、継母が果樹畠で真黒になって働いて、暮しを立てていた。家屋敷まで人手に渡った、とある。善藏三十四の年には継母が亡くなり、老父は郷里をひきあげ、先に東京に出ていた次男のところに身を寄せ、翌年その東京で亡くなっている。

善藏自身がまた青森で半年ほど丁稚奉公をしていたという。それから十五の年に上京して、新聞売子をして夜学に通う。街の艶歌師グループに身を置いたこともあった、と年譜に見えるのは、どういう事情だったのだろう。その年、実母を亡くし、翌年北海道に渡っている。岩見沢で鉄道従業員として車掌をつとめた、とある。さらに営林署に働いたりして約二年間を北海道で過したという。これはなかなか、文学的彷徨などと片づけられるものではないはずだ。

すでに二代目、流動二代目、というような言葉は通用するだろうか。とにかく善藏の小児少年の頃から、一家の暮しは土着というよりは流動の中にあったようだ。秋聲や白鳥の作中に見てきた人物たちよりもまた一段と、解体と孤立の進んだ存在と言えそうだ。また後年、結婚して子たちまでなしながら、妻子をあずけ、自身も再三逃げ戻った《郷里》は、東京の暮しにすさんだ心身を片隅にでも受け容れて休息させるだけの、堅固さをすでに失っていた、とこれはすくなくとも言える。

《個》として孤立したので、都会の一隅に自力で堅実に取り著こうとする、生活者のけわしさが一方にはある。しかしまた一方には、《個》の中でさらに解体の進んでいく場合もあるわけだ。「贋物」の中に父子のこんなやり取りが見られる。

屋台骨の次男が破産騒ぎのあと取引先から帳簿まで監視されるような状態の中で、再度の逼迫をかろうじて支えているところへ、長男が東京でまた行き詰まって、「光あるうちに光の中を歩め」の、更生への熱い想いを抱いて戻ってくる。しょうことなしに父親は次男から月々受けていた仕送りを長男に回すかたちで、村はずれのぼろ家に長男一家を住まわせることになる。そこで父親は息子の了見を問いただす。もし俺たちがてんで構いつけないとしたら、お前は一体、妻子をどうするつもりだったのか、と。それに三十歳近くの息子はこう答える。

「私はその時は詮方ありませんから、妻を伴れて諸國巡禮に出ようと思つてたんです。私のやうなものでは所詮世間で働いて見たつて駄目ですし、その苦しみにも堪へ得ないのです。尤も妻が一緒に行く行かないと云ふことは、妻の自由ですが……」

「乞食をしてか、……が子供はどうするつもりか？」

「子供等は欲しいと云ふ人に呉れてしまひます」

「フーム……」老父は默つてしまつた。

自家《うち》の兄さんはいつ見ても若い、ちっとも老けないところを見ると、お釈迦様という人もそうだったそうだが、自家の兄さんもつまりお釈迦様のような人かも知れないねえ、と働き者で皮肉屋の継母は笑う。

だからあなたもいっそ帰ってなぞ来なければよかったんですよ、どう気が変って帰って来たんでしょう、と細君は責める。親たちがどんな生活をしているかもご存じなしに、自分ほど偉いものはないという気でいつまでも自分の思い通りの生活をして通したほうが、あなたのためにはよかったんでしょう、と。

大正四年のことであるらしい。善藏はその年の三月に帰郷して、碇ヶ関を北へ大鰐のほうに向う途中の、唐牛《かろうじ》という土地に百姓家を借り、妻子四人を呼び寄せる。そこの暮しも小説からするとだいぶ早く行き詰まりかけたようで、妻の入院などもあったらしいが、十一月の短期上京の後どういう経緯をたどったものか、翌年九月には妻子をつれて上京して、牛込天神町に住まうことになる。「哀しき父」の牛込弁天町以来、単身で本郷東竹町、駒込吉祥寺、本郷弓町、麴町永田町（ここからは妻の実家へ離縁状のごときを送っているらしい）、それから郷里と、移り歩いてきたその末であるが、この牛込天神町もまもなく、またまた行き詰まる。

翌大正六年の八月、家賃滞納四ヵ月の敷金切れとなり、細君に末の子を付けて郷里へ金策にやったところが、音信はなく為替は届かず、やがて家を追い出され、二人の子をつれて夜の街をさまようことになる。その次第を書いたのが、「子をつれて」である。年譜によれば、細君を帰したのが八日で、家を出されたのが十一日とあり、どうも、たいそう押しせまった話である。

作中では十日が期限で、その日までに立退かぬ場合には如何なる処分をも受けるとの証文を取られており、三百（代言、代理人）が毎日家をのぞきに来る。狭い庭の、朝顔を旺盛に這わせた古板塀のむこうが、これまた墓地だという。十日の昼頃まで、主人公は居ながらに為替を待っている。三百にまた催促されてから腰をあげ、夏の日盛りを家探しに出かける。屋敷町のだらだら坂をくだり、七円どまりの貸家をもとめて、電車通りのむこうの、谷のようになった低地のあたりまで足を運ぶ。そこを二、三時間も歩きまわって手頃な家を見つけ、わずかばかりの手付けを置いて、晩に越してくることにして帰る。ところが翌日の午後にもまだ越せずにいる。夜になりようやく、三百に押しかけられぬうちに、残った少々のものだけ提げて、尋常二年の男の子と七つの女の子をつれ、八時に家を出る。繁華な通りへ向かい、まず空腹なので、電車の停車場近くのバーに入る。たぶん神楽坂を下って、旧牛込駅前まで来て策が尽きたのだろう。

年譜では十一日に早稲田南町に家を借りて荷物だけ置き、二人の子をつれて、小石川新諏訪町の愛晟館に宿を取る、とある。その南町の家に入るまで、それから十二日間もかかっている。

……何處からか、救ひのお使者《つかひ》がありさうなものだ。自分は大した贅澤な生活を望んで居るのではない、大した欲望を抱いて居るのではない、月に三十五圓もあれば自分等家族五人が饑《う》ゑずに暮して行けるのである。たつたこれだけの金を器用に儲けれないといふ自分の低能も度し難いものだが、併したつたこれだけの金だから何處からかひとりでに出て來てもよささうな氣がする。

この口調を、嫌う人はたいそう嫌うだろう。また作者ないし主人公の、結構な育ちを誤解させかねない言葉でもある。小児的な発想、ひいては人の小児化を、見て取ることもできるだろう。しかしいかにも呑気そうで、なかなかつらい自己諧謔は成している。

主人公は三、四人の友人から五円ほどずつ借り散らしたあげく、八方から封じられている。最後にひとり残った友人への道も、金に詰まると十銭握って電車に乗り、明日の米代にと五十銭一円ねだってくるということを繰返すうちに、あのような人間を助けるのは不道徳だというような非難が周囲からその友人に向けられるようになり、やがて封じられる。その友人があるとき主人公に、君は自分の生活というものをどう考えているのか、とたずねる。僕にもわからない、と主人公は答える。そうしていて怖いと思うことはないのか、とさらに友人に突っこまれると、それは怖い、なにもかも怖い、頭が痛くなる、と答える。漠然とした恐怖、と言う。漠然どころか明瞭な恐怖、もっとも明瞭にして恐ろしい事実ではないか、と友人は呆れて止む。自分にはまだほんとうに、その恐ろしいものの本体がわからないのだ、と主人公は思う。

君は生存できないことになるぜ、と友人は最後に言う。同じことを、家探しに行く途中の坂道で出会った、予備校時代の朋輩の、サーベルをさげた警部も忠告する。今日の時勢というものは、それは恐ろしいことになっているのだからね、と。

いつの世にも同じ、生活不能者ぎみの人間にたいして生活者の立場から投げられる言葉ではある。しかし当時、もうひとつ際立った世の中の変化が進行しつつあったように、作中からも読める。大正三年には一次大戦が起り、株価がいったん暴落してから翌年反転して、好況が到来している。未曾有の景気であったのだろう。それとともに米価が暴騰して、七年には北陸から関西へ米騒動が及んでいる。米の値段とともに都会地で跳ねあがるものはおそらく地価と、家賃であるにちがいない。作中いろいろと金についての歎きが見られるが、どうも米の値と家賃とがほかと不釣合いに高いようだ。日盛りの坂道をたどりながら、自分のような者は七円どまりの家にしか住めないと、主人公は見定めてはいるものの、その七円という金額すら、今まで生きてきた感覚からすると高すぎて、どこか現実味が薄かったのではないか、と考えられる。時勢の怖さを説く友人や警部の口振りにも、もっともらしさの下にどこかおぼつかなげな、世間の変化にたいする不安が感じられる。

要するに、自分で自分の身の始末がつけられなくては生きていけない、ほんとうに誰も助けてくれない時代になったということだ。今の人間から見れば、それでもこうして人を頼りに生きられるとは目を剝きたくなるような幸いであり、家探しのところなどでも、その日に腰をあげて何時間か歩けばとにかく近間に手頃なのが見つかるという、暮しやすさのほうへつい目が行くわけだが、前代にくらべると格段に進んだ世の中のせちがらさがこの、子をつれての立往生の端的な所以《ゆえん》にはちがいない。明治三十年代の、「新世帯」の新開地の新店の若主人は、物の考え方からすればこれを先取りしたようなけわしい孤立者であるが、つまずいた友人の細君というだけの義理の女のために、店を少々休んでも走りまわる。その女が年の瀬に何となく細君のいない家の内へ入りこんでくるのを、当り前のようにも見ている。「子をつれて」の大正の文士のほうは、そんな融通のあるはずもない時代の、いっそうの孤立者でありながら、《個》としての輪郭はかえって定まらず、人だのみに暮して、世に追いつめられる必然も知らぬげに身の不幸を歎いている、と一見にはそう見えるのだが――

一体、読者はこの作品の、結局はどこに心を繋がれてしまうのだろうか。たとえば二人の子をつれて街の酒場に入る。子には寿司をあてがって親は酒を飲む。子がねだるとエビフライもエダマメも喰わせる。腹の満ちた子はやがて店の外で鬼ごっこをはじめる。女の子がときどき扉のガラスに顔をつけ、父親の飲む姿を見ては安心してまた遊ぶ。とそんな箇所《くだり》だろうか。

退屈した子に促がされて店を出て、ほかにあてもないので結局は例のたった一人の友人の、夏で留守中の下宿へそれと知りながら、牛込から終点の渋谷まで電車に乗って行き、二、三日置いてほしいと帳場に頼むと、けはいを察した下宿の主人は断る。夜の十時を過ぎている。せめてひと晩でもとさらに頼みこむうちに、女の子が顔に手をあててシクシク泣き出す。他所へ行く、と言う。主人夫婦が取りなしても泣きやまない。

しかたなくまた乗りこんだ、もう十一時に近い電車の中で、子たちは席に腰をかけるなり肩を寄せあって鼾をかきはじめる。

読む者をつらく泣かせるところだ。最後にこのような泣かせに訴えた作者の筆を、いささか憎く思う心さえ付く。それにひきかえ、これに続く末尾の主人公の台詞は、

……生存が出來なくなるぞ！　斯う云つたKの顔、警部の顔――併し實際それがそれ程大したことなんだらうか。

「……が、子供等までも自分の巻添へにするといふことは？」

さうだ！　それは確かに怖ろしいことに違ひない！

が今は唯、彼の頭も身體も、彼の子供と同じやうに、休息を欲した。


なにやら高調子の三段に成る愁歎の、いまさらの反問に読者は困惑させられる。いまさらの慚愧に苦笑させられ、子と一緒に眠りこんでしまいそうな親の姿を、子をつれたこの親もまた子でしかないか、とつくづく眺めさせられ、《併し》とか《さうだ！》とかこの際滑稽すれすれの深刻な口調に、反《かえ》って当人にとってしまいには他人事のごとくなる自業自得のあらわさを見るような、やや陰惨な諧謔味を覚えて終るのだが、しかしこれもすべ

て、作者の筆によって運ばれてきたことなのだ。

この作品における自己客観の強さを、読者は振返る必要がある。このような窮地へ追いこまれた所以も知らぬげに、のべつ主人公をして訴えまくらせながら、こうしかなりようのない、主人公のありようがあからさまに描き出されている。歎きが必然からじかに立つ。必然が必然を歎いている。しかも、こう追いつめられたことに、自分でまた首をかしげている。

「實に變な奴だねえ、さうぢや無い？」

これが葛西善藏の文学の諧謔味である。そしてかならずしも自省として作用しない、自己認識というものとも有効性の点で異なる、ほんとうは諧謔としかならないはずの、あからさまな自己客観こそ、意識されていようといまいと、《個》の内でさらに進行する、解体の病いの兆候なのだ。

文士の話と限ったことではない。われわれが日常、自己のことを語るときの口調は、秋聲よりはよほど、善藏に近い。

といふ不思議な男だつたらう。たゞ〳〵遮二無二、僕が極悪の前科者であるか、人間外のゲジ〳〵とか、あるひは特別の主義者でもあるかのやうに、假りに僕が氣違ひであつたとしても、人間同士として、多少の同情がある可き筈なのに、あの夕、キ大工上りの家主君なるものが遮二無二に追ひ出しにかゝつたもんだから、僕は氣違ひであるとすれば、彼は、立派な奇人である。

葛西善藏の最晩年の作、「醉狂者の獨白」からの一節である。場所は東京世田谷の三宿《みしゅく》、現在では渋谷あたりの繁華ともう地続きみたいなものだが、当時としては場末も場末、暗い郊野へでも追放されたような、と別の作品の中では書かれている。そこの二軒長屋からまた、すぐ近間へではあったが、家主から何々団とかいう壮士どもなども傭って力ずくで追い出された経緯を語る箇所である。出来事は大正十四年の秋のことと読める。作品は昭和二年の一月に発表されているが、口述であったという。肺病がすでにかなり進行していたらしい。それに持病の左背部の激痛に苦しめられ、日に一升の大酒で病苦をしのいでいるものの、アルコール中毒らしき神経症状の見えはじめたけはいを、作者は恐れている。夜に発作的に狂い出して、同棲の女たちの手で蒲団巻きにされる。明け方近くに目をさまして、女の背負帯や自分のへコ帯などでぐるぐる巻きにされている自身を見出すことが、毎日のようにとか、三日とあげずにとか、書かれている。ちなみに家の間取りは二畳に四畳半に六畳、埋立地の細民窟の中の長屋とある。

口述による作というのは、むろん病気のせいであるが、しかし私小説というものがつきつめると口述に近くなる、自分で自分に口述するようなものになる、という必然性はひと筋ありそうだ。自我と事実との微妙な振れあい、せめぎあいが、そのつど一度かぎりの、口で語るようにしてしか表わせない、そんな窮地はあるはずだ。実際に、心身ともに追いつめられるにつれて、葛西善藏の文章はますます叙述を破って話しかける。叫びかけ訴えかけ、妙な諧謔を見せてまた独白にもどるという風《ふう》を深めて、口述に近くなっている。それにつれてまた文章が要所要所で独特な、踊るような燥《はしや》ぐような、苦しげな陽気さを得る。その魅力はいましがた引用した一節にもうかがえる。もはや循環でしかない、憂鬱なばかりの繰り言の中で、言葉が走り、浮き立ち、お道化て舞いかかる。しかし可笑しさはそこばかりから来るのではない。

……『弱者』といふのは、丁度、一年前の夏、郷里への遁走前、例の大工の貸家で半月ほどもかゝつて、酒を飲んでは、夜も晝もなく、全く自分ながら半狂亂の態でHといふ青年に筆記して貰つたのだつた。自分は、日光で山登りや鱒釣りに用ひた靴やゲートルをつけて、二時三時の夜明けの時刻迄も短い廊下を跫音《あしおと》荒らく踏み鳴らして往つたり來たりしては、勿論、酒の勢ひも手傳つてはゐたが、苦し紛れから、文字通りに叫けび、唸り、吠え、——さういつた調子で、辛うじて五十枚といふところまで漕ぎつけることが出來たので、出來上つた時には、自分もH青年も、ほんとにヘトヘトに疲れてゐた。

この、ヘトヘトに疲れてゐた、という結びまで来て、眉をひそめていた読者も吹き出すにちがいない。この箇所で笑い、また先の、家主の頑固さをほとほと訝るような文章を思出してもう一度笑う。まるで笑いの効果を計算しきったかのような、絶妙な語り口である。おまけに、近所には職人や労働者、朝の早い稼業の人間たちが住んでいて、間に入って大家もかなり閉口したことだろうとか、この辺の目配りもいまさら、欠けてはいない。

笑いが引いてみると、気味の悪いのはむしろ先に引用したほうの文章である。《僕は氣違ひであるとすれば、彼は、立派な奇人である》とある。しかしこういう手の、自己諧謔の口調でけっこう他人を巻きこんで自分を許すやり方は文士たちの常套であり、いっそ悪癖に近いものではないか、とそうつぶやく小説嫌いもあるだろう。ある程度は当っている。しかし葛西善藏の場合には、このような空とぼけた、自己放棄みたいな言葉が、容赦のない自己客観と、たいてい裏腹であるのだ。

「浮浪」という大正十年五月発表の小説がある。その年の二月頃の体験を書いたものらしい。前々年に作者は単身、鎌倉建長寺の宝珠院に住みこむ。また前年の九月に、帰郷して小学生の長男をつれて上京、寺中で二人暮しになる。しばしば子を置いて出かけ、何日も帰って来ないことがあったらしい。その間、近所の仕出屋の若い娘が子の世話をする。

ある日、原稿用紙を持って茨城の大洗《おおあらい》のほうへ向かう。水戸の駅前の宿で一泊すると財布の内はもう心細くなっている。海岸に近い助川という駅で降り、そこで呉服屋をいとなむ旧友をたずねる。その友人の案内で宿を取り、その晩から芸者を呼んでの騒ぎとなる。昼は寝床ですごし、夕方近くに起きてはまた酒を呑み、そうして三日目の晩になって仕事にかかると、翌朝帳場から請求が来る。払いは友人がするようなことを言って逃れると、苦情を受けた友人が宿までやって来て、これからは仕事がはかどるからとの言葉を信用して、五、六日の延期を帳場にかけあってくれる。それから二晩ばかりは仕事にはげむが、十五、六枚のところで筆が進まなくなり、原稿を破いてしまってまた酒びたりになる。払いが七十円からになっている。業を煮やした友人は帳場へ内金として入れるために、外套と羽織と時計を取っていく。ところが帳場は承知しない。東京へ帰って金を拵えるよう友人はすすめる。しかし本人はいっこうに帰る了見もなくて、他の宿に移って二、三日のうちに金を拵えるから十五円ばかり貸してくれという。憤然として友人が手を引くと、今度は友人の兄の、本店のほうまで出かける。そこでも十五円の無心をするが、結局五円だけ恵んでもらって駅に向かい、架橋を渡り、あきらめて汽車に乗るのかと思うと改札口を通り過ぎて、駅の向うの別の旅館をたずねる。

その宿にうまく入りこみ、今夜かぎりと番頭の言うのを一日ずつ、東京の弟のところへ電報を打っておいて羽織と袴を渡したり、袷まで質入れさせたり、酒は吞むが仕事に手がつかず、三日目にはまた例の友人の家まで行って、万年筆を質に五円の借金を頼むが、すぐにこの土地を発つならと条件をつけられて決裂し、さすがに留置所で慄えている自分の姿などを想っているところへ、四日目の午後にようやく二十円の電報為替が着く。前の宿のほうの勘定はどうなっているのか、質受けを済ますと十円残ったという。そこでお内儀に持ちかけて、「どうしたものでせう。僕はその金を渡して置いて、その間に別なところから金を取寄せて仕事を片付けて歸りたい氣もするんですがね」。

ここはお内儀にやんわりたしなめられて、気持良く、その日のうちの汽車で発つことになる。ところが途中、我孫子《あびこ》らしい駅で、ふと思いついて降りてしまう。面識はまだないが、その土地に別荘を持つ高名な作家をたずねて、どこか宿を紹介してもらおうと思う。結局、散々に探しあぐねた末に行き着いた家には主人は不在で、名刺も置かず、留守でよかったとホッと息をついて、その夜のうちに東京の弟のところへ無事にもどる。

それから二、三日して、鎌倉までもどりながら八幡前に宿を取り、そこから使いをやって息子を呼ぶと、仕出屋の娘もついてくる。三人で食事をして、日暮れに息子は寺へ帰ったが、娘は帰ろうとしない。あなたを連れて帰らなくては親に叱られるという。これも積もりに積もった借金のせいであるらしい。この原稿さえ片付けばどんな方法を講じてでも金を拵えて帰るから、と例の言訳をしても、娘は聞かない。どこまでもついて行く、という。これから御殿場のほうへ行くつもりなんだぜ、とおどしても、親にそう言われているのでかまわない、と動じない。翌朝、宿を出て駅に向かうと、ついて来る。汽車の中まで一緒に乗りこんで来る。大船まで行ったらさすがに降りると言い出すだろう、と高を括ったものの、降りそうにもない、やはり降りないだろうと見ている……。

善藏の借金癖の、取りとめのなさに驚いているのではない。果てしもなげに反復する自身の失錯にたいする、たじろぎもせぬ目に、その客観に舌を巻いているのだ。反復も性懲りなければ、目も頑固である。

大正六年の「子をつれて」の出来事から作者の死までは十年あまりの歳月しかない。住まいは早稲田南町から牛込喜久井町、半年ばかりの帰省を挟んで青山北町、本郷弓町、そして大正八年に鎌倉建長寺内に移り、ここで震災に遭っている。その間に大正十年に継母が亡くなり、父親がいきなり郷里の暮しを畳んで上京して牛込の次男のところに身を寄せ、十一年には寺内で一緒に暮す尋常六年生の長男の非行騒ぎがあり、父親が上京半年あまりで亡くなり、善藏自身も胸部疾患を確認され、十二年には長男を郷里の妻のもとに帰し、弟一家も郷里へひきあげ、そして九月一日、震災によって寺内の住まいを倒され、本郷弓町の下宿に舞いもどる。

この辺から善藏の人生は一段と苦の色を深めるようだ。鎌倉から例の仕出屋の娘があとを追ってきて、下宿で同棲が始まる。親の使いで借金の取立てに来て、居催促がそのまま居ついてしまったように読める。鎌倉へ連れもどされてまた飛び出してくる。やがて男が追い出そうにも、梃子でも動かせぬ存在になり、毎夜のように、幾日も湯へも調髪へも行かぬ男女の、帰れ帰らないの口論と腕力沙汰がうち続く。

翌年には鎌倉まで出かけて、酔ったあげくに、同棲する女性の親か誰かと乱行に及んだのが、新聞にすっぱぬかれる。その翌月、あたしはかまいませんからどうぞつれてきてください、という細君の皮肉を真に受けたものか、同棲者を郷里へ同行して引き合わせている。首尾はむろん芳しいものではなかったらしい。その翌々月にはまた、いきなり何もかも放り出すようにして日光の湯元へ走り（あるいは師匠にあたる秋聲の、「黴」の末尾を想ったのかもしれない）、温泉宿に延々と留滞する。一月ほどして、すでに腹の大きい同棲者が山道を乗合馬車に揺られて迎えに来たときには、連日の大酒で身体がだいぶ傷んでいたようで、まもなく血をはく。人力車で町の病院へ連ばれるとき、「山をさがりたくないなあ」とつぶやいていた、と本人が書いている。

浴槽は一坪餘りの、ほんの形ばかしの上の方を板で仕切つたものだつた。まだ誰もはひらないらしく、硫黄が一面に汚らしく浮いてゐた。自分はしばらくたじろいだ氣持で眺めてゐたが、思ひ切つて褞袍《どてら》を脱ぎ、流し場にあつた板切れで掻き廻して、少し熱目なのを我慢してはひつたが、さすがに顔を洗ふ氣にはなれなかつた。ぢつと身體を動かさないやうにして湯の面を見てゐたが、一尺ほど下に何やらブワ〳〵したものが動いてゐるので、二三度やり損じた上で掬ひあげてみると、二十本ほどもあらうかと思はれる女の髮のもつれた束だつた。それが湯垢やら硫黄やらでヌラ〳〵になつてゐた。自分はぞうつとして素早く流し場の溝に棄てたが、その二三本が指の間に卷きついて早速には取れなかつた。自分は左りの指さきで一本々々摘まみ取らなければならなかつた。……

「湖畔手記」の一節、霧雨の夜明けに、まだ暗いうちから寝覚めした宿を起き出して、やや離れた山もとの一軒家の湯に入る場面である。《悪女の妄執》という言葉を持ち出して結んでいる。また、中禅寺からの乗合馬車の中で、馬方とさかんに猥談をかわしていた四人の、婆さんたちの顔も思い浮べている。

同棲の苦が始まってからまた、作品は一段と過激に私小説化して、先の見えない現在の暮しの記録となり、現実と同時進行のような気味さえ見え、それにつれて文章が一種、燥《はしゃ》ぎはじめる。作者自身が作中の主人公となり、我身に起ったことを書き綴るのを、一口に私小説と呼ぶが、私小説をとにかく小説たらしめているのは何だろうか。逆説めくが、それは作者の「私」のうちの、「私」ではないもの、ではないかと私は考える。たとえば、私小説の多くが平明な文章を志向する。平明ということはおそらく、「私」にではなくて、人と人との間の感じ方に付くことにある。また、物事の現実解体的なとらえ方を嫌う。これも、物事が「私」にゆだねられることへの、ひいては「私」がすっかり「私」にゆだねられることへの拒絶である。また、事実の重さを尊ぶ。何事かが起ったとしたら、それは紛れもなく起ったのでなくてはならない。起ったということ自体にすでに充分の意味がある。それを「私」がどうのこうのと、「私」の感じようによって変えられるものではない。つまり事を記《しる》すに、そのつど、完全過去の精神を以ってする。あるいは半過去であり、あるいは現在進行であるはずのものまで、完全過去の感性で捌《さば》いていく。

ところが葛西善藏の場合には、こんなことが見られる。大正十三年の四月に発表された作品に「蠢く者」というのがあり、その前年の震災の後から始まった同棲のことを書いている。野生の動物めいた執拗な目つきをして日がな部屋の隅にうずくまる女を、男は恐れはじめている。ことに、すでに妊娠しているのでこうも強くなっているのではないか、という疑いにうなされる。このことではいくら問い詰めても女は口を割らない。そして連夜、酔って怒り狂う男と、追いつめられた女と、凄惨な闘いが続いた末、ある晩、お互いにすっかりあらくれて、また打擲された女が口から血を流し、男を睨んで暴《あば》くには、ちょうど一年前に、男に孕まされた子を流産して、ひとりで寺の裏の桃の樹の下に埋めた、もう形が出来ていて、セルロイドのキューピーさんみたいだった、と。これにはさすがに、主人公の男とともに、読者も口をつぐまされる。男は女に詫び、どうやら女の身柄を受け容れざるを得なくなったけはいで、小説は終るわけだが。

それから、鎌倉での乱行のことを書いた「椎の若葉」、日光湯元での留滞のことを書いた「湖畔手記」、「血を吐く」を経て、大正十四年の四月に発表された「死児を産む」、すでに産み月に近い同棲者との日々を書いた作品の中で、子は造るまい造るまいと思っていたのにこうなった次第に男が呆れて、かつは産み支度にいそしむ女をどんな気持なのかと訝るうちに、《「蠢くもの」では、おせいは一度流産したことになつてゐる》という文章があり、読者はオヤと立ち止まらされる。つづいて、《で今度もまた、昨年の十月頃日光の山中で彼女に流産を強ひた、と云ふやうにでも書き續けて行かうとも思つて、夕方近くになつて机に向かつたのだつたが……》自分と同姓の青年囚人から近頃もらった手紙を思出したという。その青年は十九の歳からもう七年も服役していて、そして自分の「蠢くもの」をとにかく読んでいる、という。《私に生きて行かねばならぬ私であることを訓へて下さつた「蠢くもの」は私の醒めがたい悪夢から這ひ出さして下さいました》と舌足らずな文章ながら手紙の末尾近くにはそんな言葉もある。迂闊に物は書けない、と作者は歎息する。第一にあの作には非常な誇張がある、と。あまりにも暗い刺戟的な作品の、その基調となっている現在の生活をこそ棄てなければならないのに、ますます深みに落ちて行くばかりではないか、と。

四月二日朝、おせいは小石川のある産科院で死児を分娩した。それに立合つた時の感想はこゝに書きたくない。やはり、どこまでも救はれない自我的な自分であることだけが、痛感された。粗末なバラックの建物のまはりの、六七本の櫻の若樹は、最早八分通り咲いてゐた。

沈静した口調で小説は結ばれている。ところが、これがまた作り事なのだ。これを書きあげた三、四日後に、子は産科院で健全な産声を揚げたのだった、と翌年に発表した「われと遊ぶ子」は冒頭からそんな打明け話で始まる。一度だって赤ん坊の死を心に思ったことはなかった、むしろ自分自身の死を思う心がいっそう突きつめられて感じられたのだった、とある。事実を曲げたことへの言訳としては、何のことやら、よくはわからない。

これを私小説の道からはずれた虚言と見るべきか。また自己客観の欠落のしるしと取るべきか。人と人との間に付いて「私」を描くという立場からすればたしかに、許しがたい自己耽溺の果ての瞞着と言える。また自己客観というものが、他人に対して自己を見定めるもの、人と人との間で生きるためのものとすれば、これは単なる恣意勝手、ひいては現実喪失に類するものだと言えるだろう。しかしこれらの拒絶は、「私」への追求をある段階までで断念して自我の枠を他人との関係の中で守ったところで成立するものであり、もしも「私」に限りなく容赦なく添うとすれば、人の間にある存在としての自我が解体しかかる境に至りつくことはあるはずだ。自己客観というものも過激になれば、自他の関係としての現実をおそらく解体しかかる。これは自己耽溺などという言葉が想わせるような猥雑なものよりは、もっと冷酷でけわしいものにちがいない。私小説がきわまれば、現実と虚構とは取り替えのきくものとなる。是非はともかく、そういう運命は考えるべきである。

「自分はどんな病氣で死ぬことも構はないが、氣ちがひになることだけは御免だ……」と廃人になることへの不安が、「われと遊ぶ子」の中でもつぶやかれている。

「だが、それにしても、自分の頭腦のだん〳〵錯亂しかけて行くのを看てゐるのは、寂しい氣のものだ」と「酔狂者の獨白」の中には見える。

……それにしても、兎に角に、自分は氣狂ひは怖いんだ。まだしも、肺病の毒素が、自分の神經を刺戟して、發作的の行動をさせるんだと、自分から思つてゐたはうが、まだしも氣安い感じなのである。

この「酔狂者の獨白」は作者の死の前年に発表されている。おもに死の前々年の状態を描いたものである。ひと月あまり毎日四十度に近い熱を、酒の酔いで誤魔化してはわずかずつ仕事を継いだ時期もあるという。肺のほうはすでに二期を通り過ぎたと本人は感じている。《病氣に飽きる――どんな苦しい、例へば勞働にしても、病氣にしても、永くその苦痛をつゞけて居るうちには、飽きて來る》という末期の倦怠と弛緩をすでに想っている。ところが同棲の女性は生まれたばかりの子にかまけて、酒の飲み過ぎから来る神経の病いとぐらいにしか考えていないという。

……女達が、自分の發熱の狀態、それだけからしても、立派に、その病氣であることを知つてゐて、それでも、女の狡い本能から、自分に仕事をさせようと思つて、何處までも、自分を單純な神經衰弱者扱ひにしてゐるのだとすると、彼女等は、二重に自分を脅迫してゐるのだ。

もう一人、身を寄せている女性というのは、主人公の従兄の長女にあたる二十三歳の娘で、その父親が七年前に肺病で、最後までその病いとは信じずに死んで行ったのを、主人公はつぶさに眺めている。この娘も胸を病んでいる。ところが本人は、昼も発熱のために床を出られないことがしばしばなのに、胸の病いとは信じていない。ひと頃看護婦見習いをしていて病気の知識も詳しいはずなのに、主人公を神経衰弱者扱いにするばかりか、父親の死んだのさえ肺病のためとは思っていない。この心優しい、甲斐甲斐しく看病してくれる娘にたいして主人公は、彼女が主人公の肺病をアル中からの神経の病いと誤魔化そうとするのを一方では心使いとも思いながら、ときに憎悪を喫られて突っかかる。

「ホーウ？　あなたが、お父さんの病氣を、知らなかつたとは、へんですな。診斷書通り、腹膜炎と思つてゐたんですか。あれも、あのAさんだから、さういふ診斷書を書いて呉れたんぢやありませんか。あなたの祖父さんの場合だつてさうですよ。立派にその方の病氣なんぢやないですか。あなたが知らなかつたとはひどいなあ。……」

狂気を恐れるところから来る片意地なのだろうか。そうとも思えない。自分は肺病であって気狂いではない、と言葉の上ではそちらの方向に固執しているのだが、内実は狂気のほうへ自己を、敢えて打ち出している。

ところがある日、例の蒲団巻きにされた明くる午後のこと、この娘が主人公の同棲の女性に新聞の、精神病者が往診に来た医者をピストルで撃ったという記事を静かに、おそらく他意はなしに読んで聞かせている。ほんとうに、よく似ているわ、やっぱし、そういう病気なんでしょうね、などと同棲者が笑って相槌を打つのを、主人公は隣の部屋の蒲団の中から、やや悚然《しょうぜん》として聞いていたとあるから、すぐその場のことでもないらしいが、とにかくこの身寄りもなさそうな、病身の娘に、家を出て行ってくれるよう、やがて申し渡す。弁明するのを受けつけず、家から出したというところで、この作品は断ち切られている。

　これだけのことで、不憫にも思はれたが、彼女の只管《ひたすら》な辯明も受けつけないやう頑な感情を制し切れない、漠然とした憤ろしさの感じだつたのだつた。

最後に狂憤のあとの、正気の静まりが感じられる。《腹の底から冷めたい氣持がされて來るのだつた》とあり、善藏の作品の中ではあまり見かけぬ言葉でもある。侮辱というよりは、なにか、自己認識の逆鱗に触れられたというところか。

たとえばもっぱら一個の狂気の正体を見定めて闘おうとする、自己客観への強固な意志が、他者にたいして狂気めいたものを解き放ち、やがてはみずからの内からも狂気を喚びかかる、ということはやはりあるのだろうか。

狂っていてはこれほど自己を客観できない、と言うべきか。これほど自己を客観できるという事自体がすでに狂っている、と言うべきか。

《東京物語》考が、なぜこんなところまで来た。

心やさしの男たち

敗戦後の五、六年まではまだあちこちに、一戸建ての家に何世帯かが住まうという形が見受けられた。人の出入りは一戸一世帯の家よりも当然繁くて、客の取継ぎあいなどをするうちに世帯のあいだの隔てもおのずと、間仕切り同様に薄くなる。また失業者、半失業者の溢れていた時代でもあり、住人たちは大なれ小なれ暮しに行詰まっていた。不況の波をたちまちかぶる。そんなとき、窮地に追いこまれたはずの人間たち、とくに大の男たちがどうかして、一家の主人たちもふくめて、どこか下宿人のような、遊んで世を渡っているような、かえって気楽らしい、どうかするとどこか子供っぽい様子を見せはじめる。そんな雰囲気を思出させられた。

あちこちの部屋から下宿人たちの、琵琶歌をどなる声や、役者の声色をつかう声や、端唄をうたう声やらが聞える。その賑やかさに客が感心していると、あれはみな僕がおしえてやったんですよ、とやはり下宿人のひとりの、二十八歳の法学生が笑い、面白いことをして見ましょうか、と言うなり大きな声をはりあげて、

〽峰のしら雪ふもとのこほり、今ぢやたがひにへだててゐれど……

とうたつた。すると、はうばうの部屋部屋で、いままで思ひ思ひの唄をうたつてゐた者たちが、まうしあはしたやうに、たちまち、それぞれ、自分たちの唄を撤回して、そして彼のそれについてうたふのであつた。私は吹きだして笑はないわけにはゆかなかつた、が、鶴丸は、あんぐわい、眞面目につづけて、

〽あひたさ見たさに來たわいな。

宇野浩二の大正八年二十八歳の作、「苦の世界」の一場面である。鶴丸というのはその法学生の姓で、小柄で美しい顔をしており、私立大学に籍は置いているらしいが、親父の上京の折の用意に一通り揃えた法律書は開いてみたこともなく、生来器用な質《たち》で唄と踊りを好み、退屈で退屈でというのが口癖で、日が高くなってからたずねるとかならず寝床の中に腹這いになって、トランプの一人遊びをやっている。夜明け近くまでやって、朝になってまた始めることもある。壁に掛った大きな額入りの写真が恋仲の、郷里の町で芸者に出ている女性で、名を「朝顔」と言い、下宿の部屋の座蒲団から茶碗から、襦袢の袖から、何から何まで朝顔の模様がついているが、壁の額のほうは時によって、中身の写真が裏返しにされたり抜き取られたり、全体が押入れの中にでもおしこまれたか見えなくなっ

たりする。

「私」というのは、三十にして髪の薄くなりかけた絵師で、郷里から出て来た老母と二人で細々と暮していたのが、近県の町の芸者と駆落ちという無分別をしたばかりに、名を偽って渋谷あたりの竹屋の奥の六畳の間で三人して暮す身となり、女と母親とを養うために小さな出版社の、小さな雑誌の編集に毎日神田の下宿屋の一室へ通って、それでいろいろと救われていたところが、あいにくその会社が倒産して、収入の道が断たれたばかりか、そのことを家の女たちに告げるに告げられず、毎朝女たちに送られて出かけては、しばらく戸山ヶ原あたりで時間をつぶし、十時を過ぎるとこの法学生の下宿にやって来る。この同棲の女性、作中では終始、をんなと傍点付きで書かれているが、これが度はずれた、ヒステリーなのだ。

その度はずれ加減というのはたとえば、毎朝いちばん遅く起き出してきて膳について、ちょっとでも気に入らぬこと、たとえば男か男の母親かがちょっとでも先に箸を取ったりすると、もう食事をしようとしない。発作がつのると、隣も外もかまわず、泣いたり叫んだり、どろどろの往来へ足袋はだしで走り出たり、縁側の下の地べたに寝ころんだり、あげくのはてには、男にたいする威《おど》しがただの威しとして自分で制しきれなくなって、自分らが世をはばかり警察をおそれる日陰の身である旨を、大声で外へ叫び立ててしまう。結ってきた髪の恰好が気に入らないと言っては男にあたる。自分の髪を三寸ばかり切って、男の懐にねじこむ。次の発作の時にはそれが男の仕業となる。出前で饂飩を注文したところが間違えて蕎麦が来れば、蓋を取るなり丼を畳にぶちまける。その上から火鉢の灰を撒きちらす。おまけに、たった一枚しかない前掛けで、それをぐちゃぐちゃにこねまわす。男は叱りつけもせずに後始末に走る。夜道で腹を立ててはずんずんと男の先を行く。男がゆっくり歩くと、ときどき振返って足をゆるめる。男が宥めに近づきかけると、また足を速める。何のことはない、普通の尾行を逆にしたようなものだ、と作中では苦笑されているが、あるとき男がたまりかねたか、くるりと背を向けて走り出したら、たちまちそれに気づいて、あらんかぎりの声で叫んで追ってくる。それでもかまわず走りつづけると、「わあーッ。人ごろ……」と、わざと「し」を抜いてわめき立てる。さすがに辟易して男は駆け戻ってくる。それを見るなり、往来の真中にうつぶせになり、ほとんど大の字に寝そべって、あらためて大声で泣き出す。

女がいかに暴力をもって攻めてこようと、けっして抵抗はしない。これが男のほうの、繰返しの失敗によって思い定めた、まず基本方針である。抵抗さえしなければ一時間で済むところを、なまじ抵抗すれば、男の暴力が女を制するのはただの一瞬だけで、結局は発作の時間を倍にも三倍にも延長することを知ったという。

さらにいくぢのない話しだが、その無抵抗もあまり平氣らしい顔をしてうけながしてゐると、やつぱり彼女の發作を助長するし、といつて、あまり苦々しさうな顔をしてゐると、また相手の慘忍性を刺戟することにもなるので、その中間をとるといふ、私は苦しい態度をとらねばならなかつた。

まさに男の、「苦界」である。無事が極楽というところだ。しかしこの女性、このタイプの婦人のもうひとつの特徴でもあるのか、純情ではあるのだ。人にたいしては極端にはにかむという。往来にまで聞える声で叫ぶのは、また別のことであるらしい。男にすっかり依存して、寄添っているふうにも見える。朝には男を見送り、夕には帰りの時刻を男に指定しておいて、停車場で待っている。休日などに男の姿が見えなくなると近所を探しまわる。その勘が鋭い。これがまた男にとって責苦となるわけだが、しかしまたこの女性、あんがい人を疑うことを知らず、だまされやすい。

弱い男の悲哀を幾重にも描いて、可笑しくてやがていよいよ哀しく、男を泣かせる小説ではあるが、筋書きから言えば、その弱い男が細心《むご》に、女をだまし、女から逃げる話である。読みようによっては女にたいしてなかなか酷い話でもある。まず、男の母親がとうとうたまりかねてひそかに家を抜け出し、親類のところへ逃げこむ。すると男は、そのことでまた発作を起しそうな女を宥めながら、女の目を盗んで電話で母親の居所を確め、翌日には例の法学生の下宿から母親へ手紙をしたため、なるべく近い将来においてかならず女と別れて、元の母子二人の平和な生活にもどるつもりなので、どうか待っていてほしい、とすでにしてそう誓っている。それから夕方に何知らぬ顔で帰って来ると、女は停車場で待っていて、子供のように嬉しそうに、男の袂などにつかまって、足なみあわせていそいそと家に帰る。

何も知らぬ女の心を不憫がりながら男がひそかに立てた計画はこうである。ある日、いきなり女を置いて去り、その道から、委細をしたためた手紙を女に送る。しかしそれを考えるとさすがに、停車場で帰らぬ男をいつまでも待ちわびる女の姿が浮んで、いたたまれぬ気持になる。それに、半狂乱になった女が法学生の下宿に暴れこむという危惧もあって、計画を練り直さなくてはならぬと思う。それから思案を重ねたあげく行き着いたところは、まず例の法学生は急に郷里に帰ったことにしておく、女の困り方がいくらかでも減るよう現在の間借りを引払って下宿へ移っておく、それから、会社が倒産して無収入になったこと、社主が行方をくらまして会えないこと（これは半分嘘だが）をなるべく早く女に明かして、男のことを実際よりもはるかに意気地なく、はるかに頼りなく思わせて同棲に絶望させておく、そしてある日、女を置いて去り――何のことはない、そこのところはすこしも変りはしない。引越しはやがて実行され、身のまわりの品も思いきり売払われ、麴町あたりの下宿に移って、さて二、三日目の晩のこと、さも屈託ありげにしている男の前で女がとつぜん、独り言のように言い出すには、

「私、もういっぺん藝者に出ようかしら」

《をんなの始末》という章題がついている。さてこの思わぬ好機に男がどのように慎重な対処をしたかは、ほぼ想像のつくところである。もう芸者になってくれちゃあ困るよ、と表面で心細げな顔をする。困るといったって、こんなふうでは、私たちはどうにも仕様がないじゃないの、と女は男の甲斐性のなさをまたうらむ。そのとおり、まったく、そのとおり、と男は心に思う。そしてそれ以上は女の気持を刺激せずにおいて、一方で例の倒産書店の主人、昔は芸者見番の書記もやったという男をひそかにたずね、手続きのことを相談して、周旋屋を紹介してもらう約束まで取りつけてきて、事のあんがい造作なく運びそうなことを、世間話の調子で女に話して最後に、しかし、お前はもう芸者になるなよ、ね。

はたして女は乗ってくる。男は内心忸怩たるものはありながら、女の心の変らぬうちにと、さっそく翌日から事を運び、やがて二人して周旋屋のところまで出かけ、いささかの紆余曲折はあって、女が青島（チンタオのことだと思うけど）までも行くと言い出したかと思うと、どこもいや、あなたのそばを離れるのはいや、と男の耳には地獄の呼び声のごときことを言い出したりしたあげく、元と同じ近県の芸者家から出ることになり、ある

日、大男の桂庵（周旋屋）に連れられて赤坂山王下の停車場から、
ひょい、ひょい、と昇降口の二段の階段をあがる時、これもおなじく前借の金で買つたところの友禪の小濱縮緬の長襦袢の裾が、新らしくはいた白い足袋にからむのが、（私は彼女の外觀について何にもいはなかつたが、彼女は足の恰好のたいへんいい女であつた。）ちらと私の目にとまつて、ちらと電車のなかにかくれるが早いか、電車はうごき出したのであつた。

それから男たちの可笑しな饗宴が始まる。女を送ったその足で、十月末のよく晴れた日のこと、主人公は《むやみに、あてもなく、いそぎ足に》歩くうちに、さしあたり思いついて法学生の下宿を訪れると、法学生は鏡に向かって、透明な液体と白い粉をかわるがわる頰にこすりつけている最中で、壁の額の中からは例の写真がなくなっていて、「朝顔」とは別れたという。塗りたくっているのは、瘦せこけた頰をふくらます薬だという。
そこへ倒産書店の主人もやって来て、二人して失恋の経緯を聞くことになる。「朝顔」は郷里のほうで、誰とはどうしても言わぬが、身請けされることになった。その旨をことわりに東京まで、《よそおひ》だけでも合わせて一万円以上のものを身につけて出て来た女を、男は最後に沼津まで送るつもりで、いつか静岡を過ぎて、浜松も過ぎ、豊橋も過

ぎ、旦那が迎えにくるという名古屋まで来てしまい、そこで五分違いで発車する上り列車に乗り込むべく女と別れて走りかけ、ブリッジの手前でふと改札口のほうへ目をやると、上り列車に向かう客たちの中に見たのがなんと自分の父親、窓から手をあげる女をみとめて、《答禮のしるしに、にツと五十何歳の、てかてか光らした顔に微笑をうかべてゐました。その笑顔の、わが親父ながら、なんといふみにくさ……ああ、南無阿彌陀佛、南無阿彌陀佛、……》

その父親というのが、つい先頃まで二ヵ月ほど選挙違反で牢に入っていた、その報酬で一万円ばかりまとまった金をようやく手にしたとか、それがすべて「朝顔」のところへ行ったかどうかわからないが、息子は息子で、名古屋から折返すや新橋の待合いへ、馴染みの見ず転芸者に逢いに駆けつけ、翌日もまたその翌日も、「朝顔」からもらった金の、あるいは親父のというべきか、その金のあるだけ居つづけたばかりか、同じく「朝顔」からもらった腕時計を名古屋の土産と称して女にくれてしまう、《ああ、南無阿彌陀佛、南無阿彌陀佛……》

とつぜん大声をあげて泣き出した鶴丸が二人に宥められて、ちょっと失礼、と手ぬぐいをさげて立ち、やがて小唄などを気楽そうに口ずさみながらもどってきたのを汐に、三人は機嫌直しに打ち揃って浅草の、花屋敷つまり遊園地に出かける。しばらくのち大の男が三人、子供たちに混って《メリイ・ゴオ・ラウンド》に乗り、ドンガラガッカ、ブウブと楽隊の《はやし》の中で燥《はしや》いでいる。万歳、と法学生の鶴丸は笑う見物人に向かって両手をあげて叫ぶ。万歳、青瓢箪、と群衆から応《こた》える声がある。やあ、禿、しっかり、という声も聞える。これは倒産書店の主人に向けられていて、禿というのは悩み事のあるときにできる神経性のものだという。この男は四十歳にして独身で、主人公の場合に負けず劣らずはげしいヒステリー症の、母親に苦しめられて生きている。こちらは救世軍所属の、正義派のヒステリーだそうで、たとえばある夜、息子がすぐに寝床へ逃がれられる時刻をはかって帰ってくると、玄関にちょこなんと坐っていて、はっと見張った息子と目が合うや、一足の新しい下駄が放り出され、これは馴染みの芸者が老母のために小包みで送ってくれたものだが、こんなけがらわしいもの、すぐに返しておいでなさいと老母は甲走った声で叫び、これもと叫んで、すでにぴりぴりに裂かれた手縫いの男物の財布を叩きつけ、それをまた拾ってマッチで火をつけて畳の上に投げ出し、そこらにある物を片端からぶちまけはじめる……。

《メリイ・ゴオ・ラウンド》が終ると三人は獺《かわうそ》の檻の前に足を止め、獺が水に潜って餌を取るさまを面白がって、次から次へ、泥鰌を買ってあたえる。そこへ一文字眉の濃い、逞ましい黒髭の、陸軍大将みたいな顔をした、園内監督の男がやってきて謹厳な口調で、三人の年輩者の逸脱をたしなめるが、三人が困って頭を掻くと、たちまち善良で単純そうな笑顔になり、三人を誘って操《あやつ》り人形のほうへ案内する。楽隊に伴奏された稚拙な「桃太郎」芝居の、やがて鬼ヶ島から凱旋の大団円の、「桃から生まれた桃太郎」の合唱に、先頃たった一人の子をなくしたという黒髭もふくめて、四人の大の男がベンチの上で揃って泣き出す、とここまでが饗宴の次第であるが、一滴の酒もない。酒《ささ》でしのがんせ苦の世界、というのが表題の出所だそうだが、この小説はまた、ひとつの挿話を除いて、酒の臭《にお》いから遠い小説であるのだ。まず主人公は下戸らしい。老母のヒステリーに苦しむ山本も、恋人を父親に取られた鶴丸も、酒で憂さを払う肌合いの男ではない。

また、ひどい話がうち続くけれど登場人物はことごとく、善良の人であるのだ。自身のあさましさ、結果としての卑劣さにありあまるほどの恥の念を抱き、なおかつそこから脱れられぬことをまた恥じて、だいたいが「悪」であることにすでに堪えない、心やさしの人々である。自分がもうすこし癇癪持ちで、もうすこしエゴイストでなかったら、幾度女を殺していたかしれない、と主人公はつぶやく。それが、他人の家を出るとかならず一、二間《けん》小股に駆け出す癖が小児の頃から抜けぬという。

誰も彼も単純な、愛すべき人間にちがいないのに、それらの愛すべき、正直な人たちの寄りあつまりであるところの世界はどうだ……などといってみても駄目だ駄目だ、と途中で悲鳴があがる。ところがこれらの心やさしい人々の、一種グロテスクな、肉体のアンバランスを描くことに、作者はおのずと強い関心を抱いているようだ。

たとえば元書店主の山本、この男はその職に就くまで長年、相場師になったり賭博師の群れに交ったり芸者見番の書記をつとめたりして、苦味走った顔に目が物凄く光る、そんな男なのだが、あいにく声が甲高い。やや頓狂に聞えるぐらい甲高いようで、物言いがまたやさしい。神経性の禿に悩み、つねに生傷が絶えない。行きずりの老人の手の甲に掻き傷を見ては同病相憐んだりする。

桂庵の里見は五尺七寸以上のがっしりと肥えた体軀をして、挽臼のような四角い顔に、色は黒くて目は大きく、荒い口髭をはやして勲八等、俠客肌を見せる男だが、妙なところで妙な豪傑笑いをまぜる癖があり、するとそのいかつい顔がたちまち、鯨みたいな愛嬌のある面相になる。芸者周旋を生業《なりわい》としているくせに、色っぽい女房に、ひそかに芸者に出られてしまう。女の親が悪くて、女衒が女房を売られた、と本人は憮然としているが、じつはすべて女房自身の了見から出たことを知らずにいる。

しかしやさしい人間のグロテスク、それがもっともあらわに見られるのは、末尾に登場するもう一人の男においてである。作者の目はしばしば作品の仕舞いのほうの、かりそめに登場したような人物に集約されるものだ。

その前に——花屋敷の翌朝、主人公は一年半ぶりにひとりの寝床の中で目を覚まし、さっそく母親を靖国神社の境内まで呼出してしみじみと語り合う。それからまた一人で麴町の下宿に帰り、潮来節《いたこ》などを呑気に唄っていると、表が坂で往来と畳が同じ高さになっていて窓から、お兄ちゃん、とをんなが呼ぶ。明日がお披露目《ひろめ》だけど知らない土地の髪結は気に入らないので髪を結いに帰ってきた、と上機嫌に入ってくる。腫れ物に触るように扱ったが、行きつけの髪結いがすでに越していて、越した先を一緒に探すが見つからず、結局は例の発作が起り、その夜は下宿に泊める。翌朝はすぐに横浜の桂庵のところへ電報を打って女を連れもどし、桂庵と二人で芸者家まで出かけて詫びを入れ、自分が悪い紐のようなものではない旨を幾重にもことわり、どうにか事をおさめて、日の高いうちに東京へ逃げ帰り、また靖国神社の、大砲の廃物利用のベンチの上に寝そべるうちに眠りこむ。素晴らしい夢を見て、目を覚ますとあたりはすでに夜になりかかり、雨さえ落ちている。胸騒ぎがして下宿に駆けもどると例の桂庵と、もう一人の桂庵が待っていて、昨夜のとばっちりで、女の逃げた先《せん》の芸者家との間に、金銭のもつれが出たという。要求された金の全額はとても拵えられないので、取りあえず新しい桂庵と二人して、きびしい脅しをかけてきた先方の三百代言のところへことわりを言いに行くことになる。浅草のごたごたと入り込んだ暗い町なかに、苦労して探しあてた立派な門構えの家には電燈も点っていなくて、玄関に立って久しく呼んだ末にようやく奥から、「ハア」と細い、子供のような声がして、六尺近い大男が現われる。

この男を近くの馬肉屋へ連れ出し、店へ上がる時の景気から酒呑みと見て、まず酔いの回るのを待つうちに、銚子二本ほどで男は早や銘酊しかかる。五十円だけもう三日待ってほしいという桂庵の頼みにもあっさり承知するけはいで、酔って昂《たか》ぶるほどに、言うことはなかなか豪気だが、声はますます細く甲高く、まるで泣き声としか聞えず、小心で抜目のない桂庵に乗せられて受取りまで書きそうになり、見かねた主人公が自分の立場も忘れて相手の不利を気づかせるような口を挟むと、酔眼見ひらいて桂庵にじわりと凄みかけるが、たちまちけろりと表情を和らげ、この男の正直さに感心したと俠気《おとこぎ》を出したみたいなことを言って、さらさらと達者な筆で受取りを書く。さらに酒を三、四杯もあおって、酒はのめのめ、茶釜でわかせ、と唄い出したかと思うと急にやめ、自分は失恋者だと訴えはじめ、まもなく盃を放り出し自分の髪を両手でつかんで、ああ、酔った、くるしい、そのままごろりと横になってしまう。

《その時、はじめて、私は氣がついたのであるが》と、残り五十円の責任分をじつは三日と言わず拵える当てもなくひとまず雲隠れする腹つもりの主人公はこう観察している。《彼は肩はばや身長のわりあひに、胸から足にかけて、不調和なほど、ぐつと細くなつたからだを持つてゐた。……彼はかなり酒によわい男にちがひなかつた。》

われわれにもまたずいぶんと見覚えのあるような、我身にも覚えのあるような、体型ではないか。酒呑みであれ、中肉中背であれ、あいにく肥満漢であれ、律儀な生活者であれ。

無縁の夢

商店《みせ》の奥にそこの主人《あるじ》が表へ向いて置物のように坐っている。いつ通ってもその姿がのぞける。あれはかなり大柄の御仁でも、ちょこなんとした恰好に映るものだが、あの光景も昨今見うけられなくなった。いまどき主人が帳場あたりに陣取って客の入来を待つ、そんな悠長な商売もすくなかろう。人手が得られないので主人みずから丁稚小僧の役をして動き回らなくてはならない。息子は二階で受験勉強中だったり、あるいは脇の玄関から背広姿で出かけて、すぐ先の路上で人の流れに雑《まじ》ると、もうどこの誰ともない。

しかし通行人のほうも、用があれば店は見るが主人は見ない。そもそも店の主人という観念がおのずと薄れているのではないか。なにも店の主人から物を買うわけではない。店の品物は主人の物ではなくて、ただ流れ動いている。主人の人柄によってたいして品が良くなったり安くなったりするわけでなし、まして払いが楽になったり……ひょっとして掛売りの習慣がなくなってから長い時代が経った、ということなのかもしれない。

それでも男子中高年に至れば、寒いバス停などに立って通りむこうのほどほどの構えの商店を眺めやり、あれだけの屋台を張れれば男一生、やったと言うべきなのだろうな、とつくづく羨むことはある。

浅草あたりの、震災後の区劃整理によって移された横町に、二階家で間口《まぐち》三間、ガラス戸六枚の表構え、十二畳ほどの店の三方の棚には種々さまざまの反物が積みこまれ、床の上も八畳分ほどは山積みの反物に占領され、その真中に置物のように、六十二歳の主人が坐りこんでいる。四十七の歳に大和は葛城郡高天《たかま》村から上京して、ラシャ製の子供靴の製造販売を振出しに、小切《こぎ》れいっさいを業者相手に商う問屋で当てて、反物も扱うようになった。一代とは言わず晩年だけで築いた身上である。

働きつづけてきた主人は数年前から心臓の動悸になやまされ、今では店の真中に坐りこんで指図するだけで、品物の出入れと勘定は同郷の四十代の後妻に、仕入れはやはり郷里から連れて来た若い番頭にまかせ、それでもここ二年で資産が三倍にも殖える勢いで、商売が繁盛するほどに自身の元気が衰えていくのを寂しがっている。それで、酒で元気をつけようと思って、細君のとめるのも聞かず、晩酌の量をふやしてみたらしいのだが、三日四日は無理にも飲んでいたものの、四日目あたりからかえって量が減り出し、五日目の晩に軽い心臓発作を起す。医者のすすめる転地は拒んだが、それ以来ますます店の真中に坐りきりになった。

この主人の悩みはこの心臓の病いと、たった一人の直系の血筋の、智恵の進まぬ、もう二十歳に近い孫の行く末と、自身の死後の、思いがけずふくらんだ遺産の配分とであるが、さしあたり、あんがいとさしせまった悩みは、店に入って来る、子などを背負った未亡人たちと、緞子《どんす》を買いに来る中国人たちとである。この客たちが、店の目をごまかしたつもりで、悪い手癖をあらわす。以前にはさほど気にもとめず、未亡人の場合にはわざと見逃がしてやったり品物を負けてやったり、そういう性分の男なのだが、もっぱら店番となってからというもの、それを目撃すると、例の心臓が《どきん、どきん》と……。

ふたたび医者にすすめられ、細君と孫を連れて鉱泉へ出かけたが、こんな味のない酒を飲まされてこんな濁った風呂に入らされるぐらいならと、ひと晩きりで戻ってきたその翌日、秋の末の寒い日に、晩酌をいつもよりいくらか過して、それでもまだ寒いと言って銭湯へ行き、細君が心配していると、《何とも云へんええ氣持ちや》と上機嫌で帰って来る。それからは、《酒を飲むと風呂に行きたくなり、風呂に行きたくなると酒を飲みたくなる》と、これを自分で《酒風呂》と名づけて唯一の生き甲斐のごとく楽しみ、細君をはらはらさせるうちに半年ほどして、初夏のある日、銭湯からの帰り道に心臓が高鳴って、のどかな町並が大揺れに揺れはじめる。

一命は取り止めたものの、寝床に仰向けにも横向けにも臥せられなくなり、歩くことは歩けるが、おおむね《坐りつきり》の生活になる。それでも店番をやめようとしない。それがまた以前よりもいっそう、例の客たちの手癖に苦しめられる。

……今は、彼等が、わるい事をしたところだけでなく、わるい事をしようとする形を見ても、たちまち動悸の亂打がおこり、今にも息が止まるやうな氣がした。

生き死にのようなことになっているが、咎めだてたとか、睨みつけたとかは、一行も書かれていない。咳払いぐらいはしたのだろうけれど。

宇野浩二の昭和八年四十二歳の作、「枯野の夢」の中の人物、中戸丈助の姿である。

この、客のささやかな手癖に死ぬほど心臓を傷めつけられるくだりを読んで私は、「苦の世界」の主人公の、おかしな性癖を思出した。《私のくせで、人の家を辭して歸る時、どうかすると、「さよなら、」とあいさつして、入り口を出てから、かならず一二間小股に駈けだす》という。少年の頃に色町に育って覚えた習癖だそうだが、そのこころはおそらく、よけいに見まい聞くまい、見てはならぬ聞いてもならぬ、ということなのだろう。

中戸丈助は、逃げ出した男ではなかった。色っぽいことになやまされるほうでもない。四十なかばで一度は頓挫して、郷里の山上の池で身投げを思った。その頃、天理教の無料宿泊所に半月ばかりいたという。あてもない東京に出て商売に取り着いてからはまた勤勉《まめ》に、無欲のごとくに、働きまくる。実際に物欲は全体に薄いようだ。上京の初めの家族は、青ぶくれしたような無表情な妻と、また一段と表情も精気も乏しい近眼の娘と、その私生子だろうか、こちらははっきりと智恵の遅れた孫と、三人を抱えこんでいた。妻はまもなく東京で、最初のラシャ靴の商売がゴム靴に押されて行詰まったどん底で、高天《たかま》に往《い》にたい、と郷里を恋いながら死ぬ。臨終の翌朝の、夜明け前に、縁者（じつは血も繋っていないのだが）一人と職人二人とに伴われて日暮里の焼場に向かう棺を、どういう仕来たりか、主人と娘とは門口から見送る。そんな葬礼《そうれん》であった。

《佛は佛、人は人》と割切り、妻の遺骨を郷里に持ち帰って、後の一切を本家の主人にあたる兄に頼み、ついでに娘と孫もあずけ、また資金を借りて、単身再度上京して小切れ仲買いの商売に改めて取り着いた時にはもう五十歳になっていた。

三年後には、先と同じ浅草あたりに、階下は八畳ほどの店と六畳と三畳、二階は八畳の、以前よりも倍以上の広さの家を借りて、職人と番頭を住みこませている。自身は仕入れに鬱金《うこん》色のでかい風呂敷包みを背に負って、歩いて電車賃を節約したその分で、晩のおかずを買って帰って来る。そんなつましい暮しである。そのうちに高齢にかかった本家の主人が後妻の世話をする。やはり同郷の、土地柄機織り仕事のために婚期を逸した三十代の女の、こちらはてきぱきと働くほうで、店はますます繁盛する。弟からあずかった娘と子供をその機に東京へ返し、自身の病弱の息子（じつは甥なのだが）にも嫁を取って老後に安堵した本家の主人は、やがて見物がてら分家の様子を見に上京し、うまく行っていることに満足して、明日は郷里へ帰るという日に、にわかに病んで一週間目に客死する。

「枯野の夢」という表題はもちろん芭蕉から来る。語り手にあたる文士の健三の、祖母がかつて高天村に厄介になっていてそこで死んだ。健三の伯父がその地にその墓を造ったわけだが、碑の裏に例の、《旅に病んで》の句が彫りつけられる。あれは何ですか、と健三がとぼけて聞くと、あれは何でも昔の大学者がつくったそうな、と伯父は答える。

　七年経って、店は同じところだが、資産はあれこれ併わせて八万七千円までになり——ちなみに、初めて上京した際に本家から借りた資金が二百五十円であった——中くらいの財を成した五十九歳の商人が、同じ中くらいの名声を得た三十五歳の文士と連れ立って、あらためて故郷に錦を飾ることになる。帰郷の目的はまず第一に、天理教の本部に寄って郷里の村の、兄の永年の願いをその死後に果たすかたちで人から買い取った山、高天《たかま》山を寄附することにあった。じつは帰省のたびに金銭を寄せる、隠れた信者であったのだ。その信心たるや、《私には神さんなんてあってもなうてもかめへんネ》といい、しかし信者から上げた金をみな信者のために使う、《今日から信心するいうたら、信者でなうても、その日イからすぐ引き取つて養うてくれよる》その主義が好きだという。

　かつてはその天辺にある池へ身を投げようかと幾度も思ったほどの、因縁浅からぬ高天山を寄進するに当たっても、山に教団の建物が立ち並べば村は町となって栄え、どうやら先刻かなり手広く周辺に自分で買いあさっているらしい土地の、価値が五倍にも十倍にも跳ねあがる、とそんな胸算用を車中かまわず大声で話すのだが、じつは出発の朝に、二年ほど前に京都の年寄りのところへ後妻に片づけた娘が、急に戻されることになった旨の手紙が届いており、とりあえず電報を打って娘を明朝京都の駅で待たせ、その足で天理まで行って、おそらく一生、あずけるつもりでいる。孫のほうも、商売を覚えないようなら、あずけようかと思っている。

娘をつれて社務所に入り、一時間ほどして一人で出てくると、めずらしく機嫌が悪い。だいぶ経って汽車の中でたずねると、高天山の神さんと、天理さんの神さんとは、神が違うといって断わられた、とまだ不機嫌にしている。一生の落胆事であったらしい。おまけに本家に着けば、自分の商売の後を譲ろうかとも思っていた甥は胸の病いで入院しており、あまり好かぬ嫂は子宮癌に罹り、東京の義弟の家に厄介になってそこから病院へ通うつもりで、すでに仕度までして待っている。

それが春のことで、その年の夏に嫂は東京の帝大病院で死に、秋には甥が大阪の赤十字病院で死ぬ。費用はすべて、東京のほうで持ったらしい。そして三年目の秋に、天理の病院で娘が死ぬ。

丈助も六十歳を越して、その頃からおいおい心臓の不調に苦しめられるようになる。

中戸丈助——巌のごとく頑丈な大男で、頬骨と顱骨の張った真四角に見える顔に、アフリカの方角を想わせる分厚い唇をしていて、無口でいくらか吃る癖がある。しかし語り手の、血縁者でも同郷人でもないが、高天村から東京まで二十年にわたっていわば見え隠れに、丈助の生涯の節々に立会ってきた文士の健三の目に、村での初対面の時から強く印象に残ったのは、火鉢のそばへすすめられても遠くから及び腰のまま手をあぶっている姿、その遠慮癖だという。

その甚《はなは》だしさはたとえば、上京して三年目あたりのある日、留守をした健三の家の前に浮かぬ顔で立っている。家へ上げてもなにかもじもじして口をなかなかきかないので、商売のほうへ話の水を向けると、それが行詰まっている、という。それから二分ほども口をただもぐもぐさせてから、じつは昨日から妻が寝ついたこと、医者に見せたらちょっと質《たち》が悪いらしいこと、郷里に往《い》にたいとしきりに言うので自分も心細いこと、などを訥々と打明けて、また二分ほど口をもぐもぐさせ、結局、五円の金を借りて帰る。翌日さっそく健三の母親が見舞いに訪れると、病気はすでに重っていて、ちょうど職人が医者を呼びに駆けつけるところで、主人は客を二階へ誘い、じつは今夜といわずもう一時間と持たないらしいと話してから、また二分ほども口をもぐもぐさせているので、客は察して指で輪の形をつくり、札を一枚、懐の口元にそっと挟んでやると、《すまん、すまん……これで葬禮《さうれん》が出せる》とつぶやいて涙ぐむ。

これほどの遠慮癖となると、われわれ現代人にとってはもはや、懐かしいようなものではないか。また古い共同体の中に組込まれて生きる人間の遠慮とも、度合いか、あるいは質が異なるように思われる。また近代人の《自意識》の哀しみ、たとえばごぼごぼと鳴る雨樋を抱きしめて存在の恐怖を叫んだり、あるいは大の男たちがメリイ・ゴオ・ラウンドにまたがって笑い泣きしたりするのと、人の孤立をより荒涼とあらわしているのは、いずれのほうだろうか。

それはともあれ、六十の坂にかかって郷里の山を買うほどの財を成したこの丈助が、《しかし、わしもうこれ以上金いらんと思ふね。入《い》らんちふたかて、商賣の方が儲けよるもんやから、嫌でも勝手に殖えていきよるさかい仕様《しよ》がないし、というて、ほかす譯にも行かんけど》と歎く。商人一流の自己顕示でも韜晦でもないのだ。だいたいこの男は自分の財産の額を多少にかかわらずありのままに話す、実際より多くも少なくも言わないという、商人として珍らしい性癖を持っている。自分の娘や孫はあのとおりだし、《さう思ふと、私は、食うて食うて、食ひつぶすか、飲んで飲んで、飲みつぶすかしたろ思ふことがあるけど、それがあかん……》、今では食欲も衰えたし酒量も減った、すこしやり過ぎると心臓がどきんどきんする、という。

またこの男は、自分では酒を除いては倹約に倹約を重ねて暮しながら、人によく施す。遠い親類でも、困っている者があれば、金銭をあたえたり、田畑をあたえたり、これを語り手は《佛性《ほとけしやう》》と呼び、また《道樂》とも呼ぶわけだが……。

郷里を出て都会で成功した人間は、いかに長年一人で刻苦してきたのであろうと、その成功を一人占めにするわけにはいかない、という時代の現実もあったのだろう。最初に世話になったという恩義の範囲、あるいは親兄弟という血縁の範囲を超えて、あちこちから縁者たちが掛ってくるのを、払いのけられない。個人の成功をかならずしも個人の業績とは見ずに、むしろ縁者たちで分かちあうべき《幸《さいわ》い》と見る感覚も濃かったにちがいない。また掛かられるほうも迷惑がりながら、郷里のほうへ余沢を及ぼすのでなければ、苦労した甲斐がない、と思う心がある。それがまた、自分が営々として築きあげてきた物を、強欲な連中が寄ってたかってむしっていくような、恨みの念となって燻《くすぶ》る。ことに後継ぎに不安があれば、なおさら荒涼とした気持にもなる。

細君は細君で、結果として幸人《さいわいびと》に嫁いだ、これまた幸人と見なされるので、そちらの縁者からさまざまに掛かられるのを、またかならずしも払いのけられない。一緒に苦労して稼いだ金を、亭主があちらの——ろくでもない——縁者にばかり費すのを、むざむざと眺めるその恨みから、それならこちらもこちらの縁者のためにすこしでも余計に取ってやろうという、欲がやがて深くつくのも無理はない。ことに亭主の死後、この屋台は解体するという、けはいが濃厚であれば、なおさらのことである。

《いつそのこと、みんな西の海へほつたろかと思ひまんね》と、遺産の分配に悩まされて、主人の《佛性》がまた歎息する。年々資産が殖えるので、年々遺書を書き換えなくてはならない。そのつど配分の変更にばかり関心が行くので、資産全体が三倍になろうと五倍になろうと、ふえたともへったとも思う気がしない、という。

この主人が、貧しき人々の手癖のせいばかりでもあるまいが、病いがさらに進んで、医者に叱られて二階で暮すことになったものの、さてそうなると店のほうが気にかかり十分おきぐらいに手を叩いて細君を呼ぶありさまで、困りはてた細君にすすめられてまた階下の、店からガラス障子で隔てられた部屋で暮すことになったが、そのガラス越しにまた例の、手癖を目撃するとたちまち息が詰まりかけ、二階へ逃げたり階下へ戻ったりを繰返したあげく、とうとう入院させられることになる。しかしたった二日で、病院から帰ってくる。その時にはもう、医者と細君が相談して自分を殺すような、そんな妄想を口走っている。

家に戻って二階の窓辺に炬燵を据え、横になって休むこともできないので、うしろに蒲団を、どうやらもたれられるように積んだ、坐りきりの病床で日を過すことになる。ある晩、病人が用足しに立った隙に細君が寝床を掃除すると炬燵蒲団の下から、菜切り庖丁が出てくる。あとで病人に聞くと、《わしが死んだら、みんなが可哀さうやから、いつそのこと、みな殺してしもたらと思たんや》と答える。以来、家中の刃物を細君が隠しても隠しても、病人の蒲団の下から出てくる。あるいは夜中に、窓から往来に向かって、《近近にこの家に人殺しがあるかも知れまへん》と叫んだり……陰惨な、怪談仕立てになってくるけはいだが、しかしこの小切れ一切問屋の主人は、哀しいかな、死ぬまで正気であるのだ。

心配の種であったたった一人の孫が二十歳になり、嫁を取ることになる。相手は郷里のほうの、今の細君の姪にあたる娘で、電報で呼ばれてその娘と親たちの一行が到着する。細君が客を迎えに病人の傍を離れ、階下で人数にしては小声の話が始まる。すると二階に残った健三に、主人は生涯の恨みをはてしもなく訴える。親類どもの《欲ぼけ》を呪い、

「……あんな奴らが、……わしが汗水たらしてこしらへた金で……その金で買うた、山や、田地や、畑のお蔭で、……一生樂に暮らしよるかと思ふと、……古泉はん、わしは……わしは……わしは……取り返しのつかん事したと思て、彼奴と……彼奴と……みな、お萬の身内や、……一《ひ》イ、二《ふ》ウ……三《み》イ……彼奴と、彼奴と、……あんな奴らに逢ふもんか、……あんな奴らに、……」

細君の弟夫婦やら妹夫婦やら、死んだ本家の甥の嫁やら、大和の連中がぞろぞろ寄ってくる。なかには、主人と細君を別々にだまして両方からせしめる者やら、石屋を始めるので元手を出してやり、四、五年して自分ら夫婦の墓石を造らせたら、最上等の代金を取っておいて最下等の石を使うので、嵐の日に転《こ》けていっぺんで割れてしまったのを、ほかの石屋に注文したら最上等が半値で済んだ、その男も明日やって来る……あまり罪もない赤の他人の手癖に、死ぬほど打ちふるえた心臓が、どう反応することか、どう反応してきた

ことか。ところが、やはり発作を心配した健三が、気を逸らさせるため か、書き置きのことを思出させると、丈助はようやく落着いた声で、あれは見つかるとうるさいから破りすてたと答え、それでは困るのではないか、とさらにたずねると、

「大丈夫や、外のことは忘れても、……割り当ての勘定は……ちゃんと覚えてます。」

この言葉に、健三は襟を正した、とある。《躍起の丈助》と《落ち着きの丈助》とがここでも隣り合わせになっていることに、一種の圧迫すら感じたという。三日後に、丈助は後妻と孫を炬燵の側に呼んで、孫に紙と筆を持たせ、しっかりとした声で、ここ数年幾度となく練り直したあげくの、詳細きわまる財産目録とその配分とをゆっくりと、次から次へ書取らせる。細君が不満の色を顔にあらわした、とある。やがて終ると、ちょっと間があって、いきなり孫の名を呼び、炬燵の上に、首をはさむような恰好で、顔を伏せて、それが最期であったらしい。

読んだ私も、襟を正したとは言わないが、自分の生涯に始末をつけるということの、出来るとすれば、何たるかをやや思わされた。初対面で語り手の印象にまず残った遠慮癖が、ここでこうして、貫徹されたか、とそんなことを考えたものだ。

あの遠慮癖の裏にはおそらく、四十なかばにして身投げを思うほどの頓挫を見た男の、人間恐怖がひそんでいる。対人恐怖には、それに付いて孤立する生き方もあれば、それを守ってかえって人の間《かん》に留まる生き方もある。満足に世を渡れぬ娘と孫を抱えこんだ必要もあったが、物欲にとらわれず一人ひたすら働くというのは、他者との絡《から》みからより楽になる道ではなかったか。その結果おのずと築かれた富がまたおのずと、他者の欲を呼び寄せる。人に施す《道樂》といい《佛性》といい、関係の粘りにそのかぎりで片をつける、唯一の方法ではなかったか。

郷里の山ひとつを、さして信心もしていない教団へ寄進しようとしたのも、一身の征服欲もあったろうし、一身を超えたものにつながりたいという宗教的欲求もあったろうが、所詮は自分の人生の痕跡を無関係多数の間へ拡散させたい、骨灰を野か海かにさっぱり撒いてしまいたいという夢に、近いものではなかったか。

やがて人の欲の絡みを払いのけきれなくなり、自身は死病に罹り、営々と築いてきた物が縁者どもに喰い散らされるのをすでにまのあたりに浮べて、さすがに瞋恚《しんい》の鬼に嘖《さいな》まれるわけだが、しかし最後に遺産の配分をきちんとつけるというのは、自身の存在を刻みつけるのと同時に、それとは一見正反対の、八方の心情の縁をそれで断つ、一人の孫を除いては自身も人も互いに無縁となる——この、ひそかに無縁に生きようという、高天山の天辺の池の畔でか、天理の無料宿泊所あたりでか、心の底に得られた覚悟が、ここで貫徹されたのではないか。

すくなくとも、高天に往《い》にたいとは、最後まで口にしなかったようだ。

濡れた火宅

あれで今からもう十年近く前になるのだろうか、ひと頃、世間でゴキブリ亭主とか呼んで、休日などに台所のあたりをしきりにうろついて家事にあれこれ、口も出せば手も出す男のことを、家庭に取りこまれた情ないありさまと笑う風潮があり、私などはひそかに、はたしてそうなのだろうか、取りこまれたというよりはむしろ家から零れ落ちなんとする、drop himself out の兆ではないか、と首をかしげたものだが、それにつけても大晦日が近づくと、徳田秋聲の「黴」の中の一場面が思い出された。

押詰ってから、思はぬ方から思はぬ金が入って來たりなどして、お銀は急に心が浮立つた。そして春の支度に、ちよいちよい外へ買物に出かけた。笹村も一緒に出かけて、瀬戸物などを提げて歸ることもあつた。晦日になると、狹い部屋の中には鏡餅や飾藁のやうなものが一杯に散らかつて、お銀の下駄の音が夜おそくまで家を出たり入つたりしてゐた。母親も臺所でいそいそ働いてゐた。神棚には新しい注連《しめ》が張られて燈明が赤々と照つてゐた。

笹村は餘所の騒ぎを見せられてゐるやうな氣がしないでもなかつた。そして、それを引搔廻さなくてはゐられなかつた。


女たち、妻とその母親との、得意になってやっていることに、片端から非《けち》をつけた、とある。夏に子が生まれ、そのあとにも別れ話がひとしきりごたついて、秋口にようやく籍が入れられた、その年の瀬のことである。

その作者の秋聲が、「黴」が発表されてからおよそ十五年ほど後、大正の末年頃に、弟子筋にあたる葛西善藏の窮状の訴えを聞いてなぐさめるかたがた、自身のことも引合いに出して、

「……生活のはうから第一改革して、それには、僕なんかも、自分だけでも、何處かに隱遁したやうな生活でもして、もうちつと眞面目の仕事をして行きたいと思ふ。兎に角、今のままぢや仕方がないよ。……」と、もう長年続いているはずの現在の暮しをあたかも仮りの、間違った暮しのごとく語ったことが、善藏の「醉狂者の獨白」の中で、つい一、二年前のこととして回想されている。

秋聲は五十代のなかばで、まもなく糟糠の妻を亡くす運命にあった。善藏は四十の坂にかかったところで、わずか数年後に自身の死を控えていた。

その善藏のその頃の小説の中では、主人公の男は妻子を郷里の妻の実家にあずけ放しにして、別な女性と凄惨な同棲生活を送っている。ある日、郷里から手紙が届く。上書きは長男の手だが、中身は妻の書いたもので、長男と長女が入学試験の時期にかかり、夜の十二時近くまで勉強しているのに、せめて一日ひとつの玉子も思うように食べさせてやれない、と訴えてくる。その手紙を主人公は同棲の女性につきつける。

「この手紙を讀んで見ろ！　讀んで見ろ！　どんなことが書いてあるか、讀んで見ろ！」

これは「蠢く者」の作中のことであるが、これと同じような場面を、「醉狂者の獨白」の口述筆記者であった嘉村礒多が、目撃した旨を自身の小説「生別離」の中に記している。難渋する口述がその日は思いがけなく捗《はかど》り、上機嫌の小説家がチョンガラ節などを唄い出したところへ運悪く、郷里の娘さんから学資の催促状が届く。それを小説家は同棲の、子まで生《な》した女性につきつける。「これ見ろ。この手紙を讀んで見ろ。何が書いてあるか。惡黨！」と。あまつさえ、拳固が女の頰桁へたてつづけに飛ぶ。深夜に女のすさまじい叫びがあがる。騒ぎに立会わされた口述筆記者は、夫人に加担して小説家の真向《まっこう》へ、布袋竹《ほていちく》をでもいやというほどくらわしてやりたくて、手足が震いわなないた、とある。

嘉村礒多が葛西善藏の「醉狂者の獨白」の口述筆記の役を請負ったのは、年譜（太田静一氏作製、講談社版、日本現代文學全集、74）によれば大正十五年の八月となっている。礒多は数えで三十歳、山口県の郷里を出奔して一年と四ヵ月になり、善藏は死の二年前であった。場所は世田谷三宿の善藏宅で、礒多の「生別離」によれば、まずある日、善藏は夜っぴいて苦吟したが、表題が決まっただけで夏の夜は白らみ蜩の声が聞えて、やがて二人とも睡ってしまう。午後になり二人してまた机に向かい、善藏は独酌の手を動かしづめで苦吟をつづけるが、夕方になり逆上して同棲の女性と立廻りに及ぶ。籐のステッキを振りあげたものの、すでに末期に入った肉体の衰弱のせいか、若くて健康な女性に得物を捥《も》ぎ取られてしまう。それでいよいよ血迷って、押入れから釣竿を出して身構えたのが、ふと思いとどまり、面倒くさそうに竿を引き出したり継いだりしたところで、濡れ縁にしゃがんで庭へ糸を垂れ、「早く筆記して！」――そう叫んで、釣の思い出から始まったという。なるほど、《自分は、今日も、と言っても、何んケ年も出して見たことはないのだが、押入れから新聞紙包みの釣竿を出して見た》と、冒頭はそうなっている。

手紙がきっかけの、先の喧嘩の最中に小説家への憤りに手足を震わせていた、「生別離」の主人公平蔵は、小説家の宅を辞するや、非難の切先が我身に跳ね返ってくるのを感じる。彼自身も郷里との、手紙のことには悩まされている。例の小説家の、ひどさがきわまっていっそカラッとして酷《むご》い印象をあたえるのとも違って、気質の違いか、わずか十年差の世代の心性の違いか、一段と入り組んだ、陰々滅々としたものがある。

まず同棲の、ほぼ同郷の町からともに出奔してきた女性が、それから一年ほどもしてと思われるが、男に内緒で郷里の、男の父親に手紙を書くらしい。二十三歳の天涯孤独の、きわめて聡明貞淑な女性のことで、おとうさまおかあさまと呼ばせてほしい、というふうなしおらしい文面のようであり、ときおりは羊羹やら佃煮も送っている。息子に不面目をされて気の弱った父親のほうも、その心づかいを喜んでいるらしい。ところが郷里の家には、男に棄てられた妻が嫁として暮している。来年は小学校にあがる、病身の息子もいる。入院して頭部の悪性の腫物を手術するという。手紙に気づいてからは、妻の心を思って男は同棲の女性を、三度に二度はたしなめるが、どういうものか、父親からも干し柿などが女性宛てに送られてくる。

勘づいた妻が訴えたようで、やがて郷里の仲人から、激烈な非難の手紙が来る。乱倫不逞の徒などという言葉が見える。男は詫び状をしたため、今後郷里との縁は絶つので妻にはひき続き子を育て家の面倒を見て貰いたい旨を書き送るが、まもなく、憤慨した妻の兄弟が正式に離縁を迫り相当の慰藉料を請求する手筈である旨を仲人が通告してくる。男の苦衷は口述の最中にも小説家の目にとまるほどで、離縁だけはしない方がいいですよ、と小説家は容《かたち》を改めて、忠告したりする。僕の場合は、これは全然別として云々と。

郷里の父親からは息子の真意を確める手紙が頻繁に届くが、男は煮えきらない。そのうちに、ある日、父親の手紙に離婚届の書類が同封されていて、署名捺印の上返送し万事を一任してほしいとの意向がしたためてある。さっそく、男は同棲者に迫られる。それまでに男は同棲者にたいして、大きな裏切りをしている。まず、郷里を出る際に、離婚が成立するまではこのまま何年でも待つのでと哀願した女性を、強引にさらってきた。そのとき固く約束した離婚のことを一年あまりも有耶無耶にしてきて、今でも意志が定まらない。ほんとうは奥さんに未練があるのでしょう、とまで言われて、うろたえて勢いづいたはずみに、男は同棲者の目の前で書類に署名捺印して封筒の上書きまでする。そしてその封書を読みさしの古雑誌の間に挟んで、壁際に積み重ねた本の上に放りあげる。そのまま、またあいまいに時を稼ぐつもりだったのが、同棲者が男の不在中に、それを投函してしまう。そのことで、男は女を憎む。

例の口述筆記が尻切れのかたちで終り、切りつめた暮しにとっては有難い額の筆耕料を主人公は社から受け取ることになり、帰ってきて同棲者に渡す。セルの着物を買ってやるとの前々からの約束で、これがどうやら上京して初めての、女の買物らしい買物となるはずだった。ところが中一日おいて、男は訪れた二人の知人の無心を聞いて、デパートへ出かけようとしている女の手から、全額を取り戻してしまう。

萎《しを》れた彼女へはもちろん、一層憐まれる自分へも一瞥さへ呉れない剣幕で。すべては自分の裡に潜在してゐる業腹、彼女への無念の怒り、腹癒せ、意趣返しの止み難い一方便であつた。毫《すこ》しでも淫逸な快樂と名附くものは皆否定して遣りたい衝動が渦巻いた。

こうした文章、こうした文質である。すべてがこの調子ではなくて、透明な文章もすくなからず、描写力にもすぐれ、しばしば苦の感覚の、美しいほどの冴えを見せる作家であるが、まず基調音はここにあると思われる。とくに引用の最後の部分は、文字どおり衝動の渦は読む者に伝わってくるものの、言わんとすることはかならずしも明瞭ではない。淫逸な快楽とは、男女の睦びも敢えてふくむのだろうが、人並みなことをする女のよろこびまでふくむのか。さらにどこまで及ぶのか。無際限なような禁欲への傾きがたしかに、善藏におさおさ劣らず残酷な生活を綴った一連の作品の底にはある。一時は真宗系の感謝称名の、一種の敬虔主義の運動に熱烈に参加した人であったことも忘れるわけにいかない。

ところでこの男女の、同棲の栖《すみか》のことであるが、これも崖の下にあった。本郷の大学正門向かいをやや入ったあたりらしく、あの辺も坂がちのところで今でも何段もの崖がコンクリートで固められ住宅に隠されているが、「崖の下」という作品によれば森川町橋下になり、高い石垣を正面に控えて、背面は崖上になるのか、長屋の屋根がうねうねとつらなりとあり、これが東西のようで、南は家とすれすれに何十丈という崖が聳え、北は隣家の羽目板と石垣との間のごく狭い通路を抜けて、石段の上の共同門に続いている。もし共同門の方から火が出れば寸分の逃げ場もなし、崖が崩れ落ちようものなら家は微塵に粉砕される、と作中でも心配されている。近くの真砂町でも先頃、崖崩れの惨事があったという。家は三畳と六畳のふた間で、ところどころ床板が落ちているらしく、くぼんだ畳の上を爪先立って歩かなくてはならない。駆落ちしてから一年半ほど、二軒目の住まいになる。最初の住まいは同棲の女性が、親切にしてくれていた家のお内儀さんの足の先のありさまを、菊坂の銭湯でついまともに見つめてしまったのが運の尽きで、お内儀さんに憎まれて追い出された。

南側の断崖の上に、主人公の圭一郎のかつて傾倒した、駆落ちの件で破門にされた念仏行者の会堂があり、そこから朝ごとに、寄宿の大学生たちの勤行の声が降ってくる。顚倒上下……迭相顧戀、窮日卒歳……愚惑所覆、とかつて師に教えられた経文をきれぎれに聞き分けて、寝床の中で主人公は被衾《ふすま》の襟に顔を埋め両の拳を顳顬《こめかみ》にあて、台所で働く同棲者の耳を憚って、声を嚙みしめて哭くということもあったが、それにもだんだんに馴れて横着になっていったとある。その頃から、男は雑誌社の口にありつき、女は裁縫で稼いで、暮しは切りつめたなりにやや安定してきたらしい。

嫁いだ妹が、たった一人の息子に出奔された実家の窮状を手紙で訴えてきて男を悩ませる。とくに入院中の、頭部の手術を受けるという子供のことが気にかかる。男は夢にうなされ、子の名を大声で叫んで、夜更けまで針仕事を続ける同棲者に揺り起されたりする。同棲者には子の名だとわからなかったらしい、とある。そのうちに手紙の一通が同棲者の目に触れることになり、ほんとうにすまないわ、と泣かれ責められる。

「あなた、奥さんは別として、お子さんにだけは幾ら何んでも執着がおありでせう」とあるとき同棲者にだしぬけにたずねられて、「ところがない」と男は答える。

これが強がりなのか、女へのおそれといたわりなのか、そうではあるのだが、すっかりそうなのか、読みすすむうちにこの点で微妙な印象が残る。男は幼い我子と、一面では敵対状態にあったという。自身は幼少の頃から母親と互いに憎みあってきて母性愛を知らず、それでただ優しくしてもらいたい一念から、ごく若い頃に年上の妻と結婚して、庇いいたわられてきたところが、生まれてきた子にその寵愛を根こそぎ奪い去られるような……そんな恚《いか》りから、この侵入者をそっと毒殺してしまおうとまで思いつめたことも一度や二度ではなかった、という。

五つ六つになった男の子が母親の膝に飛び乗り、襟を押しひらいて乳房を銜《ふく》む、そのさまを見ただけで妬ましさに駆られて怒鳴りつける。あげくは幼い者に手をふるい、逃げる子を追って跣で庭へ降り、激昂のあまり鼻血をたらたらと流す。

主人公をやはり圭一郎とした先行の作品「業苦」によれば、男は十九歳で一緒になった、二歳年上の妻の、婚前の身持に疑惑を抱いていた。そのことを妻にたいして口にも出して、子の生まれたあとまでも詰問を重ねたあげく、妻がやはり以前、主人公の嫌っていた或る男と二年も関係を続けていたという事実が知れる。それが妻をうとむというよりは、子と張り合っても独占しようとする方向へはたらいたようなのだが、また一方ではそれ以来、処女を知らぬという無念が片時も頭を離れなくなり、異性を見るたびにそのことが思われ、《レエイプ》してまでもと思い詰められ、その願望の延長が、同棲者を引きさらう結果になった、と慚愧の念がさらに主人公の心を蝕むわけであるが――。

わたしたちも子供が欲しい、と同棲者は言う。だけど生まれる子に私生児の運命だけは負わせたくない、と訴える。男は、この女性を正妻に据えるために妻を離婚することを、没義道と思っている。それでいて、自身の死後に行き暮れる同棲者の姿を、露店に立つ老婆に見たりする。金魚売りの声には郷里の子を思う。

年譜によれば、「酔狂者の獨白」の口述筆記をした年の末に礒多と先妻との協議離婚が成立している。またそれから四年後の、昭和五年の夏前には先妻が郷里のほうで再婚したとある。同じ年の十一月発表の作品「秋立つまで」の中では、「私」とカツ子との同棲は、かれこれ六年近くになる。女はその正月で三十歳に手が届き、男が暴力をふるえば、ときに口汚く罵り返すまでになっている。以前には雨が降れば――牛込のほうへ越していて――飯田橋の駅まで男を迎えに来たのが、この頃では濡れ鼠で帰らせるという。針仕事に精を出しすぎたせいか、最近目が翳《かす》み出して、それにつけても老後のこと、生ませてもらえない子供のこと、まだなされていない入籍のことで男を責める。男はもう数年小説で頑張ってそれで駄目ならかならず一緒に郷里の山にひきこもるから、と言い抜けるが、追いつめられると口汚いどころか、ああ、先の女房は、も少し優しかった、先の女房の方がいい、とそんなことまで口走る。結局、同棲者を宥める言葉は――万事この自分を信じろ、自分の行くところなら地獄まで跟《っ》いて来てさらに後悔があってはならん、仮りにも負けて、自分に背を向けて戸口三寸出たら、自分としては首を縊っても、お前を呼び戻しはしないから、それだけは言って置く、と。

そんな陰惨なような睦言に終るわけだが、この天涯孤独の女性には、じつは母とは晴れて呼べない筋合いの実母が山陰の町のほうに存命していて、近頃持病が重り、異父弟妹から帰国を促す手紙が来ると、男は女にそれを許さない。女の目を掠めて手紙をひき裂き、やがて女の不在中に届いた危篤の電報まで破いてしまう。次の電報を受けて女は勝手に出発する。そして一週間後に帰り、中二日おいて死去の報が届くと、どうしても顔を見納めたいと泣き叫ぶ。男はいろいろと事情を言い立てて、思いとどまってほしいとこちらも泣いて頼む。別れ話まで持ち出して脅す。女は梳いていた髪をいきなり鋏で七八寸も切って襖に投げつけ、結局は出かけてしまう。畢竟、即くべき縁のものは即き、離るべき縁のものは離るる、即き離れのたわいなさ、などという悲歎を抱いて男は茫然と口を噤む。感じようによっては奇怪なる達観である。

それが梅雨前のことのようで立秋の頃には、ほんとうに未来があるのでしょうか、教えてくださいな、といよいよ心の行詰まった女はしばしばたずねる。未来とは、来世のことなのだ。眠っている男に衝動的に声をかけ、揺すり起し、問いかけてくる。ほんとうに未来というものがあって、あなたと御一緒でしょうか、と。あるとも、大丈夫あるから安心しろ、と男は語気を高めて答えて、われながら子供だましの気休めと感じ、女の問いを愚鈍とも感じ、それで内心また屈折して恥じ白らけるかと思うと、ところがそうでなくて、われとわが言葉に刺激されて、悲痛な幸福感がぞくぞくするほど内に溢れてくるという。「汝、一心正念にわれを思へ。われよく未来世まで、汝を護らん」と胸の内ではあるらしいが、女に呼びかける。

現世の未来、それもおおかた近い将来のこととして男がわずかに夢想するのは、砂ヶ峠といって、郷里の家から六七丁も隔った山寄りの丘辺にある物置小屋のことで、少年時代に唯ひとつ好きだった遊び場所であり、蕨が採れ竹の子が採れ、桑苺や野苺、柿の木に桃の木、それに細い谷川が流れて、牛込あたりの銭湯から夜更けての帰り道、落し湯が下水溝へポコポコと流れこむその音にも、男はせせらぎを想ってしばしば立ちどまり耳を澄ます。あそこで、月を眺め本を読み、石臼をまわして団子をこさえたり、蠅を叩いたり、午睡をしたり、長い安息を楽んで、平和な死の迎えを待つ――それがときおり、男自身はすでに墓の下にいて、老耄《おいぼ》れた女が峠の家の襖の陰で男の名を呼び呼び忍び泣いているのを、聞いていているような想像になっている……。

郷里のほうの現実は、そうでなくても没落しかけた地主の家が、息子に出奔されたという弱みもあるのか、小作人たちからは加調米を強硬に値切られ、要求に応じなければ小作を断ると迫られ、隣接の地主には境界を二間もずらされ、それでもただ歯ぎしりしているというありさまらしいのだが、ある晩、先年困窮の中で死んだ先輩作家の未亡人を二人して見舞った帰り、世田谷の白い埃の道を歩きながら、未亡人の始めた商売の思わしくないことに触れて女が、あたしはあなたに先立たれても商売なんかしませんね、と言うと、

「さうだよ。迷つたら駄目だよ」と、私は固唾を呑んだ。「お小遣は僕が用意して置いてやるし、お米も貰へるやうにして置いてあげるから、砂ヶ峠の家でぢつとしてゐるんですよ。いいか、老いて、死んで、身體にウジがわいたつて構ふものか！」

「ええ、さうよ」

またしても陰惨な、行詰まりかけた三十男と三十女との、手を携えて闇に踏入って行くような睦言となったが、その日の昼間、男は女の大切に育てていた草花を、鉢から引っこ抜いて垣根に投げつける、ということをしている。お前がつねづね草花の類にまで求めようとする根性がさもしい、と女を散々に叱りつけたという。

事のきっかけは、郷里のほうにいる男の姉の一人息子の、早くに父親を亡くした甥が中学生になり背丈も叔父より高くなり、富士登山の帰りにとつぜん男の家に寄り十日ばかり泊まってその前日に帰って行った、その子のことを女が、豊次さんが豊次さんがとしきり

に口にする。それが男には、自分の血筋でありさえすれば盲目的に取り縋ろうとする根性のように思われ、不憫やら腹立たしいやらごっちゃになって、狂ったように詰《なじ》ったとある。

秋聲の「黴」では、女の籍の入ったあとまでも男には、女の触れてはならない、逆鱗のようなものがひとつあった。それは、女のほうの身内に寄り掛られるのではないかという疑心であり、その恐れから、二度目の出産を済ませて家に戻ってきた妻にたいして、お前に帰ってきてもらわないつもりなんだがね、とそんな暴言を吐いたりする。

善藏の「醉狂者の獨白」では、男は同棲の母子と郷里の妻子と、あからさまな矛盾の上に、もはや病いに蝕まれた身の、褌一丁の大胡坐をかいて、自己諧謔の凄みをきかせているおもむきがある。荒涼とした笑いもおのずとある。

世田谷の夜道で、男は昼間の興奮にまた染まって、今という今、思い知らせてやろうと、女のほうを振り返えり振り返えり早口で、事もあろうに、むかし炬燵の火で焼け死んだ、一人暮しの叔母の最後を話しはじめる。夜中に異様な悲鳴が聞えて雨戸を繰ったときには、川向うの闇の中に、薬師堂前のその家の障子が赤く照って、手の下しようもなかった。やがて燻る灰燼の中から、柄の長い鳶口で、真っ黒に爛れた死体が引きずり出された、と。

一種残酷を超越した心持で、文字通り火宅を出でずという意味を披瀝して言った、とある。期するところは、一體現二同一身、これが最後の理想なのだから、という。しかしこの酷《むご》い合一を想う高揚の底には、陰惨な焼死の話に劣らず黒い、恥の念が蟠いていたらしい。根深い恥の責苦が成長した甥っ子をめぐり、その死んだ父親をめぐり、その母親である姉をめぐり、どうやら性的な暗さを帯びて、さらに幼少年期に喰込んでいくけはいが見える。

道が絶壁の突っ端に臨んだ時、漂ふやうな夕の薄明に慄然と顫へ、身をこごめて、姉に何かささやかうとする途端、「なに？」と、おどろに亂れた髪に蔽はれた顏を捩向け、唇を嚙み、眦《まなじり》を高く吊つて、眞黒い色を湛へた窪い眼ではつたと睨まれ、私の喉は詰り、舌は固くなつて動かなかつた。その時の憎惡と侮蔑に輝いた姉の眼の光りを私は終生忘れ得ないであらう。

これは七年前に郷里で、亡くなった義兄の野辺送りに姉と二人して、棺は後から人夫が担いで、山の上まで来た時のことの回想である。少年時代に姉と何があったのか、作中からはよくわからないが。

ともあれ、何物かに取り憑かれてひたすら我身の毒を掻き立てる男のあとに従って、白い埃の夜道を、うなずいて聞いていたのがたぶんもう暗澹と黙りこんで、ひとりきりの心で行く女の姿を、繊細な読者はつい思い浮べるだろう。男の罪業感の苦しみはおそらく、女を庇護するほうへひろがりはしない。かと言って、突き放しもしない。作者の筆に捨てられた姿が、読者の内でさらにしばし歩みつづける、これも作品の功徳である。

今からどれだけ昔の男女の話かと言えば、作者の嘉村礒多の、山口市の中学校の二級先輩と二級後輩とにそれぞれ、元首相がいる。六十年のと七十年のと、とつけ加えればよほど身近に運ばれてくるだろうか。

幼少の砌の

頼朝公御幼少の砌《みぎり》の髑髏《しゃれこうべ》、という古い笑い話があるが、誰しも幼少年期の傷の後遺はある。感受性は深くて免疫のまだ薄い年頃なので、傷はたいてい思いのほか深い。はるか後年に、すでに癒着したと見えて、かえって肥大して表われたりする。しかも質は幼少の砌のままで。

小児の傷を内に包んで肥えていくのはむしろまっとうな、人の成熟だと言えるのかもしれない。幼い頃の痕跡すら残さないというのも、これはこれで過去を葬る苦闘の、なかなか凄惨な人生を歩んできたしるしかと想像される。しかしまた傷に晩《おそ》くまで固着するという悲喜劇もある。平生は年相応のところを保っていても、難事が身に起ると、あるいは長い矛盾が露呈すると、幼年の苦に付いてしまう。現在の関係に対処できなくなる。幼少の砌の髑髏が疼いて啜り泣く。笑い話ではない。

小児性を克服できずに育った、とこれを咎める者もいるだろうが、とても、当の小児にとっても後の大人にとってもおのれの力だけで克服できるようなしろものではない、小児期の深傷《ふかで》というものは。やわらかな感受性を衝いて、人間苦の真中へ、まっすぐに入った打撃であるのだ。これをどう生きながらえる。たいていはしばらく、五年十年あるいは二十年三十年と、自身の業苦からわずかに剝離したかたちで生きるのだろう。一身の苦にあまり耽りこむものではない、という戒めがすくなくとも昔の人生智にはあったに違いない。一身の苦を離れてそれぞれの年齢での、家での、社会での役割のほうに付いて、芯がむなしいような心地でながらく過すうちに、傷を克服したとは言わないが、さほど歪まずとも受け止めていられるだけの、社会的人格の《体力》がついてくる。人の親となる頃からそろそろ、と俗には思われているようだ。

しかし一身の傷はあくまでも一身の内面にゆだねられる、個人において精神的に克服されなくてはならない、克服されなくては前へ進めない、偽善は許されない、という一般的な感じ方の世の中であるとすれば、どういうことになるだろう。また社会的な役割の、観念も実態もよほど薄い、個人がいつまでもただの個人として留まることを許される、あるいは放置される世の中であるとすれば。

現代の都市生活者はやはり芯がいつまでも幼い。それは人の、葬式などの機会にしばしば露呈する。傷つきやすい、傷ついたらそれきりになりやすい。世馴れているようでも、難事に対処する能力はよほど衰弱した。親となっても小児に留まり、保護者責任者の立場に置かれても、一身の苦にかまけ、振りまわされる。人を殺してもまず自身のことを訴える。

幼少の深傷と言えば、嘉村礒多が「來迎の姿」の中に記した幼児体験を、私などは思い浮べさせられる。昭和七年、礒多の数えで三十六歳、すでに死の前年に発表された作品である。

秋穂、あいをの浦という。現在の地図では湾と記され、瀬戸内海北岸の入江のひとつにあたり、礒多の郷里の現山口市、旧吉敷《よしき》郡仁保村上郷から南へ作品によれば二十里隔り、断崖下の波打際の洞窟の中やら、高い石段を登った山腹やら、路の辺、小さな丘の上の森、海に溺れた枝谷やら、そこかしこに八十八箇所大師霊場つまり札所《さつしょ》があり、五歳の礒多は母親に背負われ、幼い姉は手をひかれ、父親に率られて一家四人、白脚絆に甲掛けに草鞋の装束で巡礼に来ていた。詣るうちに日が暮れかけ、海へ長く傾く平地に巡礼宿を探して、山の麓まで来たとき、幼児の目にはいきなり、父親が母親を怒鳴りつけ、一人でずんずん先に行ってしまった。手をひかれた女の子はおいおい泣く。背負われた幼児は、「お母ア、駈けえ、早うお父ハンに追つつけえ」と叫ぼうとして、負い半纏の中で手足をばたつかせながら、舌のもつれがほどけなかったという。

それだけの思い出であるが、そんな体験のない人間にも、そんな悪夢を見たような記憶感を起させる話ではないか。厭離穢土、欣求浄土、の切ない思いにそのとき母親の背中で萌されたのであろう、と作者は記している。さらにもうひとつの思い出が語られる。

九歳の時という。ある日、少年が釣りから帰って台所口の格子戸を開けると、父親がばたばたと走り出て、竈の前で下女がふてた顔で薪を折っている。そのことを夕方に、畑から戻った母親につい告げてしまう。やがてむこうで、息子を殺すといきまく父親の声が聞える。母親も殺気立っている。夕飯の膳の前で父親は言う。あとで貴様を斬り殺してやるけえ、今夜はお飯《まま》を食べたいだけ食べえ、と。かならず殺されると思った少年は言われるとおりに飯を何杯も何杯も腹に詰めこむ。

それ以来、少年は父親と下女の逢引きのあとを、水車小屋やら納屋やら土蔵の軒下やらにつけまわす。羽目板や壁に張りついて聞き耳を立てる。偶然らしくよそおって大胆に近づいたりする。母親の命令ではあった。

親たちの仲の良くなることを少年は願う。そして父母と姉と自分とだけには死というものが訪れなければいい、何百年も何千年も生きのびたい、と思う。揃って先祖の墓所に埋められたら、棺を破って出て家族たちを助け出そう、と。ところがある日、代りに来た年増のお人善しの下女が少年に言うには、母親は少年を産み落して以来一度も可愛いと思ったことがない、自分に似た吊り眼と鰐口を見ただけでも身の毛がよだつ、そう常々から自分で言っている、と。少年は豆がらの束で下女を打ちまくる。

慚愧の発作というものがあり、身に痛い覚えのある人も多いことだろう。十年も二十年も前の、どうかして後から見ればささやかな失態が、いきなり心身にさしこんでくる。

「途上」という作品にはこんな場面が見られる。「私」は自叙伝を綴っている。そして十代の恋の思い出、恋する少女の家に招かれたが、持たされた火鉢を取り落して畳を灰だらけにしてしまう、とそこのところへ筆がさしかかると、「あツ、あツ」と奇声を発して下腹を抑え、それから両手の指を宙にひろげて机の前で騒ぎ出す。気狂いの真似をする、と傍で針仕事をする同棲の女性が眉をひそめる。そんな真似をしていると、いまに本物になりますよ、と。それにたいして「私」はひそかに思う。自分が四十五十になっても、よしんば気が狂っても、この失態を思い出せば慚愧の念に身底から揺すられるだろう、この一小事のみですでに自分を終生、かりに一つ二つの幸福が胸に入った瞬間でも、たちどころにそれを毀損するに十分である、と。

その「途上」にはまた、中学生の「私」が自分の色の黒さに悩まされ、それにつけてこんなことが思い出される。「私」の八、九歳の頃のことで、一家は半里隔った峠向うに田植に来ている。水田は暗い低い雲におおわれ、蛙も鳴かず周辺は鎮まっていたという。母親が、野原に裾をまくって小用を足す。それに父親は眉をひそめて、赤い襷《たすき》がけの下女を相手に、母親の色の黒いことをささやく。母親はやがてむずかる幼い子に乳をふくませ、破子《わりご》の弁当箱の底を箸で突ついていたが、だしぬけに「私」の色の黒いことを言い出す。下女が庇って口を挟むと、顔を曇らせて、「いいや、あの子は、產れ落ちるときから色が黒かつたい。あれを見さんせ、頸のまはりと來ちや、まるきり墨を流したやうなもん。日に焼けたんでも、垢でもなうて、素地《きぢ》から黒いんや」。

夜になつて斯様な足掻は凡て跡方無く消えた。私は妻の顔をしげしげと眺めて満足した。

雪が毎日々々音も立てずに降積つた。そして悉くが雪に封じ込められて、渾沌とした静寂が夜となく晝となくつづく中に、ただ背戸山から裏の大きな溜池に引いた懸樋の水の落ち込むのが鼕々《とうとう》といつた音を立ててゐた。

昭和五年発表の短篇「牡丹雪」の、読者がおそらく初めて息をつく箇所《くだり》である。水の音の落ちる雪世界の静かさにひとまず安堵の耳を澄ます。肉体と感情のもつれの、すべてが雪明りにつつまれ宥められる、かのような気分になる。雪の下の暮しを知る者にとっては、つかのまの幻想だろうが。たとえば物の臭《にお》いなども雪によって家の内に重く込められるものだ。

礒多の郷里仁保村上郷は地図によれば山口市よりは北、椹野《ふしの》川の支流の仁保川をさらにまただいぶ北へ遡った、もうかなりの山間にあたる。生家の写真を見ると、前は川原だろうか、石垣の上に屋敷が棟を並べ、裏手はすぐに小高い岡が左右から合わさり、そのむこうの杉林らしいところから山が盛りあがっている。土地ではまず富農の部類と見受けられる。

実家のほうで初子を出産した妻が帰って来る。「私」は産後二ヵ月も、実家でやすむ妻の傍にくっついていたが、日が経つにつれて性的な抑圧に苦しめられ、妻はそれを嫌って警戒を解かないので、あげくのはてに腹を立てて妻を足蹴にしたところが、気位の高い妻の祖母から「肥桶爺の小伜奴」と罵られ、戸外へ走り出ると砂利をひと掴み雨戸へ投げつけて、自分の家に戻ってしまう。

そして妻の帰りを待ち暮していたのが、その日になると、家に居て迎えるのが業腹で、友人の家へ出かけ、夜っぴいて碁を打ってその翌朝、胸をときめかせて家までは戻ったが、やはりこだわって裏木戸から忍び足で廂《ひさし》部屋に入りこみ、廊下を隔てた納戸《なんど》の間で赤児を抱いた妻が父親と話すのを一人で聞いている。やがて、ヒイヒイと啜り泣いて、自分の存在を知らせようとする。

しばらくして驚いてやってきた妻に、口もきかない。妻が涙を溜めて出て行くと、炬燵の蒲団にもぐりこんで、台所のほうに祝いに来た客の談笑にまた癇を昂ぶらせる。金盥に水を汲んで手拭いで頭を冷やす。跳ね起きて盥を持って跣足で庭へ飛び降り、池の水を汲んで足の泥を濡縁になすりつけて寝床に戻る。しまいに大声で客を怒鳴りつけて自分ですくみあがる。客は帰り、さすがに寄ってきた家の者たちに、頭が砕けそうに痛いと髪を掻き拶り蒲団を蹴り、心配されるといよいよ図に乗って、母親と妻にかわるがわる世話をさせながら、あばれつづける。その夜のことである。先に引用した、妻の顔をしげしげと眺めて満足するのは。

雪は降りつづき、終日、妻と差向かいに納戸の炬燵に入りびたる。一刻も妻を傍から離すまいとして、邪魔に入る赤児に恚《いか》る。子供が可愛くないのかと心配する父親に、毛ほども可愛ゆう思いません、と言い放つ。ただ、子のために親たちが自分にたいしても平生より甘くなっているのを感じている。

夜は納戸の炬燵に、自分と子との寝床をたがいに直角に敷かせ、妻はその間で……伏字が使われているので、場面は読者の想像にまかせることにして、とにかく三人並んで寝ようという妻の願いを承知しない。やがて妻は連夜の疲れから揺すぶっても目をさまさなくなり、しかたなく眉根に皺を刻んで蒲団の襟を嚙みしめて堪える夜がつづいたとあり、ある夜中、厠に立とうと寝床を出て襖をあけると、その音に目ざめた妻が寝惚面であとについてきて、厠は外らしく、「私」が雨戸をあけると、その前をすっと横切って先に出た。そのとたんに「無禮者」と、濡縁から二尺積もった雪の中へ、妻のからだが跳ね飛ばされる。

まず祖父が起き出してきて、なおもいきまく「私」の肩に手をかけて泣き声でたしなめる。両親も奥の間から起きてくる。その時にはもう、「私」は納戸の炬燵の熾《おき》を、火種ひとつ残さず、十能《じゅうのう》にすくいこんで廂部屋のほうの炬燵に移してしまう。そこで《羞畏心に顫へつゝ》夜着の中に小さくなっていた、とあるが、とにかく雪の深夜に嬰児の寝床から暖を奪って顧みなかったわけだ。

囲炉裏部屋で母親が夫婦仲の悪さをさも歎かしげにつぶやきながら、じつは内心嬉しく（と「私」は聞いている）、赤ん坊のために火種をこしらえに粗朶をくべはじめ、父親と祖父も炉端に寄る。父親が祖父の甘やかしを責める。母親も一緒になって責める。すると廂部屋から息子は跳ね起きて納戸に入り、怖気づいて顫えている妻の襟首を引き摑んで、実家の祖母の暴言をいまさら持ち出していびる。また腕力沙汰になり、悲鳴を聞いて駆けつけた祖父が「私」に武者ぶりつき、胸倉を取って壁に押しつけ、一世一代のような形相で詰め寄ると、その気迫に「私」は怯えきり、悄気きって廂部屋へ引っこんで泣く。

やがて「私」は感冒に罹り、夜も昼も廂部屋で独り寝るようになる。赤児への感染をおそれたわけだが、そのおそれは、もしもそうなったら子の介抱に妻を奪い取られることのほうにあった。子についてはむしろその死を希ったとある。ある夜、風に狂う川瀬の音に耳を澄ますうちに、妙に心さびしくなり、芝居を思いつく。爪楊子の先で歯ぐきを突いて血を舌に吸い集め、ノートの上へ吐き出すと自分でも不思議に泣けてきて、納戸へ駆けこんで眠っている妻を叩き起す。おいおいと声を立てて泣く。喀血と聞いて妻も泣き出す。大妻が皆を起しに立った隙に、また楊子を使って口の中に血を溜め、皆が集まってくると大仰な咳をして吐き出すので、家中の騒ぎになり、翌日は町の病院へ行かざるを得なくなる。

　家を出て半里ばかり行ったとき、ぎくりと心をゆすぶられて、はっと気がついた、とある。自分の虚構に。出がけに父親から、医者から悪い診断が出たらすぐに入院して家には電報で知らせろと言われたときにも、何の不思議も感じないほど、病人になりすましていたという。そして急に可笑しくなって大声で笑うが、その可笑しさも瞬間の後には消え去って、また自分は瀕死の重病人だという、自分の扮したそのものの涙を零した、とある。結局は胃からの吐血で大したことはないと言われたとごまかして帰って来るのだが。

　それからも同じような狂態が繰返されるが、親たちは内実を察して真に受けなくなったようで、妻のほうを、孫可愛さから、むやみと大切にしはじめる。それにつれて妻も「私」にたいして強くなり、追いつめられた「私」はある日、些細な諍いから、炬燵の熾を十能ですくって畳の上に打ち撒ける。

　悲鳴をあげただけで妻は、夫の狂態の跡を始末しようともせず、畳の焼け焦げるのをただ意地の悪い眼で見ている。父親が駆けつけて息子を突き飛ばす。息子はひとたまりもなく、襖にぶつけられるが、すぐむくりと起きあがるや死物狂いに——妻に擲りかかる。

　俺は家を出て行くぞ、東京へ行く、と妻と二人になると家出の支度をはじめる。妻はひと言も引き止めず、子を高く抱いたまま次の部屋からひややかに眺めやるばかりで、親たちにも知らせない。しかたなく「私」は雪の中へ一目散に出て、止めてくれる祖父はあいにくその日は家になし、ものの二町ほど行って曲り角にさしかかり家のほうを振り返るが人影も見えず、墓地に沿った切り通し道をのぼり高い丘の突端に立つと、おりしも真綿のような牡丹雪が入り乱れて降りかかり、一尺前も見えなくなり、しばらく茫然と立ちつくしたのち、すごすごと家へ引き返す、というところで作品は了っている。

　これほどに書き表わせるということは、書き表わされた存在とはもともと同じではない、あるいはそれをすでに克服した、存在のしるしであるのか。それとも、書き表わすという行為は、その存在がどうにか克服された結果でもなければまた、存在をいささか変えるものでもないのか。読む者はここで私小説の基本の問題に行きあたる。また、自己客観と自己克服とはあんがいに、たがいに関りのないものなのか、客観はむしろ耽溺と、ときに鳥と卵との関係になるのではないか、とそう問えば事は小説の埒を越えてひろがる。客観を、慚愧の念とか罪業感の痛みとかに書き換えてみれば、さらにつらくなる。

　この小説が発表されたのと同じ頃に、年譜によれば、礒多の先妻が郷里のほうで再婚している。同じ年の十一月発表の「秋立つまで」は、その前年のことを記したものだが、前章で見たとおり、同棲の女性にたいして、老後の凄惨な孤独を覚悟させる暗澹とした睦言が見えて、最後に姉をめぐることらしいが、少年時代のどんな出来事から来るのか、姉の亡夫の野辺送りの日を思い出して、「あの時、あの斷崖から眞逆さまに飛び降りて、千尋の底にこの骨も肉も打碎くべきであつた」とすさまじい慚愧の念が作者を襲うところで、作品は了っている。

翌六年の大晦日に、生活に行詰まった礒多は同棲の女性を郷里にあずけて単身また上京するつもりで、出奔来はじめて帰省する。結局、滞在中に先の「途上」が登竜門格の雑誌に採用される旨の葉書が届いて、二十日足らずでやはり女性を伴って上京することになるが、小説によればその朗報の日に、老父のひそかなはからいにより、両親と同棲者と、郷社の神前で親子の盃が暗黙裏にかわされる。その経緯を記したのが「神前結婚」である。「牡丹雪」とは発表にしておよそ三年の隔りであるが、そちらでは自身の小児性の狂態が、どうやら贖罪感ふくみの容赦のない客観によって、これでもかこれでもかと追いつめられるのにひきかえ、こちらではよほど余裕もあり他者への目配りもきいているようでかえってときおり、客観がふっと抜け落ちて人に酷くなるところが興味深く思われる。

小雨の降り出した午頃《ひる》に山上の妙見神社へ一家揃って、父親と母親と三十代なかばの「私」と、先妻の子と同棲の女性と、五人で参拝することになる。「私」は丹前の上から外套を着込んで一人だけ傘をさしている。さきほどは雑誌掲載決定の葉書を受取って喜びに取り乱し、呆気に取られて見ている子供の前で、板の間に卒倒してしばし気まで失い、仕事中の小作人を至急呼びつけて街まで電報を打ちに走らせたあと、疲れて小一時間ほど休んだところである。吊鐘マントに長靴をはいた子供は、十四歳になるというが、皆の先に走っては藪の蔭などから、わっと女性をおどかしたりして燥いでいる。その日の朝食の後、翌々日にやはり同棲者を連れて東京にもどるつもりの「私」は親たちに同棲者の、披露とまではいかなくても、せめて地下《じげ》の女房衆にだけでも顔見せぐらいはしてもらえないか、と持ちかける。母親は世間の手前をはばかるようなことを言う。「茶飲友達ちふうにしとかんかい。家の血統にかかはるけに」と。父親も迷惑らしい色を浮べたが、まあ、時機を待て待て、と制して暦を持って来させ、日柄を調べて、何とはなく、午後から妙見様に参るとしよう、と言う。

徳利と、父親手製の鯖の押寿司の入った重箱と茣蓙とを女子供たちが携えて、山径を登り石段を踏み、茅葺の屋根に千木《ちぎ》を組合わせた小さな社の、正面の格子を開いて二畳の内陣に五人であがり、父親が燈明を立てて般若心経をあげたあと、供物を下げてささやかな宴が始まる。「私」と子供はすぐに寿司を食べ出す。父親は手酌で飲む。「私」は酌をしない同棲者の気の利かなさに腹を立てている。すると父親が同棲者に盃を差し出す。いいえ、どうぞお構いなく、わたくしお酒はいただきませんから、と同棲者は辞退する。「私」はかっとなって、馬鹿、頂戴したらいいだろう、と叱りつける。父親があいだに入って宥める。

やがて同棲者は父親に返盃する。父親は満足そうに盃を受けて、すこし零れたのを片手の腹に受けて頭につけながら、「お前もユキさんに上げえ」と母親に命じる。そこでようやく、「私」ははっとして気がつく。

父親のはからいに有難さを覚えるやいなやしかし、鶴亀を描いた大屛風を立てた奥の間で燭台の火に照らされて相対した、先妻との婚礼の夜を思い出す。と同時に今日の一切の幸福が、その全部を挙げて暗黒の塊りとなった、とある。箸を握ったまま痛みをこらえていると、父親が訝しげな顔をして、「ぢや、われにやらう」と「私」に盃を差し出す。

私は微笑を浮べて父に酬盃し、別の盃を子供にやつて「飲んだら母ちやんに上げなさい」と、ぐつたりした捨鉢の氣持で言つた。子供は私の注いでやつた盃を両手でかかへ首を縮こめて口づけ乍ら上目使ひに「母ちやんの顔が赤うなつた、涙が出るやうに赤うなつとら」と、へうきんに笑つた。愚鈍なユキは、飲み慣れぬ一二杯の酒に酔つて、子供の言ふ通り涙の出さうな赤い顔して、神意に深く呪はれてあるとは知らず、ニコニコしてゐた。

これは何事だろう。贖罪の痛み、と言うべきか。しかしそれがここでは、とりもなおさず、同棲の女性の人生に呪いをかけていることになりはしないか。神意よりもまず「私」の、罪業感の奔放な自己肥大が、自分という男だけを頼る身寄りもない女性の行く末に。すくなくともこの神前での「私」の存在は、徹頭徹尾、被保護の息子でしかない。子供と一緒にすぐに食べ物に手を出して父親の酒を顧みない。それでいて、酌をせぬ同棲者に、自分から促すこともせず、腹を立てている。ずいぶん遅蒔きに、親のはからいに気がついたら気がついたで、とたんに黝々とした罪業感に一人で耽りこんで、周囲へあらためて心を配るでもない。おどけて見せる子供のほうがまだしも、新しい「母」を庇う役割ははたしている。

ともあれ最晩年の作である。発表は昭和八年一月で、同じ年の十一月末日に、作者は数えの三十七歳で永眠に就く。この神前にあって、神意の呪いを思う人物は、自身にすでに先がなかったわけだ。死期を知るがごとくに、寿命をくっきりと生きる、奔放に見える自己表白が結局は予言に近いものとなって成就する、これが昔の人間の、われわれには敵《かな》わぬところだ。くらべれば現代の人間は総じて、涯《はて》のよほどぼけた人生を送っている、つまり、その点ではるかに幼いということだ。

とりいそぎ略歴

これまでに十回、秋聲、白鳥、善藏、浩二、礒多の五人の先達をめぐって勝手な東京物語考をさせてもらってきたが、浩二の「枯野の夢」と礒多の「神前結婚」がともに昭和八年の作で、いまだに私自身の生年にまでも至らない。この辺で私の略歴を読者に提出しておくのが公正《フェアー》なのではないか、とそんな気がする。出自出身を語らぬ人間の言は信用がならないとした時代もあったようだ。ましてや東京物語をあれこれ語っているのだから、そういう自分の育ちのおおよそをそろそろ読者の前に明かしておくべきなのだろう。

といっても東京都内のどの土地を経巡ったか、それだけのことの申告であり、物語というほどのものもない。

生年は昭和十二年、生れた土地は荏原区平塚七丁目一〇六三番地、最寄りの駅は東京急行の大井町線の東洗足、池上線なら旗ヶ丘であった。荏原区は今では品川区、東洗足と旗ヶ丘はひとつの駅に併わさって旗の台となっている。またあの地域の電鉄はかつて、私の物心のつく前かと思われるが、目蒲電鉄と呼ばれていたそうだ。阪田寛夫氏の伝記「わが小林一三」によると、この電鉄会社は昭和の初年に、すでに大正年間に阪急沿線の文化住宅地の開発に成功した小林一三の指導のもとに、東京西南郊外の町づくりにかかったという。とすれば、《宝塚》の流れのひとつでもある。

いずれ新興郊外沿線住宅地であり、私はつまり、戦前の沿線子である。まるっきりの旧世代でもない。父親は三男の私が生まれたときは三十代なかばで、銀行に勤めていた。出身は岐阜県の垂井で、慶応義塾に予科から入っているので、東京に出て来たのは大正の八、九年だろうか。まずは典型的な昭和の大学出サラリーマンの一人と思われる。母親も岐阜県、美濃町の出身である。

ほぼまっすぐに南下してくる中原街道がいまの旗の台の手前でやや西へ彎曲して、まもなく大井町線を渡る。現在はくぐる、だったか。その中間の、街道より西の高台に、私の生まれた家はあった。近辺には石塀に囲まれたお邸などもあったが、私の家のまわりには中堅サラリーマンたちの、庭つき門つき木塀の家が集まっていた。私のところは八畳の客間に六畳の居間に四畳半の玄関の間に、あとは三畳と風呂場、二階が八畳と、今時の同じ間取りよりはよほどたっぷりとしているが、まあそんなものだった。庭は昔の郊外だけあって猫の額というほどの狭さでもなかった。

近所によく私の家と似たり寄ったりの広さで、ただ玄関の脇に洋風の応接間があってそこだけは外壁も洋風の化粧石などを張ってある、そんな家があったものだが、後年になって私はどういうものか、自分の生まれた家があの造りではなかったことに、しばしば胸を撫ぜおろしたりした。他人事ながらなんだか照れくさい。しかしああいう家も私のところのような家も、震災以前の家にくらべればおそらく合理的でコンパクトで、狭い空間に何もかも押しこまれ、お邸のお体裁もあり、見る人が見れば厭味にできていたのではないかと思う。

その一帯も昭和二十年四月二十四日未明の空襲で焼き払われた。赤坂、麻布、芝、渋谷、品川、目黒、世田谷、荏原、山の手から西南郊外にかけてひろびろと焼かれた、山の手大空襲の夜である。さらに二十五日の深夜から二十六日の未明にかけて、もう一度山の手から郊外が襲われ、内田百閒は市ヶ谷の火の中を逃げ惑い、永井荷風は東中野の寄寓先を焼け出され、郊外荏原の私たちはもうさっぱりとした焼跡から空の修羅を見物していたが、あの夜で東京はほぼ焼き尽されたかたちになったそうだ。一月の銀座方面、二月の神田日本橋浅草方面、三月の深川大空襲、四月の北西部、同じく四月の西南部と、着実に進められてきた東京焼土作戦の総仕あげであった。

関東大震災以後急速に開発された地域というから、野や畑をつぶして栄えはじめてからわずか二十年ほどで、大半が灰燼に帰したわけだ。そそっかしい人なら無常の風に感じて、廃墟の草原からあがる雲雀の声でも思ったかもしれない。空襲下の住人たちはと言うと、国民学校二年生の少年の見たかぎりでは、逃げ足がきわめて速かった。二月三月の空襲にくらべて死傷者がすくなかったのは、山の手や郊外という地の利もあったが、その間についた人の逃げ足の迅速さによるところが大きかったのだろう。下町の惨事の情報が陰に陽に、陽よりは陰に、伝わってきた。いったん焼夷弾が降ったら、防空演習で吹きこまれたことなどは物の役に立たぬどころか命取りになる、火の手があがったらすぐ逃げることだ、というまいましめは小児の耳にも届いていた。

それに男手もすくない。私のところなどは父親が航空機会社に転出して時局柄ほとんど八王子の工場のほうへ詰めきりで、兄二人は母親の郷里にあずけられ、母親と女学生の姉と私と、女子供三人が防空壕から飛び出して、家の内に火の入ったのを目にしたときにはもう逃げるのが精一杯だった。それでも、焼夷弾の落ちるのがほかの区域よりわずかに遅かったせいか、母親が壕の蓋に泥をかぶせるのにやや手間取ったせいか、大通りへくだる坂道まで出たときには、一面白煙の中、駆ける人影ももうすくなかった。両側の家々は火をふくんではいたが火の手はまだあがらず静かだった。遠くから人の叫びが間遠に立った。中原街道に出ると、道端の家が強制疎開と称して要所要所で取毀しになっていたのでずいぶん広くなったその道幅いっぱいに、大勢の人間がそれぞれに荷を背負い、ほとんど口もきかず、足音だけをザッザッザと響かせて、南のほうへ向かっていた。

北が都心の方角、南がさらに郊外にあたり、街道の両側の住人たちがそれぞれ火を逃れて南へ、洗足池まで、そこが駄目なら丸子多摩川まで、と漠とそう思って進んでいたわけだが、あとから考えれば、これがあまり意味もない行進なのだ。というのも、焼夷弾は南も北もほぼ同時に満遍なく落されていたからである。家の集まり方も郊外では北も南もそう差はない。だからもっと北のほうから逃げてきた人たちにすれば、行けども行けども同じように、おもに右手の高台の住宅街の家々が、速い遅いの違いはあってもひとしく人に見棄てられてのどかに火柱をあげている。さしあたり身の危険はないが、どこまで進んでも変りはしない。

やがて大井町線の踏切りにさしかかり、流れ全体が淀みはじめた。頭上の爆音はすでに引いて、高台の炎上はいまや酣《たけなわ》に入っていた。踏切りの手前でも家が一軒、どうして強疎開を免れたものか、二階の梁から景気よく火を吹き、これには男たちが大わらわに、甲斐もないような消火にあたっていた。それを見あげながら人々は道に腰をおろしはじめた。脇を抜けられないほどの烈しい炎上でもないのに、流れは完全に停滞した。忘れている体験者も多いだろうが、当時、線路際というのはこんな郊外の私鉄でも、空襲の時には機銃掃射をくらいそうで、おそろしい場所と感じられていた。しかし全体に徒労感が飽和した。当局の命令によるらしい無駄な消火活動を目にして進む気力も失せた、というのが実態であろう。

あの徒労感の飽和の集団的体験は、あれからもう四十年近くになるが、どう持ち越され、どう受け継がれたのだろう。深川江東の惨劇とはまた別のものがあそこにはあったようだ。あそこに停滞した人間たちの、たぶん十中八九は居つきの者ではなかった。そこで生まれ育った小児たちはともかく、大部分の大人たちにとって、住みついた年月は浅く、暮しの根つきも深くはなかった。借家住まいが多くて、かなりの家を構えた人間たちも借地の場合がすくなくなかったと聞いた。

生まれて八歳まで育った家はこうして跡形もなく消え失せた。跡形もないのは家ばかりでない。区劃、区域も失われた。新しい家々が別の区割りで並べば、後年訪れてここだと指差せる場所もないようなものだ。もともと新開地ではあったのだ。

その後の略歴をさらにのべれば、焼跡で数日暮してから甲州街道をトラックの荷台に運ばれて父親の勤務先のある八王子の明神町にひとまず身を寄せた。六月中に八王子駅から満員列車に母子三人窓から乗りこんで、中央線は塩尻回りで名古屋まで出て岐阜県大垣の父親の実家へ逃げた。車中眺めた名古屋の街はもう惨憺たるありさまだったが、そこからそうも隔っていない大垣では城も安泰で濠も清く、とにかく水の豊かな町で家ごとの台所では掘抜き井戸の清水が四六時中さざめいて、家の前の溝を仕切って魚を飼ったり、防空壕の底には水が湧くので空襲警報が出ても家の内にいたり、まことにのどかなものであったが、七月に入って爆撃が一度と、二度にわたる空襲でさっぱり焼き払われた。この時にはさすがに怯え心に取り憑かれて、私たちはさらに母親の郷里の、もう郡上八幡の手前にあたる美濃町まで逃げてそこで終戦を迎えた。

十月に復員軍人で満員の夜行に押しこまれて東京にもどり八王子の子安町に落着いた。あれは風も強ければ人の気も荒い土地だった。もともと織物で活力のあったのが、焼かれてますます旺盛になったみたいに、目新しい風俗でごったがえし、休日には闇市の人込みの中をネズミのごとく駆けまわるのが子供たちの楽しみだった。いや、子供ばかりでない。大人たちもあの頃には休みになるとぞろぞろと外へ出たものだ。草野球にもけっこう見物人が集まった。

私のところは莫迦でかい家のあちこちの隅に陣取って四世帯ばかりが暮していた。戦争中の女子工員寮で、そのために手洗いは五つも六つも並んでいるのに男用はひとつもない。男子は不自由させられたわけだが、それはいいとしても手洗いの扉の、閂が内から掛けられないようになっていたのは、いまから思えば陰惨な仕組みである。

昭和二十三年の二月に芝の白金台に移った。白金台というのは、目黒通りを西から行くと、目黒駅を過ぎて高速道路をくぐったところから、やがて日吉坂という長い坂を下ったところまでが、おおよその東西幅である。目黒通りから北へ行っても南へ行ってもまもなく下り坂になる。昔はその表通りを系統五番の都電が走っていた。目黒駅から、清正公前、魚籃坂下、古川橋、三ノ橋、二ノ橋、一ノ橋、赤羽橋、芝園橋、金杉橋行きだったかと思う。

私の家は目黒寄りの、もう上大崎との町境いに近いところで、目黒通りを隔てて向かいに今の迎賓館、昔の朝香宮邸の塀と林が見えた。裏は町工場で。いやいや、私のところこそ裏手であり、表通りに面して下駄屋さんと行商人宿の間にわずかにあいた露地の奥にあった。古ぼけた二階家で、玄関をあがって左へ続く廊下のつきあたりの、厠の手水《ちょうず》のある小窓の上で梁がはっきりと傾《かし》いでいた。震災以来傾ぎっぱなしで戦火は免れた。その屋根の下にやはり大勢が暮していた。

場所柄にしてはあんがい焼け残った、気風も台地とは言ってもだいぶ下町風の界隈だった。遊び友達も洗濯屋さんの子に荒物屋さんの子に古道具屋さんの子に運動具屋さんの子と、たいていが商店の子で、学校のほうも雰囲気は町と変りがない。そこへたまに、むかし名門という評判もあり、郊外のほうから通《かよ》って来る生徒がいて勉強もできれば家も良く、たいてい私立の中学を目指していたが、そういう生徒に接すると、同じ郊外生まれの私が妙に甘たるい現実離れしたにおいに悩まされたものだ。一家団欒などというもののことさらにある家庭のにおいである。露骨に言えば、毎日牛乳の一合でも飲んでいれば体臭がおのずと人と異った時代でもあった。

寺の多い土地だった。学校へ通うには目黒通りを行って日吉坂上から右へ桑原坂を下るのだが、帰りにはしばしば近道でもないのに、学校の斜め前の裏路を切れこんだところにある石段を登って寺を抜けてきた。墓場で長い立ち話をすることもあり、ある日、ずれた墓石の隙間から中をのぞかされた。骨壺を頭蓋骨と間違えてびっくりしたものだ。

白金台と、五反田へ抜ける桜田通りを挟んで東に向かいあうのが高輪台で、中学校はその高台の北のはずれの旧細川藩邸の、赤穂浪士縁りの地にあり、おいおいその近辺も歩きまわるようになったが、あのあたりがまたむやみと寺の多いところだった。江戸時代に谷中あたりから集団で移されてきたものらしい。寺じゅう町だらけと中学生が冗談口を叩いていたがまさか、三十年後に魚籃の坂下から親父の葬式を出すことになるとは思っていなかった。

白金台と同じ台地続きで五反田寄りに押出したのが池田山で、それと桜田通りを挟んで東の台地が島津山、そのまた八ツ山通りを挟んで東が御殿山で、ここは西北へ高輪台とまた台地続きになるわけだが、この屋敷町の西はずれの崖上の、屋敷ではない二階家に昭和二十七年の夏に越して来たのが我家にとって、戦後初めての一軒一世帯暮しであった。二階の障子をあけると西へはるばると、灰色の、赤茶けた、町工場の屋根がひしめきつらなる。五反田から大崎へかけての、目黒川沿いの工業地帯である。その上へ冬の晴れた日には白富士がどかりと立つ。大きく見えたものだ。その頃、小遣い銭の乏しい十四歳の少年が日曜によく友達を誘って歩きまわった道は、たとえばまず魚籃坂下で待合わせて古川橋あたりの模型屋をのぞき、引き返して魚籃坂を越して泉岳寺、国道一号から品川駅前を過ぎて八ツ山橋――この辺になると私の家が近くなるわけだが、当時は友達どうし家へあげあうということはあまりしなかったものだ――東海道線の上をまたぎ北品川駅の手前を海のほうへ、町工場と釣宿と旧漁師町の間を抜けて、埋立ての今ほど進んでいなかった岸壁まで行き、他人の釣りを眺め沖の貨物船を眺め、汚い波間に漂う大きく伸びた、水母《くらげ》かと思ったらゴム製品をぼんやり目で追う。どうかして日が暮れてから八ツ山のほうへもどって来ると、暗い燈の点る軒下に蒼い、死人のような化粧をした女性たちがすでに立っていることもあった。

町工場の間を歩くことに憂鬱な喜びを覚えるようになっていた。父親がやはり近所の、町工場に毛の生えたぐらいの会社に関係していた。その八ツ山通りを隔てた向こうに、後に世界的大企業となった会社の前身があり、テープレコーダーとか、生活離れした品を作っていた。同様に町工場に毛の生えたぐらいのものだった、と今からは言いたくなるところだが、まあ、あちらのほうがよほど元気だった。親父のところでは、夜光塗料を扱っていた。こちらのほうが生活に即いた商品だという感じ方は、当時の世にはまだなくもなかったのだが——。

その町工場の多い目黒川っ縁の町病院で、十五の春に、腹膜炎で死にぞこねた。手術三回、因果をふくめられたこともあり、四十日寝ていた。よく見知ったはずの界隈なのに、ひと月ばかりして初めて立って窓辺に寄ったとき、床の中で痛みをこらえながら思い浮べていた風景とあまりにも違うので、しばし唖然とさせられたものだ。当時ハシリの抗生物質のために荒らされた胃の腑の中に、工場の油の臭いがねっとりと流れこんでくる気がした。向かいの病室で画家の青年が、パリのことを口にしながら、同じ腹膜炎で死んだと聞いた。病気の重かったときには、パリの裏町のようなところを窓の外に思い描いて呻いていいたので。

昭和三十一年の夏、もう大学生になっていたが、池上線の雪ヶ谷に越した。十一年ぶりに生まれた土地と同じ沿線にもどって来たことになり、小さな家の玄関の脇に申し分け程度の応接間があるのに苦笑させられた。歩いて十五分ほどの多摩川まで午前中に散歩に出かけると、晴れた日でも十時頃になれば南から西にかけて、工業地帯の方角から黄味のかかった靄が上空まで押出す、そんな時代になっていた。三十五年頃には、ある日、人の履《はき》物《もの》がおしなべて上等になっていることに驚かされて自身のボロ靴を、身の置きどころもないように感じたことがある。街の様子が年々どころか月ごとに改まっていった。あの頃から、土地への関心はよほど薄れた。あれはひどく陰気な関心であるのだ。町名保存などをいまさら叫ぶ気には私はとてもなれない。

三十七年から金沢で暮して、翌年には豪雪に遭った。山の雪しか知らない都会者が十日ほど、下宿の大屋根に登り小屋根にさがり、雪おろしに暮れた。夏冬に東京へ《帰省》するたびに、街なかで道に迷った。とくに新装の成った駅の地下道を、既知感には導かれず、もっぱら案内板に従って進むのには、ひどく抽象的な心地がしたものだ。四十年に世帯持ちとなって東京にもどり、北多摩郡は上保谷の畑っ縁の借家に住んで、冬から春先ごとに砂塵に苦しめられた。同じ東京でもこの沿線は私にとってまるで思い出のない土地であり、その意味でも流入者の《新世帯》であった。事々に切りつめた暮しも一緒で、それに一時《いっとき》は変っていく世間に背を向けるような片意地から、テレビはおろかラジオも置かず、新聞も取らずにいた。世上の主なる出来事と、近頃流行《はや》っている唄とは、地方出身の職人たちが合宿する隣家のテレビとステレオの、大きな声が伝えてくれた。「網走番外地」の唄を半日聞いていたこともある。夜更けに酔って池袋の駅から郊外線に乗って帰るときには、遠くへ行くようで淋しい気がしたものだ。

現在の世田谷上用賀には昭和四十四年に越してきた。戦前には私の生まれたあたりから遠足やら芋の買出しやらに来る土地だった。その昔の畑の跡に十一階建ての殺風景な、高層の刑務所を思わせる堅牢一方の建物が二棟立つ。馬事公苑が近くて早朝には朝稽古に引かれていく農大の馬たちの蹄の音が路上にカツカツと響く。これだけが何年も変らない。善藏が凄惨な晩年を送った三宿、礒多が同棲の女性と一緒に白い埃の夜道をたどった太子堂あたり、それよりももっともっと先にあたる。家の近くをゆるくねって走る道路が、居つきの人の話すには、ちょっと前までは沼のような川だったという。今でもアスファルトの下を流れているはずだ。ここに暮してすでに十四年目、考えてみれば、生まれてから、ここがいちばん長くなる。

生涯二度と積めそうにもない稼ぎをはたいて家を構えて、終《つい》の栖とはけっして思わんぞと頑張っている人もあるそうだが、私などは今の浜に打ちあげられた時から、ささやかながら終の栖、とあえて自分に釘を刺してきた。社会的な棺桶を見せつけられたような心地から、苦しまぎれに叫んでいることでは、どちらも同じなのだろう。しかしこの棺桶もあてにはならない。マンションというものは、これは消耗品なのだ。近年酸性の強い雨がコンクリートに染み入り鉄筋を侵す。かりに骨格筋肉がまだまだ丈夫でも、人体と同じことで循環系がぼろぼろになり、ある日、水道管か下水管が詰まったらもはやそれまでだ。手洗いも使えなくなる。

マンションばかりではない。道路に橋にさまざまな建造物の、現在あるものの大半は経済高度成長期の十年ないし十五年の間に集中して造られている。その頃、人は勤勉でまだまだ倹ましかったとはいうものの、堅牢さを思う心は一般だったろうか。時代の心性、あるいは或る心性の欠如はその時代の建造物のうちにもっとも集約されるはずだ。とすると、われわれが現在おのずと頼りにしているところの、環状道路に高速道路に立体交差、地下鉄に高架線に新幹線、橋に堤防に岸壁、それらの建造物の多くに或る時期から順々にガタが来て、さまざまな弥縫を重ねて維持に相つとめるが、やがて一斉に立ち行かなくなる。その境目あたりでもしも人間が建造物同様に衰弱していたとしたら——あっけらかんとした黙示録がここに成就することになる。

昨五十七年六月、八十歳になる父親の葬式を魚籃坂下の寺から出した。その十一年前には母親の葬式を世田谷桜丘の寺から出している。世帯主は次男坊の東京流入者の、しかも引越しを繰返した一家として、それまでは家の死者《ほとけ》もなかったので寺もなければ墓もなかった。亡母の後《のち》の法要のことで困惑しているところへ次兄の旧友の、この人もまもなく若くして故人になったが、旧白金台住人が紹介してくれたのがこの魚籃坂下の寺である。土曜にもかかわらず仕事関係の知人が多く参列してくれた。その知人たちの前に、中年にすでに深く入った兄弟四人が遺族席から太い顔を並べてさらすことになった。こいつはさぞや憂鬱にも滑稽な眺めだろうな、と自分でもつくづくそう思いながら眉つきを変えず、式の次第に妙な手違いが生じてかるい困惑が会場にさざめいても、あなたまかせの顔をしている、それだけの年齢に私もなっていた。

出棺の後で知人たちは近所の蕎麦屋にあがりこんで喪家の三男坊を肴に昼酒がすすんだらしい。さっきのは手違いか、それとも一風変わった流儀か、という議論もあったという。喪家の一行は型通り車をつらねて清正公前から二本榎、高輪台、池田山と島津山との間の長い坂を下って五反田に出た。ここからは中原街道に入って大崎広小路から桐ガ谷までの道中だが、おふくろの時には寺が世田谷だったので渋谷区の代々幡、世田谷住人の私も寺によろうがたぶん代々幡、やはり環七か山手通りの渋滞に苦しんで、やがて細い町中の道をくねくねと抜けて行くのか、とそんなことを思ううちに、先を行く霊柩車は国電のガードをくぐり、直進して大崎広小路の交差点の渋滞につくかと思ったら、いきなり右折して細い裏道を、昼さがりの閑散とした、旧三業地の中へ入って行った。閑話休題。

命なりけり

――予は今は心賤しきものになり果てたり。

昭和二十年八月二十一日、「罹災日録」の中で永井荷風はそう歎じている。六十七の歳の敗戦七日目、再三の焼け出され者として、身の置きどころのなくなりかけた疎開先の岡山から、奈良の法隆寺村にいる知人へ二通目の《厄介にならむ下心ある》手紙をしたための直後の感慨である。似たような言葉を、当時小学生であった私も周囲の大人たちから幾度も耳にした気がする。つくづく悟らされたという感慨のほかに、それどころじゃないと、いっそ気楽みたいなものも混っていたかと思う。落差は人さまざまだったのだろうけれど。

それより半年前の二月二十五日、「罹災日録」によれば荷風はこんな体験をしている。正午前に起き出すと雪降りで、隣人がやって来て午後一時半に空襲があるので用心しろと告げて行く。《心何とも知れず落ちつかねば、食後祕藏せし珈琲をわかし砂糖惜し氣もなく入れ、パイプにこれも祕藏の西洋莨をつめ徐に烟を喫す。若しもの場合にもこの世に思残すこと無からしめんとてなり》とあり、実際にそれからまもなく東京最初の、焼夷弾による本格的大空襲が始まる。原田良次氏著「日本大空襲」（中公新書）によれば、午後二時二十分より一七二機のB二十九が東京上空に進入、約六百発の（たぶん「親弾《おやだま》」のことだろう）焼夷弾を高々度から投下して、神田、日本橋、上野方面を中心に二万戸あまりの家が焼かれ、六千人あまりの死傷者が出ている。

荷風散人はと言えば、《兎角するほどに隣家のラヂオにつゞいて砲聲起り硝子戸を搖りしが、雪降る中に戸外の穴には入るべくもあらず。夜具棚の下に入りてさま〴〵の事思ふともなく思ひつゞくる中、門巷漸く靜になり、やがて警戒解除と呼ぶ人の聲す。時計を見るに午後四時にて屋内既に暗し》とあり、一時間半ばかり押入れのようなところにもぐりこんでいたことになる。

《音もなく雪のふるさま常に見るものとは異りて物凄さ限りなし》とあり、《今日ばかりは世の終りまた身の終りの迫り來れるを感ずるのみ》とある。米軍はしかしもっと凄まじい夜間低空爆撃による焦土作戦をいよいよこれから展開させる段取りにあった。また荷風にしてもこれだけ怯えながら雪降りとて防空壕にも入らなかった。蒲団を前に積みあげた押入れに退避する訓練はその前年あたりまで当局の指導の下に大真面目に行われた。後に罹災者たちの物笑いとなったものだが、二十年の二月頃にも、空襲警報が発令されると防空壕に入るという習慣はまだ一般についていなかったのかもしれない。

《流言蜚語》が的中したかたちになる。もっとも原田良次氏の記録によれば日本軍はその朝からB二十九の大挙襲来を電波により捕えて本土到着を十三時以降と割出していたそうだから、あるいはその情報が巡り巡って麻布市兵衛町の偏奇館まで届いたのかもしれない。しかし受ける側からすればいずれ流言であり、人の恐怖を現実と非現実のはざまに置く。またその早朝から敵の艦載機が群れをなして関東上空を翔け回っていたというから警報はおそらく、荷風の眠っていた時から断続して出されていたのだろう。

ところでその空襲の夜のこと、《燈下讀殘の巴里古雜誌をひらきよむ程に》という記述がある。この古雑誌というのは Revue des Deux Mondes なるもので、その一九三七年から一九三八年の分、つまり七、八年も前のものを一月十三日に古本屋で手に入れている。その翌十四日の記には、《今年の冬ほど讀書に興を得たること未曾て無し》とある。万巻の書を蔵する偏奇館主人がこのおもむろに迫る危機の下でいかなる書を読んだかは、大いに惹かれるところだ。二月十日には、《食後古雜誌 Revue des Deux Mondes 閲讀、深更に及ぶこと每夜の如し》とある。また二月十五日にはルイ・ベルトランの文壇回想記「樂しかりし日の事ども」を読んで、リヨンやマルセーユの街の記述に、《曾遊のむかしを憶うて暗涙を催す》とある。ほかに重々しい読書の跡も見えない。

銭湯に苦労している。本日休業の札の掛っていない銭湯を探して麻布界隈をだいぶ歩きまわらされたらしい。午後に湯の開くのを行列について待つまでになり、遊冶郎気分の銭湯通いの昔がかるい自嘲をもって回想される。

掃除と炊事とで遅起きの一日の残りが過ぎる。一人暮しの人間として物価の変動には敏感で、米やら炭やらの値段が読書の記録よりも頻繁に記される。出入りの人間たちがいろいろと品物を持ってくるのを頼りにしている様子で、それもまめに記している。

危機感が現実となるまでに中十一日しかなかった。三月九日から十日にかけての夜半、《予は枕頭の窓火光を受けてあかるくなり、隣人の叫ぶ聲唯ならぬに驚き日誌及草稿を入れたる手革包を提げて庭に出でたり》とある。無理もないことで、後の記録によれば爆撃開始が午前零時八分、空襲警報発令がそれに遅れること七分の、零時十五分だったという。新月の頃の北の強風下、B二十九、三三四機が焼夷弾を腹一杯に詰めて低空より東京を直撃し、深川江東に円型の大火災を起して焼死者九万ともそれ以上ともいう地獄図を現出させた深川江東大空襲の、山の手のほうへのトバッチリである。警戒警報の出されたのはそれより一時間半も前の二十二時三十分だという。その頃、原田良次氏の記録によれば、日本軍は敵影を千葉の勝浦南方でいったん捉えかけたものの確認できず、とりあえず関東地区に警戒警報を発令しただけに留まり、沿岸のレーダーは強風のために満足に作動せず、風害を恐れた司令部は空中線の取りはずしを検討中だったという。軍がこれでは、一時間半にわたる警報下、寒風のひどい夜に六十七歳の老人が家の中でやすんでいたのは是非もない。

遠くの空が赤く焼けて近くの町からも火の手があがり火粉が庭にまで落ちてくるとなれば、老人や女子供はその足で逃げる。飯倉のほうへ逃げようとして交番でそちらも焼けているることを知らされ、永坂のほうへ行こうとして途中で火に遭って道を転じ、七、八歳の少女が老人の手を引いて迷っているのを見て道源寺坂から谷町通りを溜池のほうへ逃がしてやり（こういうことにはいわゆる人情というよりも独特の心理がはたらくものらしい）、自身は三谷町から霊南坂上に出てスペイン公使館側の空地で息をつき、愛宕山の上に凄然として昇る繊月を眺める。それから風向きと火の手を計れるようになると、二十六年住みついた我家の焼け落ちるさまを心の行くかぎり眺め飽かさんとの気持がついて道を取って返し、物陰に隠れて自宅の方を眺めていると、隣家のドイツ人が褞袍《どてら》にスリッパの姿で駆けてきて家が燃えあがったと告げる。やがてほかの近所の人たちも逃げてきて、先生のところに火が移ったのでもう駄目だと思って家を捨ててきたと口々に話す。さらに火のほうにやや近づいて、ドイツ人の庭の樫と自宅の庭の椎の大木が燃えあがるのを眺めるが、黒煙が吹きつけて家の焼け落ちるのを見定められず、火焔の一段と烈しく空へ舞いあがったのを偏奇館の最後と見届けて引きあげる。これが午前四時のこととある。

三時間あまりは逃げ回っていたことになる。その間、無人の偏奇館にはぎりぎりまで火が入らずにいた。そしてそのすぐ近所では懸命に消火に当る人々もいた。防火演習で習ったごときは実際の場面では物の役に立たぬばかりか命取りになる、と三月十日以降には一般に思われていたようだったが、それでも壮年の手のある家では、直撃を受けたり近所が一斉に炎上したりしないかぎり或る程度は類焼を喰いとめたものらしい。しかしたいていはなんとか我家の火粉を払いのけられるかと思われる頃に近所の、早々に立ち去った老人や女子供の世帯の家が火を盛んに噴きはじめる。こうなるともはや消火どころではなく、頭から水をかぶって火のあいだ黒煙の中を抜け、ぼんやりと立つ避難者の群れの中へ凄惨な顔つきで走り出てくる。先刻逃げ出して見物している者の目には、恐いような可笑しいような姿に映ったものだが、ぎりぎりで落ちのびてきたほうとしては、逆に猛火のほうへいまさらそろそろと寄って我家の炎上をじっと見あげる老文士の、おそらくどこか偏執的にたじろがぬ目つきに出会った時にはどんな気持がしたことか。

ともあれ夜明けに罹災者たちと一緒に小学校に集まって炊出しの握飯を一個貰い、代々木にいる従弟の杵屋五叟の家に身を寄せようと、六本木の交番で電車の便をたずねて青山一丁目まで歩く荷風の姿がある。渋谷駅では出札口が雑踏して近寄れず、それでも代々木までのわずかな道のりをバスに乗ろうと吹きさらしの路上で半時間あまりも待つ。

《寧ろ一思に藏書を賣拂ひ身輕になりアパートの一室に死を待つにしかじと思ふ事もあるやうになり居たりしなり》と十日の「日録」には罹災前の心境を記している。

三月十七日には砂糖二貫目と白米三斗を買っている。三斗と言えば一日三合でも百日分になる。

知人から信州行きを強くすすめられるが、もう一人の知人の菅原氏に相談したところ、その菅原氏が埼玉の志木あたりに家を借りていて万一の際には歩いてそこまで逃げるつもりでいることを聞かされ、それを頼みに信州行きを辞退する。四月十三日にまた大規模な空襲があり、下町から四谷牛込新宿、東京北西部にかけて十七万戸が焼かれる。翌々十五日、かねて予定していた東中野住吉町のアパートが無事だったので引き移ると、その夜また東京南西部にかけて五万戸が焼かれている。それからしばらくは大型の空襲は跡絶える。東京が変に静かな時期であったことは少年だった私にも、四月十五日の空襲で恐い思いをしたので記憶に残っている。

物価を記すことがいっそう頻繁に詳細になる。なかでも衣類の高値が目に立ち、四月二十二日の記にはワイシャツと薄地夏用下シャツがそれぞれ二百円とあり、赤皮半靴が同じく二百円、四月二十七日にはアパートの四月分会計の明細があり、部屋代三十八円および電灯水道料雑費しめて計四十七円二十銭とある。罹災の見舞金は百円であった。

読書のほうは四月二十四日にフロベールの *Un Cœur simple* を借りて読む。ほかに洋書を何冊か贈られたり買ったりする伝《つて》もあり、五月八日にはモーリアックの短篇三種を読み、五月十日には目白台の芭蕉庵跡へ散歩したその夜、同じアパート住人の菅原氏の手に入れたアンリ・マルタンの「通俗佛蘭西史」八巻の、挿絵を見て閑話深更に至るとある。五月二十二日には戸塚の古本屋で見つけた「世事畫報」の綴込一冊を夜に楽しみ読んだらしく、明治三十二年三月中の新聞小説の好評のものを紅葉以下八本わざわざ列挙している。

五月二十三日、先の菅原氏を室に訪れて某夫人の噂を聞くうちにサイレンが鳴って爆音とともに東南の空が焼け、《月色これがために暗淡たり》とある。荏原あたりで私が煙の中を走った夜である。荷風散人もアパート住人たちと一緒に裏門前の防空壕に逃げこんでいる。

翌々二十五日の記に、《空晴れわたりて風爽かに、初て初夏五月になりし心地なり》とあり、この日焼跡に降り注いだ陽光のまばゆさは私の目にもいまだに染みついている。焼ける直前も焼けた直後も、天気が良くて無事でさえあれば、人は上機嫌でいるものだ。この日、荷風はアパートの当番で午後から手車を曳いて配給所まで行き玉蜀黍《とうもろこし》二袋を積んで来る。それに同行して一人の少女があり、江戸川の平井で焼け出されて姉のアパートに寄せる身で、《年十四五歳なれど言語、擧動共に早熟、一見既に世話女房の如し。予を扶けて共に車を曳く。路すがら中川邊火災當夜の事を語れり。是亦戰時の一話柄ならずや》とある。その夜に東京最終の大空襲がある。十時二十分に始まっている。《予はいはれなく今夜の襲撃はさしたる事もあるまじと思ひ、頗油斷するところあり。草稿日誌を入れしボストンバックのみを提げ、他物を顧みず徐に戸外に出で、同宿の兒女と共に路傍の窖に入りしが、何ぞ圖らん》焼け出される時にはこんなものである。偏奇館を焼け出されて七十五日目、新宿などすぐ近くまでが焼かれてから四十二日目、三斗の米もまだだいぶ余っていたことだろう。

焔の中を上落合の四月十三日の焼跡まで逃げて崩れ残った石垣のかげに熱風と塵烟を避け、夜明けにおそるおそる戻るとアパートは跡もなく、後から判ったことにアパート住人のうち男四人が行方不明、女一人が失明したという。

それからの荷風の足跡は、菅原氏と一緒に代々木の杵屋五叟宅まで行くとそこもすでに二十三日夜の空襲で焼けている。折から雨も降り出し、通りがかりのトラックに載せてもらって渋谷まで行き、一望焦土の道玄坂を登って駒場の知人宅へ、そこの無事を祈りながら行くとさいわい焼け残っていて、息をついた時には午前十時になっていた。

これ以来、荷風の厄災にはとかく雨がつきまとう。雨の多い年でもあった。まず、かねて心あてにしていた菅原氏の志木の農家がすでに罹災者によって塞がっていることがわかり、仕方なく菅原氏に勧められてその郷里の播州明石に行くことに決め、六月二日に東京を離れたのが小雨の日で、前日につづいて早朝に渋谷駅に並んだが切符が得られず、朝の八時にもう一度出かけてようやく手に入れ、渋谷の改札口に入ったのが午後の一時半、罹災者専用車に乗りこんで東京を離れたのが四時半、発車の際に汽笛も鳴らず、大正十年来の西遊だという。

翌三日の昼前に明石の西林寺に荷をほどいて海辺の地の静閑を喜んでいるが、米軍の焦土作戦はすでに関西に移り、六月一日には大阪、五日には神戸で十三万戸焼失の死傷者六千余、七日にはまた大阪、九日には明石にも朝から爆弾が落ち死者が出て寄寓先の寺が忙しいありさまで、六月十二日、これも雨の日に未明三時半に起き出し昨夜の残り飯で粥を炊いて啜り、ひとり行李を肩に、傘もないので濡れて停車場に向かい、姫路で列車を乗継いで正午に岡山に着く。なか二日置いて十五日にまた大阪に空襲があり、これで大阪を最後に東京、横浜、名古屋、神戸の五大都市がほぼ壊滅したことになった。

その岡山でもわずか二週間あまりして市内壊滅の空襲に遭っている。そのあいだ荷風は人の周旋により銀行預金の一部をようやく引出して旅館に住まい、日ごとに岡山の街を散策して一種明視の感をもって市中の風景を「日録」に綴っている。たとえば船着場の黄昏の風景を、

橋下に小舟を泛べ篝火を焚き大なる四手網をおろして魚を漁るものあり。橋をわたりて色里を歩む。娼家皆二級飲食店の木札掲ぐ。燈火ほのぐらき納簾のかげに女の仲居二三人づゝ、立ちて人を呼留む。されど登楼の客殆ど無きが如く街路寂然たり。店口に寫眞を掲ぐるものと然らざるものとの別あり。掲ぐるものは小店なるが如し。たま〳〵門口に立出る娼妓を見るに紅染の浴衣にしごきを巾《はば》びろに締め髪をちぢらしたるさま玉の井の女に異らず。青樓櫛此の間に寺また淫祠あり。……

春水の人情本の絵のごとくに眺める。ひき比べる玉の井あたりはすでに猛火に焼き払われた。命を落した女たちもいるだろう。麻布偏奇館も焼け落ちた。東京はほぼ全滅し大阪神戸も同じ運命をたどったらしい。しかし岡山の市民はそれまでに戸障子を震わせるほどの爆音も耳にしたことがなかったという。この閑静の中で、絵のごとくに眺めるのはおそらく、終末の近さを感じる目である。一地方都市の壊滅といえども、そこからさしあたり逃がれるすべのない人間には、世の終末に等しい。近々敵はかならずここをも襲う、その時にはのどかな城下町はよけいに凄惨なことになるだろう、と空襲を重ねて体験してきた者ならそう思う。思うよりも先に、不思議なような街の静かさを眺める。

六月二十八日の未明二時にこの街もまた警報なしに襲われた。焼失家屋二万五千戸、死者一六七八人という。《夢裏急雨の濺來るが如き怪音に驚き覺むるに、中庭の明るさ既に晝の如く》荷風は洋服を着込み枕元の行李と風呂敷包みを振分けにして宿屋の梯子を駆け降り表へ飛び出す。《逃走の男女を見るに、多くは寝間着一枚にて手にする荷物もなし》とある。まず市の東を流れる旭川の橋のたもとまで走って対岸の後楽園の林の間から焔のあがるのを見たが構わず橋を押し渡って田園地帯へ逃げこむ。初体験の市民たちよりも老人ながらはるかに迅速沈着な退避だったのだろう。心得のない避難者たちはどうかして、燃える市内をただ炎に怖じてぐるぐると逃げ惑ったりするものらしい。その中をひとりまっしぐらに町の外へ落ちていく大柄の老人の姿は、人目に際立たなかっただろうか。

ところが田圃のあるあたりまで来て、前方の農家数軒がおそらく零れ弾を受けて炎上し牛馬が走り出て水に陥るのを見るや、《予は死を覺悟し路傍の樹下に蹲踞して徐に四方の火を觀望す》とある。死を云々とは偏奇館炎上の際にも、身の危険のかなり迫ったはずの東中野罹災の際にも見えない。わずかに二月二十五日の空襲の直前、取って置きのコーヒーに砂糖をたっぷり入れてパイプをふかし、この世に思い残すこと云々の言葉が見えるが、あれとこれとの隔りを思うべきだ。習うほどに剝出しになる、意気地のなくなるのが恐怖である。前方の農家はやがて焼け落ちて火は麦畑を焼きつつおのずから煙となったとある。

爆音が引いて川の堤の上にもどり対岸の市街のいまや酣の炎上を眺めた時には、空がようやく明けて、また雨が俄に降りはじめる。近くの家の軒下に罹災者と一緒にしばらく雨を避けて、火の衰えた市中にもどり、さらに知人を頼って岡山市の西端の田園地帯まで、振分けの荷を肩に雨中一、二里の道を歩む。知人の世話によって野宿を免がれたことを、《其恩義終生忘るべきにあらず》と書いている。終生ずいぶん身勝手な人だったとも聞いたが。

七月三日に同じ岡山の西はずれの三門町に人の邸の二階を借り、乏しい自炊暮しをして終戦まで至っている。この頃にも周辺をよく歩いたようで、裏山あたりから近郊の風光を望んで心鬱々として楽しまぬことを歎いたり、西へ田舎道を二里半も隔った人の家を訪ねたり、これはおそらく所在なさを紛らわすためであったのだろうが、どこかしらに食糧か住居か、安堵のたよりを求める心が忍んでいたかと思われる。戦後の散歩にもその習い性の、影が残ったのではないか。生きながらえるために歩いている、と言っても大袈裟ではないのかもしれない。

七月二十五日には東京から杵屋五叟の手紙が来て、荷風の惨状を見かねてすぐに帰京するよう切符も宿所も手配するとの旨に、《周章狼狽殆為すところを知らず。纔に亂筆數行。卽座には歸りがたき旨書き送りぬ》とある。二十六日には同じ岡山県の奥の勝山に難を避けている谷崎潤一郎から小包みが岡山駅留めで届き、《鋏、小刀、朱肉、半紙千餘枚、浴衣一枚、角帯一本、其他なり。感涙禁じがたし》とある。

八月二日には数日続いた下痢の後、暮れに井戸水で冷水摩擦をしている。感冒予防の為であるが、この際病気への恐怖が心についたのに違いない。夜にはすぐに寝つくようになった、とやや自嘲的に記されている。

八月九日に《赤軍滿洲に寇すと云》と見え、翌十日には《數日前廣島市燒滅以後、岡山の人々再び戰々兢々。流言蜚語百出す》とあり、その早朝に勝山行の切符を買いに行っている。

二日置いて十三日の未明にまた岡山駅に並び、徹夜の人に混って四時半の出札を待ち、途中諦めかけたが切符は手に入り、いったん朝食を摂りに家へ帰って十時前の汽車で発つ。伯備線で新見、姫新線に乗換えて勝山までの、隧道また隧道の深い谷を縫う旅である。車中坐り合わせた老婆からジャガイモとメリケン粉とカボチャを煮てつきまぜたようなものを貰って案外美味と思ったり、窓外の狭い渓谷を眺めて一歩一歩嚢中に追い込まれて行くが如き心地がしたりして、一時半に勝山に着く。谷崎はもと酒楼の離れの二階二間を書斎として、階下には疎開してきた親戚たちが大勢住まっている。その谷崎宅で佃煮とむすびと、風呂を貰って、谷崎に案内されて三軒ほど先の旅館に落着く。米は谷崎宅から届けられる。宿の夕飯は豆腐汁に渓流の小魚三尾に胡瓜もみで、《目下容易には口にしがたき珍味なり》。

翌日の昼飯は谷崎宅で小豆餅米の東京風赤飯を振舞われる。その席で谷崎から勝山滞在を、断わられるかたちになる。山陽諸都市の罹災につれてこの土地も日に日に食糧が逼迫して避難者たちはろくに喰えぬありさまだという。初めに手紙で誘ったのは谷崎のほうであったらしいのだが、事情すでにかくの如くなれば長く氏の厄介にもなり難し、と翌朝すぐに岡山へ帰る決心をする。駅に行って切符のことを訊くと朝五時に来なくては駄目だろうと言われて、それに備えて宿にもどって午睡にかかる。ところが暮れ方に谷崎から使いがあり、牛肉が手に入ったのですぐに来るようにと言われて駆けつけると、酒も暖められている。谷崎夫人も一緒で、上機嫌に呑んだようで、九時過ぎに宿へ帰っている。

翌八月十五日、宿の朝飯は卵に玉葱の味噌汁にハヤの付焼に茄子の糠漬、《これも今の世にては八百膳の料理を食する心地なり》とある。食後谷崎宅に寄ると、切符はすでに手に入れられてある。十一時二十分の汽車で、いくらも時間がない。前日の昼からここまでの荷風、潤一郎の心のやりとりの機微は、読者の想像にまかせるべきだろう。身の寄せどころを失いかけた荷風にはやはりこの土地への未練が最後まであったはずだ。谷崎も谷崎なりにこれが精一杯のもてなしだったのだろう。一夜二夜の客ならば肉でも馳走できようが長逗留の罹災者には団子ひとつも分けにくい。切符一枚にも誰かが早朝から駅前に立たなくてはならない。やむを得ず追い帰したり追い帰されたり、その侘びしさを体験した人なら、向かい合う両文豪の姿を浮べて、しいんと切ない心地に引きこまれることだろう。

新見での乗換えを済ましたところで夫人から贈られた弁当をひらき、《白米の握飯、昆布佃煮に牛肉を添へたり。欣喜名状すべからず》。ほんとうに、着のみ着のままの年寄りが、端《はた》の乗客が覗いたら吃驚するような弁当だ。満腹して睡るうちに西総社倉敷も過ぎて二時に岡山到着、上伊福町というところの焼跡を通りかかり道端の水道で顔を洗って汗を拭い、休み休み三門町の寓居へ帰ったという。そちらもすでに罹災者たちが多くて居づらくなっていたらしい。

夏の焼跡の水道でよれよれの荷風散人が顔を洗っている。戦争の終ったこともまだ知らない。

肉体の専制

昭和四十年頃に私は或る同人誌に加わっていたが、その同人の一人で戦中にお年頃を迎えた女性がこんな話をしていた。終戦直後、その女性は千葉県のほうにいたらしいのだが、或る日総武線の電車に乗っていたら市川の駅から、荷風散人が乗りこんできた。例の風体をしていて、まず車内をじわりと物色する。それからやおらその女性の席の前に寄ってくると、吊り皮につかまって、身を乗り出すようにして、しばし脇目もふらずに顔をのぞきこむ。

色白の細面、目鼻立ちも爽やかな、往年の令嬢の美貌は拝察された。それにしても荷風散人こそ、いかに文豪いかに老人、いかに敗戦後の空気の中とはいえ、白昼また傍若無人な、機嫌を悪くした行きずりの客に撲られる危険はさて措くとしても、当時の日本人としては何と言っても懸け離れた振舞いである。といまさら舌を巻くうちに私も自身の体験を思い出した。

やはり敗戦直後の、夜の更けかけた横浜線の車中のことである。菊名から八王子まで帰るところだった。少年の私は母親に連れられて隅のほうの席にいた。そこへ町田あたりから大勢のアメリカ兵が乗ってきて、わびしい車内を生酔いの感じで退屈そうに歩きまわっていたが、そのうちの一人が私たちの前に立ち止まった。両手をそれぞれ吊り皮に掛けて、莫迦長い体軀をふたつに折り、おおいかぶさるようにして、得体の知れぬ青い目で、それこそ喰い入るばかりに私の母なる人を間近から見つめる。母親は身を小さくすくめて顔を斜めにそむけ、戦勝者にあまりあらわな拒絶を見せるのも憚られるので動きが取れない。三十代なかばの家庭の主婦、四児の母であった。アメリカ兵はいまから思えば二十歳そこらだろうか、とにかくこれだけまともに剝出しに、一方的に人を見るということはあるものだろうか、と子供心に思ったものだ。

「黒いオルフェ」の黒人主役のブレノ・メロはサッカー選手あがりの素人で、映画では市電の運転手になっていて、運転しながら往来の女の子にウインクを送る。ソノウインクガ凄《すご》クイカスノヨ、と谷崎潤一郎の「瘋癲老人日記」のヒロイン颯子はそんな話をして七十七歳の舅の《色ボケ》を刺激する。舞台は昭和三十五年の東京は麻布狸穴あたりのお屋敷である。そのブレノ・メロがまたボクサーのレオ・エスピノザを思い出させるという。フイリッピンのボクサー、東洋バンタム級チャンピオン、レオ・エスピノザのことなら私もテレビでよく知っていた。今でも時間を貸して貰えれば日本での主な戦績を思い出せるぐらいだ。

「ソノシユッ、シユット、伸ビタ腕ヲ引ッ込メル早サト云ッタラナイノ。シユッ、シユッ、ト、トテモ美シイノヨ。攻撃ノ際ニピユー、ピユーット口ヲ鳴ラス癖ガアッテ。相手ノストレートガ這入ルト、普通ハ上體ヲ右カ左ヘウイービングスルンダケレド、エスピノザハ上體ヲグッと後ロニ反ラセルノ。體ガ妙ニ柔軟ナ感ジガスルノヨ。」

正確な記述である。つけたすと、フットワークはベタ足ぎみなのに、ひょいと反り身になると、軀の固い日本人ボクサーの、ムキになってふるうパンチがことごとく入りそうで入らない。挑発的に突き出した腹にも届かない。その愚直なる同胞の散々に翻弄されるさまを、多くのファンが一種の快感を抱いて眺めていた。マスクは色黒の精悍なる南方の顔で、それがときおりリング上でニヤリと笑うと、たしかになかなかイカシタものだ。三十五年頃にはさすがに衰えが見えたが。

あの雰囲気の中のことである。安保国会への《全学連反主流派》のデモが盛んな日、新宿で芝居を見ての帰り、さいわいデモの余波もすくないようで、老人にいささか魂胆のごときものがあってデパートの特選売場に寄ると、イタリアンファッションの陳列の前で颯子はマア素敵！　を連発して動かない。それに老人が買ってやったカルダンの絹のネッカチーフが三千円ばかりとある。またオーストリア製らしいスウェードのハンドバッグに颯子が目をつける。老人もそれに気がついていて、後日ひそかに渡してやる金が二万五千円とある。

当時、私は大学院生で、《全学連主流派》（つまり反代々木派）の列の中に姿が見えたほうであったが、週に二度の家庭教師の報酬が月にして四千円ばかり、二年後に幸いに地方大学の教職の口にありついてその初任給が手取りで一万八千円足らず、まあ国家公務員の薄給ではあったが、盛況の民間大会社でも初任給が二万五千円ともなれば羨ましいような話であった。

颯子が帝国ホテルのアーケード街で十五カラットのキャッツアイ（猫眼石）に目をつけて自分で勝手に話も決めてきて昼さがり、例によって老人の午睡する寝室に続く浴室でシャワーをあびるついでに老人を誘い入れ、いつもはピンキー・スリラーと称して足に接吻させるだけのところを、バス・カーテン越しにネッキング、首すじを好きなようにもてあそばせて舅に約束させた金が三百万円。

その金を老人がどこから出したかというと、老人の亡父の隠居所がそこだけ戦災を免れて昔のままに残っていて、すでにぼろぼろで人も住めないのを老人は取り壊して近代風に建て直したい――手洗いも浴室も洋風にしてシャワーも設ける、老妻には別に和風の厠と風呂場をしつらえて、自分たちの隠居所にしようと目論んでいたところが、父母の隠栖の跡を妄りに毀ち去るのはよくない、と老妻に反対されて延び延びになっていた、その改築資金の一部だという。ちなみに、母屋の老夫婦の部屋はすでに畳が板敷に改められ、ベッドを二台入れて老人と住込みの看護婦がやすみ、老妻は夜昼茶の間のほうへ引っこむようになり、老夫婦用の便所は老人専用の洋式にして、浴室も、これは嫁の颯子の注文というが、すべてタイル張りにしてシャワーをつけ、便所も浴室も寝室から直接に行けるようにしてある。

その前に、辻堂のほうに嫁いでいる娘が、もう大学生で結婚したいという息子もあり、今までの家が手狭になったので、近間に売りに出た家を買いたいが二、三百万円足りない、そこは銀行から借りるつもりなのでさしあたり利息分だけ二万ほど援助してほしい、と申込んできたのを老人はこの頃出銭が多くてと断わる。美人の嫁がヒルマンを乗りまわし高価な物を身に着けているので娘も老妻も面白かろうはずがない。そこへ猫眼石の一件が露見したので二人して老人に談判に及ぶと、父母の旧跡を壊すことを思い留まったことによって浮いた金で大事な嫁に宝石を買ってやったのだから仏さまも感心な倅《せがれ》だとお褒めになるだろう、と老人はとぼける。残りの金はどうするつもりだと突っこまれると、嫁の願いを容れて庭にプールを掘る、そこでシンクロナイズド・スウィミングをさせる、と高飛車に出て老妻と娘をさらに閉口させる。

マゾヒズムの精華のごとくに称えられてきた作品である。マゾヒズムとは自身対自身の関係にあってはサディズムとどう区別されるのか、また他者との関係においては、と考えれば微妙なことになるが、とにかく性の自虐を容赦なく追いつめた。人間の醜悪さを一方に極めて壮大なような印象すらあたえる。しかも、大衆が反応したようなのだ。作品発表の五ヵ月後には映画化され、半年後には新派の、明治座の舞台にあげられている。

何と言っても淫蕩、懸け離れた逸脱が大衆の猟奇心をそそった、とは言えるのだろう。喜劇としてもずいぶん可笑しい。しかし作品に反応するマゾヒズムが大衆の側にもあったとすれば、それは性のことよりも、まず生活上のことではなかったか。まず浪費される──と大衆は当然そう感じる──金の高を見るだけで読者の内にすでに、作中のマゾヒズムを受け容れる、いよいよ甚しくなることを喜ぶ、それ自体いささか自虐の気味のある下地が生じる。あるいは生活感覚の繊細な人間ならば、お屋敷の奥深くを思い浮べる。床の間もあろうお座敷の、畳が板床に張り替えられてベッドが置かれ、壁をくり抜いて浴室と便所へ《行け行け》になっていて、そしてホテルのバスルームにこもるのと同じ、独特な臭気が流れている。感じる人間にとってはそれだけですでにややマゾヒスティックな関心を喚起させられる。そういう時代でまだあったはずだ。

時代のマゾヒズムと一言で呼ぶには入り組んだ心性ではある。第一、人々は辱しめられて、しかも旺盛であった。旺盛であったことは否めない。たとえば月給三万の男が、白昼の浴室でのネッキングの代償である三百万を仰ぐとき、たしかに俸給の百ヵ月分にあたり、現実には及びもつかぬ高ではあるが、しかし先々も及びのつかぬ金とはかならずしも感じられていなかった。頭をはたらかせて月に数十万の収入を得ている同窓生の噂やら、やれ二十万三十万のボーナスを出す会社のことやらが、周辺でもしきりにささやかれていた。ほうと舌を巻いてあたりを眺めると街の様子が、建物も道を行く人間たちも日に日に変っていくふうに見える。

テレビや舞台ではたしかホームドラマが盛んで、見ているとその多くはその家の主人が大会社の社長とか重役とか、外国に行ったり別荘があったり、相当に上流のお屋敷を扱っていて、王侯貴族富豪の悲喜劇を見せるのが芝居の定石かもしれないが、それにしても、当時の現状からすれば大方の生活の延長線上にはなかったはずの富裕の暮しが庶民の哀楽をもって演じられ、見る側もけっこう自己同一化していた。

エスカレートの論理とでもいう、いや、論理というよりは生活感情が一般を支配しはじめていたように思われる。つまり何事でも量的に膨張拡大させて、度を強めていけばやがて質的な不連続、超越のごときが生じて、内在する矛盾が解消する、と感じる心性である。さまざまな現実の相においてこのやり方は、多くはそのつど矛盾先送りのかたちではあるが有効であった。それにはその報いも避けられなかったが、それによって救われた事柄がなかったといえば不正直になるだろう。矛盾によっては幸か不幸か解消されてしまったものもあったかもしれない。病老死の不可避の苦まで、生の膨張によって緩和されるとでもいうような、幻想がおのずと忍びこんでいなかったか。

「瘋癲老人日記」の筆の進め方にはやはり桁はずれのところがある。マゾヒズムなどというものとはおよそ正反対のものである。たとえば颯子という女があり、これが悪女であり、並みの日本女性と懸け離れた姿体と性質をもつ。といったんなると、まるで問答無用のごとく、悪女で新しい女でなくてはならない。老人の嗜虐の性をつとに察知して確実にもてあそばなくてはならない。また老人も「現在ノ予ハサウ云フ性慾的樂シミト食慾ノ樂シミトデ生キテヰルヤウナモノダ」とすでに自己認識に揺ぎもない。「ヲカシナコトダガ、痛イ時デモ性慾ハ感ジル。痛イ時ノ方ガ一層感ジル、ト云ツタ方ガイイ、カモ知レナイ。或ハ又痛イ目ニ遇ハセテクレル異性ノ方ニヨリ一層魅力ヲ感ジ、惹キツケラレル、ト云ツタ方ガイイ、カ」と、病気の痛みと異性になぶられる痛みとでは質が違うように思われるのだが、そんなことには構わずまっすぐに、細き破れから募るというような惑乱の筋ではなくて、太い道を踏んで嗜虐的な性の充足へと趣く。

予ハタヾ水ヲ呑マサレタ氣ガシタヾケダツタ――バス・カーテンの裂け目から差し出された足に接吻させてもらった老人の感想である。シャワーのとばっちりを浴びて女の足の前に跪く年寄りの姿を思い浮べて息をつくのは、読むほうのマゾヒズムか。これではまだ味も素気もないと老人は言ったまでである。

さらに半月もして同じ浴室で、女の足の指を三本まとめて口いっぱいに頰張った時に血圧がはねあがり顔が火照り、コノ瞬間ニ脳卒中デ死ヌンヂヤナイカ、今死ヌカ、今死ヌカ、とさすがに恐くなって気を静めようとしながら、しゃぶるのをやめない、やめられない、死ヌ、死ヌ、ト思ヒナガラシヤブツタ、とこれはまさに痴呆の極みの場面であるが、しかし文章は痴呆の震えも喘ぎも感じさせず、すこしも割れぬ力で押しまくる。作者の目が主人公のすぐ背後に付いているのか、それとも神のごとき客観の位置にあるのか、と首をかしげさせられるところである。

さらに月日が進んで、片手の激痛におそわれた老人が颯子に向かって泣き叫ぶくだりで、

予ハ芝居ヲシテルンヂヤナイ、「颯チヤン」ト叫ンダ拍子ニ俄ニ自分ガ腕白盛リノ駄々ツ子ニ返ツテ止メドモナク泣キ喚キ出シ、制シヨウトシテモ制シキレナクナツタノデアル。ア、己ハ實際氣ガ狂《ちが》ツタンヂヤナイカナ、コレガ氣狂ヒト云フモンヂヤナイカナ?

「ワア、ワア、ワア」

氣ガ狂ツタラ狂ツタデイヽ、モウドウナツタツテ構フモンカ、予ハサウ思ツタガ、困ツタコトニ、サウ思ツタ瞬間ニ急ニハツト自省心が湧キ、氣狂ヒニナルノガ恐クナツタ。ソシテソレカラハ明カニ芝居ニナリ、故意ニ駄々ツ子ノ眞似ヲシ出シタ。

これは人の乱心の機微を、機微どころでなくあからさまに暴いた残酷場面であるが、それにしても中頃の一行の、「ワア、ワア、ワア」は、これをどう読むべきか。読者はまともに咆哮の力をこめるべきか、おのずとお道化た調子にはずれるにまかすべきか。そんな指定には作者は無頓着であるようだ。いまさら諧謔を際立たせる了見もない。無造作に投げ置かれた、ただの「ワア、ワア、ワア」である。ことさらの非情さでもない。棒調子に叫んでもかまわない。この辺のところを表わすのが芝居や映画ではかなりむずかしいのではないか。グロテスクな像をどうしても超えられない。

さて「日記」の最後近くが名場面といわれるところだが、病気の小康を得た老人が颯子を連れ、看護婦に伴われて京都へ墓地の見立てに行く。墓地は法然院あたりに定まって、次に墓石の思案にかかり、初めは五輪塔の予定だったのが考えが変って、さる寺内の来迎阿弥陀三尊の線彫り石仏のうち、両膝を揃えて跪いて合掌しながら天衣を風に翻す勢至菩薩像に心を惹かれ、それを一面仏に彫らせてその容貌と姿体をそれとなく颯子に似させることに思いつく。それとは別にまた思いつくところがあり、夜に看護婦を促して旧知の筆墨店を訪れ、中国製の最良の朱墨、小指大のものを二千円、端渓の硯を一万円でもとめ、それに紅絹《もみ》の裂《きれ》と布団綿を少々わけてもらい、翌日はかねて予定どおり看護婦を奈良見物に出して颯子と二人でホテルに残り、ネグリジェの上にブルーのキルティングのナイトガウンを着てピンクの花模様のスリッパをはいた颯子が起き出してくると、朱墨を磨りおろし大小のタンポを二つずつこしらえ、女の足の裏の拓本を取ってそれを基に仏足石を自身の墓の上に彫らせる目論見でいる。

骨となっても女の足に踏みつけられ――泣キナガラ予ハ「痛イ、痛イ」ト叫ビ、「痛イケレド樂シイ、コノ上ナク樂シイ、生キテキタ時ヨリ遙カニ樂シイ」ト叫ビ、「モット踏ンデクレ、モット踏ンデクレ」ト叫ブ。

颯子の沈黙を承知のしるしと取って別室の八畳に、ボーイに大型のシーツを二枚持って来させて重ねて敷き、絶対に着物を汚さないと約束して仰向けになるよう促すと、颯子は行儀よく両足を揃えてすこし反り加減に差し出し、老人はその足の裏をタンポで叩き出すが――シバ〳〵失敗シテ足ノ甲ヤネグリジエノ裾ヲ汚シタ。シカシシバ〳〵失敗シ、足ノ甲ヤ足ノ裏ヲタオルデ拭イタリ、塗リ直シタリスルコトガ、又タマラナク樂シカッタ。興奮シタ。何度モ〳〵ヤリ直シヲシテ倦ムコトヲ知ラナカッタ。

何度試みても満足に行かず、二十枚の色紙も尽きて、さらに例の店から四十枚取り寄せ、今度は椅子に腰掛けさせて、老人はその下に仰向けになり足の裏を叩き、色紙の上を両足で踏ませる。その苦闘の最中に予定よりも早く看護婦と、一緒に行っていた京都在住の老人の娘がもどり、颯子は素速く浴室へ逃げこんだが座敷には朱や白の斑文が点々と散乱し、看護婦は黙って血圧を測り、「二百三十二ゴザイマスネ」と容易ならぬ表情でいうわけであるが――。

さて、この狂態の場面を読者はどう思い浮べるか。たやすく思い浮べられるところなのだ。われわれ日本人には、芝居の伝統だか何だか、とにかく老醜の狂態をつぶさに想像して喜ぶ素地があるようなのだ。儒教圏のはしくれであるのに、老いにたいする冒瀆への禁忌の念はむしろかなり薄い。いささか想像を刺激されれば、老醜をとびきりグロテスクに滑稽に、汚く熱っぽくなまなましく、芝居の型めいたものにさえはまって、現前させることができる。そしてサディスティックな目の酷さがやがて、自己投棄の泥々の恍惚とひとつとなり、マゾヒスティックな充足へ変質していく。さらにまた、情痴の恍惚によって、グロテスクな存在を剔出しにしながら生死の境が超えられる、狂いながらの往生が遂げられる、とでもいうような幻想を抱かされる。作品発表当時の読者がおそらくそういうふうに興奮させられたのではないか。アアシテ死ネレバ、本望カモシレナイ、と。

しかし、「又タマラナク樂シカツタ。興奮シタ。何度モ〳〵ヤリ直シヲシテ倦ムコトヲ知ラナカツタ」というような文章の実質と、そのような恍惚による超越の幻想とは、相容れるものだろうか。この文章には、私の感じるところでは、超越もなければ恍惚もない。それどころか、エロスの幻想もない。ただの作業の、反復の興奮しかなく、それを太い目が眺めている。もはやことさら絶望もせず、ことさら荒涼にも苦しまず、鈍感とも紛らわしい非情さをゆるく張った目が。

鈍感さと言えば、読者はこの拓本取りの騒ぎに続く悶着の場面にしばしつまずかされることだろう。翌日、老人の娘の五子が部屋に来て、「困ツタコトガ出來タワヨ」と、颯子が朝方にホテルを逃げ出したことを告げる。伊丹から飛行機で東京へ発ったという。老人は五子らが追い帰したと疑って怒り、口汚く罵られた五子もやがて身構えて、颯子が発ったのはほかになにか東京に早く帰りたい理由があったのではないか、と颯子の不身持ちへの疑いを持ち出し、颯子の亭主も亭主でほかに誰かがあって妻の不倫を見て見ぬふりをしている、お互い諒解の上なのではないかと、老人も見て見ぬふりをしているという意をこめて老人に迫る。

五子ガコ、マデ語ツタ瞬間、コノ女ニ對スル云ヒヤウノナイ忿懣ト憎悪ガ予ノ胸ノ中ニ渦ヲ巻イテ沸キ上ツタ、とあり、これは老人が先刻見抜いていて日記にも平然としるしていた真相であり、老人もそれを良しとしてきたのではなかったか、と読者は首をかしげさせられるところだが、それよりも驚くべきことは、颯子が逃げ出した明々白々の理由、つまり昨日の老人の狂態が颯子をどれだけ怯えさせたか、それがこのとき父娘双方の目から完全に落ちているということだ。

作中人物の鈍感さのことであり、この辺からまた作者の目が老人を離れて浮き出してくる。読者はあらためて作者の鈍感めかして張った線を逆にたどり、老人の堂々たる痴情の表白の背景にある、この家の陰湿な実相へ思いを及ぼす。この解体しかけた古い家の内にあって浮いた存在である颯子なる嫁はおそらく、暗黙のうちに周囲から促され、みずからも身の置きどころのなさに悪女振りへ追い立てられたかたちで、この家の主人たる老人の、自己肥大した老と病とへの、人身御供であるのだ。嫁に来て十年というから昭和の初年の生まれ、当時としてもどちらかと言えば旧世代に属する女である。体型も今から見れば古い女のそれであった、かどうかはまあ作品の言うところに従うとしても、旧世代の感性の女であることは、作品の随所から窺われる。立派に舅にかしずいている。辛抱もよほど強い。実際のところ、され放題に近い。

発表されてからすでに二十年も経って現在この作品を読み返すとき、読者の心に真に陰惨に喰いこんでくるものは、老人の性よりも、むしろ病のほうのことではないか。老人が日々に服する、数えきれぬほどの現代医薬の名が並ぶ。劇薬に類するものもある。日夜看護婦を付き添わせ、一流の医者にかかり一流の病院にかかり、金に糸目をつけず、座敷も浴室も便所も性的な魂胆のためとはいいながら、つまりは病気のために改造されている。病室が屋敷の中心であり、すべてが老家父長の病苦に仕えている。家人たち、閉口させられた老妻も娘たちも、ほとんど姿を見せぬ後継ぎ息子も、悪女なる嫁も、そして性すら——そうではないか。

肉体の専制というようなことを私は思わされる。肉体といえばまず性のことが連想される、すべてが性に仕えるがごとくに思いなされた時代がけっこう続いたものだ。人がむやみと薬品に頼る、たとえば旅行となると缶の中に雑多な薬を一杯に取り揃えて来なくては安心できない人間がすくなくなかった。そんな風潮とうらはらのことだったに違いない。性と医薬の力への楽天時代であった。しかし肉体とは、人の一生をつきつめれば、病苦・肉体苦に帰するのではないか。肉体を優先させて生きれば、最後には肉体の苦痛の専制に終るのが道理である。そして戦後の「肉体主義」というものは、空腹と恐怖にさいなまれた人間が、追いつめられた肉体の欲求には所詮勝てないと降伏したところから始まるのではないか。

「約束通りプールの工事が始まつてゐるのを、眺めるだけでも親父の頭にはいろ〳〵な空想が浮ぶんだよ。子供達も樂しみにしてゐるしね」

と颯子の亭主であり老人の息子でありながら、作中つねに不在を決めこんだような浄吉の言葉で作品は結ばれる。京都での女足の拓本取りの興奮のあと老人がまもなくはかなくなったように、読後に思いなした人もすくなくなかろうが、それこそ老醜のマゾヒズムの美学に沿った物の取り方で、そうそうはかなくは、作者はさせてくれない。老人はなかなか死なないのだ。

谷崎潤一郎がこの作品によって、剛直に近い絶望の力でもって照らしたものは、二十年後の現在では恍惚でもなく狂気でもなく諧謔でさえなく、端的な現実の荒涼として人の目の前に露呈している。

境を越えて

数年前に新聞で読んだだけで詳しいことも知らないが、アメリカの大都市にショッピングバッグ・レディーと呼ばれ、身のまわりの品一切を買物袋に提げて日がな街頭で暮す高年の女性たちがいるそうだ。浮浪者とも言えない。多くは主婦として堅実な市民生活を送った――全《まっと》うした？――末にみずから孤独となった女性たちだという。けっして群れをなさない。人とも交わらないが、しかし人中《ひとなか》にいる。群衆に紛れて街を歩きまわり、疲れれば公園のベンチに半日でも腰掛けてすごす。むずかしい本を読んでいる女性もいる。身上は語らないが、現在の心境をたずねられるとほとんどが、アイ・アム・ハッピィ、と振りはらうという。

《寧ろ一思に藏書を賣拂ひ身輕になりアパートの一室に死を待つにしかじと思ふ事もあるやうになり居たりしなり》と、これは前々章で荷風の「罹災日録」から引用した、昭和二十年三月十日の麻布市兵衛町偏奇館炎上の記の内、罹災前の心境を語った言葉である。それに続いて、《昨夜火に遭ひて無一物となりては却て老後安心の基なるや亦知るべからず》とある。

さしあたっては老後の安心どころか、五月末には東中野のアパートをまた焼け出され、六月末には逃げた先の岡山で、すでに火炎の照る中を寝床から跳ね起きて振分け荷物で宿屋の梯子を駆け降り、橋を押し渡って田の間にうずくまり（なぜだか「斷腸亭日乗」のほうではこの辺の詳細が省かれ、しかも《伏して九死に一生を得た》という場所がやや違うようなのだが）、戦争の終った時には恐怖に取り残されたかたちで土地に身の置きどころもなくなりかけ、八月の末日に復員軍人と一緒に列車に押しこまれて東京にもどればここにも住処《すみか》はなく、熱海の知人の別荘に身を寄せて翌二十一年六十八歳の元旦の「斷腸亭日乗」に、

……六十前後に死せざりしは此上もなき不幸なりき、老朽餓死の行末思へば身の毛もよだつばかりなり。

株の配当もなくなったので今年からは筆一本でしのがなくてはならない。それに食料事情が逼迫して、元旦から朝飯を抜くために寝床の中で本を読んで空腹を紛らし、正午近くに起き出して葱と人参を煮て麦飯の粥を炊き、食後には炭火がないのでまた寝床に入って鉛筆で売文の草稿をつくる。

進駐軍の缶詰を開けては彼我の生活を較《くら》べて、《人間も動物なれば其高下善悪は食料によりて決せらるべし、近年余の筆にする著作の如きも恐らくは見るに足るべきものには非ざるべし》と歎く。また一方で、二十年の九月の中頃には、荷風の無事を知った知人たちから、戦争からの解放を喜ぶ手紙の来るのを、《一點眞率の氣味なし》と、国の荒廃を思い併わせて憂えている。また、文芸出版復興の兆しもすでにあり雑誌や新聞の記者たちが熱海まで荷風を訪れてくるのを、《さしたる用事でもなきに、東京より乗りがたき汽車に乗りて人を訪問する此の人達の生活も、亦奇ならずや》と訝る。

「老人」という短篇があり、二十五年の発表とあるから荷風がすでに市川の寓居から足繁く浅草のロック座あたりに通っていた時期の作であるが、作品の舞台は敗戦の翌二十一年の秋で、相応の恒産を成すことが人生の意義だと信じて実直に暮してきた老人が、戦争によってその信念を裏切られ、一人息子には戦死され、三十年連れ添った妻にも先立たれ、その初七日の夜、淡々とした諦めの気持で二階の寝床に就いて、明日にはもう帰るという下関在住の実の娘と甲府在住の亡妻の姪と、これきりもう会えないかもしれないたった二人の縁者が階下でいつまでも話しこんでいるのを、床の中から耳にしながら、

臼木老人には戰争中に成人した男や女がさほど今の世の中を悲観してゐないやうに見えるのも、これ亦不思議の一つであつた。近い例を取れば娘常子の様子もさうである。

乗れないほど雑沓するといふ汽車、硝子窓の満足なのは一つもない客車で、二日ちかく乗りつゞけて行く事をも、さして難儀だとも思つてゐないらしい。その生れ育つた箱崎町の焼跡の話やら、戰災を免れた水天宮の話などが出た時にも常子はたいして興味をも催さず、人間はどこで生れて何處で成長して、何處に住まうとも、それはその時の都合だと、飽くまで悟りきつてゐるやうにも、老人の目からは見えるのであつた。

調子こそ違え、先の《身の毛もよだつばかり》の恐怖と、響きあう感慨である。しかし汽車の混雑と言えば敗戦八月の末、荷風自身、何と迅速に果敢に東京へ舞い戻ってきたことか。「日乗」によれば八月十七日岡山駅では従業員が出勤せず列車もほとんど運行中止、二十日には入京禁止の令が新聞に報じられ、二十三日には軽々しく東京を去ったことを悔んで悲歎の底に沈むとあり、二十五日には沼津以東不通、しかし二十八日にはやはり帰京を急ぐ知人から、うかうかと日を送っていると帰る機会を失うおそれがあるとすすめられて同行を決意する。翌二十九日には岡山駅で鼻薬を利かせて切符を手に入れ、三十日の午後二時近くにホームで同行者夫妻と待合わせると、予定の列車は間引きされていて待つこと二時間、貨物列車に乗込んで九時に大阪、ここでまた待たされて翌三十一日未明、呉からの復員兵で一杯の列車に押込まれて、東京は品川で山手線に乗換えたのが夜の七時。岡山での窮状に追い立てられたこととはいえ、なおさら予想される東京の劣悪な事情を思えば、やはり迅速果敢な帰京と言わなくてはならない。しかも「日乗」のその箇所《くだり》には一種の心の弾み、《卽《すなはち》巴峽より巫峽を穿《うが》ち、便《すなはち》襄陽に下りて洛陽に向はん》と、こちらはついに京にたどり着けなかった詩人の句を思わせるような昂奮がある。またドイツ人作家ハンス・エーリヒ・ノサックの描いた、ハンブルク大空襲の後の、当局が禁じても禁じても瓦礫の街に陸続と郊外から舞いもどる群衆の姿を、私などはつい思い浮べさせられた。

《あの女達ももう若くはないのであるが、自分ほどには戰後の生活について底知れぬ恐怖を抱いてゐないらしく見られるのは、之を要するに年齡の相違に依るばかりで、外に仔細はないであらう》と作中の七十に近い老人は考える。作者のほうはこの恐怖と同時に、その世間への好奇心も旺盛であり、また、その恐怖を知らぬげな猥雑な精力を、自身も分有している。敗戦直後の熱海での仮り暮しの中で、日々に高騰していく物価を克明に記しもすれば、空腹を抱えながら町の娼窟や米兵の動向の観察も怠らず、《時間》と《泊まり》の値段も知っている。

昭和二十一年の元旦には荷風はすでに熱海の別荘の持主から立退きを迫られていた。一月のなかばには、東京をまたいで千葉県は市川の菅野に住まうことになり、知人宅への同居で炊事は別であるらしく、以来、市川から西船橋辺にかけて、国府台、真間、八幡、中山、葛飾、海神などの田園地帯やら、省線各駅前に経済統制とイタチごっこで盛《さか》る闇市やらをしきりと歩きまわる、以前よりも一段と多く戸外で時を過す荷風の姿が見える。時ならぬ買物やら、薪《たきぎ》を拾うための、袋などを提げている。

駅前の露店で菓子パン一箇一円を五つ六つ買って線路沿いの林下の砂道を歩きながら食っている。片栗粉の汁粉とやらを昼飯代りに啜る。闇市でふかして売る里芋を買って一箇一円の値に驚く。江戸川堤の蕎麦屋にふかし芋ありますの貼紙を見て入る。一皿五円とある。闇の銭湯というものもあったらしく、知人のつてによって裏口から入る。

物価統制の令が出るたびに、店頭からたちまち食料品が姿を消し、まもなく闇値が跳ねあがって闇市はいっそう盛る。土地こそ違うが私の記憶では、盛り場の名のとおり人がごったがえす。そこをはずれてしばらく歩くと急に淋しく貧寒となる。

銀行預金封鎖とか、印紙（証紙、紙幣の隅に貼る、使用許可証みたいなもの）の一人につき百円限りの配布など、インフレ対策なのだろうが、それ自体は私有財産否定の方向をもつ政策が行なわれていた。私財没収の噂も流れていたらしく、荷風はそれを気にかけていた、たいへん気にかけていたようだ。しかしこれらの経済統制もかえって闇市場を活性化する結果になったようで、このとき民衆のうちに仕込まれた闇市的エスカレート主義こそ、後年の栄えある高度経済成長の母胎となったものではなかったか。

二十一年の四月には、配給の煙草やら、醬油やら味噌やらのますます粗悪になったのに腹を立てて、《これ亡國の兆一歩ゝ顯著となりしを知らしむるものならずや、現代の日本人は戦敗を口實となし事に勤むるを好まず、改善進歩の何たるかを忘るゝに至れるなり、日本の社會は根柢より墮落腐敗しはじめしなり》と悲憤慷慨しているが、一方ではまた、玉の井に復興した私娼の街の盛況ぶり、その相場、外人客と日本人客との値の差など、そちらの情報にも耳ざとく、近間では新小岩あたりの私娼街をみずから訪れてずいぶんと具体的なことを記している。

二十二年二月には小岩あたりの、工場跡に大きな建物を移築して寄宿寮五棟に女性たちを住まわせ、広大な構内にダンスホールあり菓子野菜を売る店あり靴直しあり、洋画館みたいな名のついた娼窟を訪れて、女性数人にリンゴをおごって構内を《巡覽》している。翌々日にまた足を運んで、《女工と娼妓と女學生との生活を混淆したる》ようなものに感歎し、それから半月後には町会の知人を通してそこの親分に渡りをつけ、女性たちを食事に誘うまでになっている。

このような戦後の殿堂《パレス》といい老文豪の旺盛な関心といい、むしろ《勤むる》に似たものではないか。猥雑なる《改善進歩》を孕むようなものではないか。すくなくとも、濹東の巷から麻布の屋敷に帰ると香を薫いた《綺譚》の頃と、戦後はおのずと違いもあるのだろう。

二十二年一月二十二日の記には、《家に在るも炭火に乏しく孤坐讀書に堪えざれば町に出で日當りよき片側を歩む。今の世に生きんとするには寒氣をおそれず重き物を背負ふ体力あらば足るなり。つくづく學問道徳の無用なるを知る》とある。戦後になり荷風をますます戸外へ追い立てたものはまずこうした生活条件の劣悪さであろう。寒さもさることながら空腹、ひもじさを紛らわすために歩きまわったとまではいわないが、第一、まめに外を歩きまわらなくては割りの良い食料が手に入らない。散策は路傍の農家において駅前の露店において食料の買出しも兼ねていた。川の流れをたどり田園風景を眺め農家の生籬の内を覗いてはどこまでも歩くのも、風流のためばかりではなさそうだ。欠乏の暮しだけにその限りで出来るだけしっかり食わなくては身がもたない、と独り身の老人ならなおさら切実に思うにちがいない。生き死にのことだ。

それに、ラジオである。戦前から隣家のラジオこそ荷風の不倶戴天の敵のようなものであったらしいが、貸間同居人の身分の戦後にはさらに防ぎようもない。その騒音と猛暑に家を追い出されて、近くの白幡天神やら葛飾八幡やらの境内で日の暮れまで読書をして帰ってくると、夜にまた鳴り出す。十時過ぎまで続く。耳に綿を詰めてしのいだりする。ラジオに追い出されて驟雨に遭う。あるいは思いがけず林下の月見となる。ついには夜に行きどころもなく、市川駅の待合室のベンチに腰掛け、日本人の女と米兵の待合わせなどを眺めながら十時まで過す。けっこう退屈しなかったらしく、翌日の夜にも行っている。京成電車の菅野駅でも暗い燈の下で本を読んでいる。

二十一年の大晦日の記には、《隣室のラヂオに耳を掩うて亡國の第二年目を送らむのみ》とあるが、翌二十二年一月七日には同じ市川市菅野の知人宅に越して、ここは水道もなく日中は一日置きに停電というありさまだが、家がやや広いようでラジオの音からはひとまず解放される。その頃、例の春本「四疊半襖の下張」の旧稿をある男がひそかに印刷に付しているという注進があり、荷風は禍の身に及ぶのを恐れて自分から市川警察署に行き、司法部長に面会を求めてその秘密出版の件を知らせている。腹痛下痢風邪などに悩まされ、春頃からはまたラジオの音に苦しめられ、四月には米の配給が一時絶え、五月には神経衰弱気味の疲労を訴えている。

六月には昨年までの寄寓先に預けておいた蔵書がことごとく盗まれているのに気がつき、犯人はその家の十五歳の娘と判かり盗品の大半は土地の古本屋などから回収されたが、荷風はそれをその家の長男の青年のさしがねと疑って、戦中からいろいろと世話になった主人と激論に及んだあげく、先に養子縁組をしていた次男を離縁しようとして訴訟を弁護士に依頼している。結局先方の拒否に会って訴訟は成らなかったらしい。(その二年ばかり後にも、近間に小さな家を買ってさらに移ったあとで、それまでの寄寓先の家に自分の配給食料品を押領されたと猜疑して、わざわざ市役所の出張所まで足を運んで陳情したりしている。)

二十二年の十一月十五日に、市川の町でベレー帽を買っている。二百五十円という。同じ頃に赤皮の半靴を、売りに来た者から二千三百円で買っている。白米一升百八十円と九月中頃には見える。年末には年総所得三十七万円あまりに税金四万五千円あまりを払っている。大晦日には年内の不運を振返って、《而して枯れ果てたる老軀の猶死せざる、是亦最大の不幸なるべし》。

翌二十三年正月の三日にはしかし、みずから春本を書いている。《亦老後の一興なり》とある。そして九日には戦後初めて浅草を訪れている。それを境に足繁く浅草に通うようになる。敗戦三年目に入って、どんな境目があったのだろう。

昭和二十五年一月発表の作品に「買出し」という短篇がある。野田・船橋間の支線とあるから今の東武野田線か。窓には一枚の硝子もなく扉には古板が打付けてあるという態の《買出電車》が終点の船橋の二つ三つ手前の駅に差しかかったところで誰からともなく、船橋駅で警察の張込みがあるという噂が満員の車中を流れて、次に停まった駅で買出し連が先を争って降りて田園の中を歩き出す。検問を避けて最寄りの京成電車の駅まで徒歩で出るつもりらしい。川の氾濫で東京・市川間の交通も二、三日途絶していた後とあり、二十二年の秋に擬せられているかと思われる。戦争になってからもう十年との感慨が作中にあるのは日華事変の始まりから数えているのか。白米一升百八十円からという相場はやはり二十二年九月十八日の「日乗」の、《關東地方水害のため米價忽騰貴一升金百八拾圓となりし由》なる記に合っている。

作中では十月初めの小春日和の午前、稲は畦に掛けられ、畠には京菜と大根の葉のひろがり、百舌の鳴く梢は薄く色づいて、菊や山茶花の咲き初めた農家には赤く熟れた柿が、といった田舎道を大方四十がらみの男女たちが穢苦しい恰好に大きな荷物を背負ってぞろぞろと行くうちに、列が間伸びして足の弱い者が三人四人と後に残され、やがて人影もなくなった道のとある曲り角の、古びた石の道標の立つ榎の木蔭に荷をおろして休む老婆の姿が見えて、そこへやはり買出しの中年の女が通りかかり一緒にひと息入れる。

買出しの愚痴をこぼしあって、戦中の身上を話しながらまたしばらく歩くと正午のサイレンが鳴り、女は道端の椿の大木の下に辻堂のあるのを見つけてその砌《きざはし》に荷をおろし昼食の仕度にかかる。遅れがちに従いて来た老婆は、自分はまだいいと言って、女が大きな握飯を貪り食うあいだ、身を折曲げて膝を両手に抱えこみ、やがて膝の間に顔まで突込んで大きな鼾をかきはじめる。その身体がしばらくしてそのまま前へのめり、様子のおかしいのに気づいた女が抱き起すと、もう目をつぶって口から泡を吹いている。

あたりは見渡すかぎりの畑で小春日にきらめいて人影もなく、馬力が通りかかるが二人には目も呉れずに過ぎる。やっぱりお陀仏だ、と女はしばらくあたりを見まわしていたが――やがて自分のズックの袋と老婆の萌葱の風呂敷包みとを辻堂の縁先まで引摺って行き、サツマ芋と白米とを手早く入れかえてしまう。芋は一貫目六、七十円、米は一升百七、八十円とある。

老婆の米を背負って女は日向の一本道をひたすらに、後も見ずに歩く。やがて前方に松林の岡が見えて、あそこを越すまでは死んでも休むまいと女は思う。倒れたら四つ這いになってもあの向こうへ行ってしまわなくてはならない、と。

彼處《あすこ》まで行つてしまひさへすれば、松林一ッ越してさへしまへば、何の譯もなく境がちがつて、死人の物を横取りして來た場所からは關係なく遠ざかつたやうな氣がするだらうと思つたのだ。行き合ふ人や後から來る人に顔を見られても、彼處まで行つてしまへば何處から來たのだか分るまいと云ふやうな氣がするのである。

その心当ては違わず、坂道を登りきって松林に入り行く手を見ると、まったく別の処へ来たようにあたりの景色も木立ちの様子も、気のせいか、すっかり変っている。安堵のあまり起き上がれずにいるところへ、自転車に乗った、これから買出しに行く中年男が坂をあがってきて、結局この男に、一升百八十円に五円ずつ色をつけさせて、一斗五升の米を売り払い、身軽になって松林を出る。初めに芋を何貫担いできたかは知らないが、おおよそ算盤を入れると、しめて二千五百円ほどの余得となる。米一斗五升と言えば、一升が一・四キロとして二十一キロ、五貫目半、これが松林を越えて背負ってきた、死んだ老婆の荷の重みである。

そして、ひとつ越してさえしまえば、何の理由《わけ》もなく、境界が変わる——これこそ、作品の土地は船橋海神あたりの黒松林の丘陵のゆるくうねる旧田園であるが戦後三十何年の都会人の、さまざまな東京物語の、意識無意識のうちの合言葉ではなかったか。境から境へ取りもあえず懸命に乗り越して、そのつど不連続が生じる。変わる訳はないけれど、変わる必要はある。歩きつづけることがそれ自体、変わる理由ともなる。とにかく止まってはならない。いくつもの境をそのつどの必要に追われて越えるうちに当初の、そもそも何から逃れてきたのか、それもおぼろになる。元の罪や恥といっても、あらわれとしては当時きわめて些細な、ちょっとしたやり過ぎ、過《あやま》ちといった程度のことだったかもしれない……。

荷風の語る戦後社会への恐怖というものがこのような、死者の物を掠めて岡ひとつ越えて換金して身軽になって去る、というようなことを常人が機会さえあればやりかねない日常へ向けられているのであれば、身の毛もよだつという言葉は額面通りに受けたい。

空腹と所在なさに苦しめられながら一人あてどもなく田園を歩きまわるということは長閑なりに、またいくら預金があっても、そんな悪事を想わせられるほどに陰惨なことでもあったはずだ。

これからは物より金の時代です、と政府がラジオでしきりに国民に貯金を勧めていたのは、あれはいつ頃のことだろう。あなたはいま何をしてますか、といきなり呼びかける。

カルメ焼きをやいてます、と三木鶏郎の冗談音楽がまぜかえした。まだ米の不足分に赤砂糖の配給があった頃だ。なかにダニが棲息していた。

ともあれ、昭和二十三年以降の「日乗」を読み進むにつれて私には、だんだんに荷風の後姿しか見えなくなってくる——それまでの、背が見えていたかと思うとくるりと顔がこちらへ向き直るという戦慄が年ごとに薄れて、老人の健脚がひたすら遠ざかっていく、とそんな印象を受けてならない。全集が刊行され、浅草の踊子たちに親しみ、芝居が上演され、役者たちと《鳩の街》を見てまわる。新聞記者に追いまわされ、街娼にまで顔を見知られるようになり、やがて文化勲章を受けて、鞄の置き忘れ事件によって財産状態が世人の目を惹くところとなる。そうして身辺が多事になっていくにつれて「日乗」の記載は年々短くなる。

三十年頃までは《夜浅草》あるいは《燈刻浅草》あるいは《晡下浅草》という記が多くて夜の繁華街歩きになかなか精を出していたようなのが、やがて《午後、浅草》となり、人と会うことも減って一人で洋画を見ることが多くなる。三十年から三十二年にかけて、「悪魔のような女」、「エデンの東」、「河の女」、「わが青春のマリアンヌ」、「居酒屋」、「太陽に向かって走れ」、「上流社会」、「ヘッドライト」、「リラの門」、「昼下りの情事」など、沢山の題が記されている。

さらに《午後》が《正午過ぎ》となり、三十三年頃にはただの正午、《正午浅草》あるいは《小林來話、正午淺草》あるいは《正午淺草、燈刻大黑屋》という短い記の羅列に近く、こうなるとかえって後姿なりにまた目の前に大きくアップされてきたようで、朝方に地元の不動産屋氏の御機嫌伺いを受けてから京成電車で押上まで出て浅草の洋食屋で昼飯を摂り、おそらくさしたることもなく早目に家にもどって、夕刻には地元駅前の大黒屋なる店に足を運ぶという、判で捺したような老年の生活の反復が伝わってくる。

二月廿四日。雨雪となる。正午淺草。

二月廿五日。晴。正午淺草。

二月廿六日。朝雪。正午淺草。

二月廿七日。晴。小林來話。正午淺草。

二月廿八日。晴。正午淺草。

そして三十四年三月一日、日曜日、雨の中を《正午淺草》に出たところが路上でにわかに歩行困難になり驚いて車で家に帰ったとあり、それから一週間あまり寝つくと、《正午淺草》もなくなって《正午大黑屋》となり、四月二十日以降は《小林來話》だけになる。

四月廿五日。晴。

四月廿六日。日曜日。晴。
四月廿七日。陰。また雨。小林來る。
四月廿八日。晴。小林來る。

この素っ気もないような記録こそ、住まいは江戸川を渡った市川菅野であっても、わが東京物語の極みである。長年の孤立者がさらに年ごとにひとりになり、やがて月ごとにひとりになり、ついにひとりになる。しかしぎりぎりまで歩く。範囲は日ごとに狭まってきても、とにかく歩かないことには生きられない。最後には三町ばかりの道だけになり、同じ道の往き返りだけになり、それでもまっすぐ、はてしなく歩きつづける心地でいたのかもしれない。

四月廿九日、祭日、陰——と、なぜだか、最後の日の記まであるのだ。翌三十日の朝、通いの手伝いの女性に発見されたという。

昭和五十七年の八月に私は東京駅を出た新幹線の中でたまたま開いた週刊誌のグラビアに、昭和三十四年四月末の荷風終焉の姿を見て吃驚させられた。取り散らした独り暮しの部屋の、万年床らしい上から、ズボンをおろしかけた恰好のまま、前のめりに倒れこんで畳に頰を押しつけていた。ちょうど外食から帰宅したところで、吐血だったという。墜落だ、これは、と私はつぶやいたものだ。八十一歳の老人というよりも、むしろ壮年の死だ。孤立者は死ぬまで老年になるわけにいかない。いまや文豪の死というよりも、一般市民の覚悟しなくてはならない最後の姿だ、と。

あとがき

古井由吉

私小説という言葉に寄り添えば、これはしょせん私の、いかにも私流の随想なので、わざわざ具眼氏の分析の手を煩わすよりは、著者自身がおくればせながら挙句《あげく》の挨拶を済ましたほうがふさわしかろうと考えて、あとがきを以って解説に替えさせてもらうことにした。

昭和五十七（一九八二）年七月から翌年八月にかけて十四回にわたり、岩波書店の小冊子「図書」に連載された随筆である。著者の四十四から四十五歳にかけての仕事になる。人が幾歳であるか、いついつの時には幾歳であったか、何かにつけて人の年齢がずいぶん問題になる、また興味もなかなか深い、そんな時代のおもむろな曲がり目に現在ある世の中かと思われるので、初めに年のことをことわっておきたい。

東京の物語を書きたいものだとかねてから望んでいた。その一方ではまた、作家として長年、そればかりを小説に試みて来たような心持もしきりとされた。もちろん意には満たなかった。とくに近いほうの時代の表現が、生活の詳細に及ぶと難渋した。生活の情念の仔細となればなおさら、近いくせに捉えがたい。昭和四十年代の中頃以降のことである。世に通る言葉を借りれば経済高度成長の中盤から後半、すでに飽和および弛緩ふくみの、いまだ上昇期とぐらいに呼べるだろう。この辺に作家にとって、こまごまと生きてきたはずの記憶の、一種の空白期、あるいは梗塞のごときものがはさまる。これがために、すぐ手前のところで遮断されるもので、それより溯る事どもを手繰り寄せようにも、記憶そのものはそれぞれそれなりに鮮明であるのに、現在へひと続きの感触にとぼしい。つまり、書いていて、つまらない。

世間および自身の生活の変化にたいして、つねに不在証明の調達に励んで来た知識人の、自業自得と言われればそれまでである。上昇の行き詰まりかけた頃になり、自身が途中利益を蒙って来たことを棚にあげて、なれの果ての現在の荒涼を手放しに歎き訴えるのも、さらに未練である。小説を書くことを、なしくずしに放擲せねばならぬことになるか、見通しはあまり明るいものではなかった。

東京の風景ひとつ描けない。

その頃、小説を書くことに屈託した時の私の習いとして、徳田秋聲の作品をまたあれこれ読み返した。表現の確かさは言わずにおくとしても、ここにはふんだんに風景と、そして時間がある、とそれにつけても、これもいつもながら、至る所でうなだれさせられた。そのうちに我身の貧しさとひきくらべるのにも飽いて、秋聲の作中の人物たちの折々の姿を、今の世の人間たちの、私も親しくなやまされて来た諸生態と、そろそろとひきあわせはじめ、やがて興が乗ってきた。

重ねあわせるのではない。距離をしっかり保って、遠隔から対比させてみた。すると、大きな差異の中から、互いに響きかわすものがおのずとあり、これら作中の人物たちも、現代とは規模や速度の違いこそあれ、都市の経済膨脹期に生きる人間たちの姿であることが、細部からおもむろに見えてきた。さらに現代都市人の孤独だとか倦怠だとか頽廃だとか、外国渡りだけに空疎になりがちな観念の、あんがいな内実が、商売の取っつきや傾きとして、女たちの生活欲のけわしさとけだるさとして、新世帯の成り立ちと成り行きとして、さむざむと透けてあらわれた。それにしても、不思議な活力のみなぎる荒涼である。生活欲の只中から、それとうらはらのように、俄に人に憑りつく、不思議な懈怠である。

単純きわまる驚きではあるが、この不思議の念を今の世の暮しのほうへ照らし返した時、行き詰まりかけた一作家の興にも活がひとつ入り、これらの人物たちこそ、われら現代都市人の、ことに東京人の、じつに祖たちではないか、といきおいこんだ。

秋聲の生年は明治四（一八七一）年、私の父親が明治三十五年生まれ、昭和十二年生まれの私自身は秋聲の孫の世代にあたる。その距離測定だけでさしあたり出発には充分だった。すぐさま小説をほおって「私の東京物語考」に取りつくと、まず昭和二十八、九年、五反田駅の近く、八ッ山通りに面した映画館が浮かんだ。それから半月後には、八十歳の生涯を閉じた父親が、魚籃坂下から桐ヶ谷へ、同じ界隈を抜けて車で運ばれて行った。

葛西善藏は明治二十（一八八七）年生の、昭和三（一九二八）年没、嘉村礒多は明治三十年生の、昭和八年没、それぞれ数えで四十二歳と三十七歳の短い生涯を閉じているが、今時の並みの命数に恵まれていたなら、われわれの戦後へ深くまで生きたはずの世代の人たちである。このわれわれへの距離の近さは、この随筆を書き進んで、秋聲、白鳥やら善藏の世界へ踏みこんだ時、その文章からも登場人物からもあざやかに感じ分けられた。いずれも同じ時代を生きた人たちではあるのだ。しかし善藏の作品に見られる人の物言い物の感じ方は、秋聲にくらべれば、われわれと似たり寄《ちか》ったりだと思われた。逆から言えば、われわれの現代と遠隔ながらにさまざまの親しさが懐かしいように読み取れた秋聲の文学を、善藏の文学と並べると、善藏よりも遅くまで生きて昭和の時代をも描いた人であるのに、文章も人物も、画然として古い腰の据り方をしている。昭和の三十七年まで生きた明治十二年生の正宗白鳥の文学も、秋聲のほうに近かった。

あたり前の事のようだがこの驚きが、葛西善藏から宇野浩二へ、嘉村礒多へと随筆を進めるにあたって、では、このわれわれはどういう由来の者になるのだろう、という訝りを含んで常に静かな刺激となった。大正から昭和へかけての小説の文章の変化に興味は大いに覚えたが、「東京物語」なので、文学論は差し控えた。それよりも、たとえば善藏の「子をつれて」の中で、主人公がぎりぎりまで追い立てられて借家を探しに歩く。その破滅型の私小説家の態度やら気質やら、また文章のおもしろさもさることながら、折しも大正の好景気につれて米代や家賃をはじめ諸物価が上昇して一般の生活にさまざまな変化の萌し出した時代にあたるらしい。そんな世情に触れられて、万事に不用意な主人公ばかりでなく、分別を踏んで世を渡っているつもりのほかの人物たちにも、不安のような上機嫌のような、どこか浮足立った生活気分、かすかな現実喪失の気分のはたらいているのが、微妙に読み取れる。そのような興味のほうを大事に気長にたどることにした。

　それでも都市人の「自我」の問題の周辺を、私は先人たちの作品の中から撫でていたようだった。しかし硬質の観念を立てて分析にかかるよりは、作品をむしろ寛いで読みながら、先人と自分の間に、生活として文章として響きかわすものをわずかずつ感受していくのがこの仕事の目的、いや、楽しみであったので、せいぜい孤立とか自己客観とかいう、ゆるい見当で考えさせてもらった。そうして眺めると、孤立や自己客観の奇妙に煮つめられたものが、善藏、礒多らの私小説である。そして孤立が進んで、自己客観がいっそう激しくなるにつれて、社会的人格とも言うべき個別が解《ほど》けかかり、かわりに一種の、私小説的としか呼びようのない、荒涼とした明視があらわれ、どうやら身体によって償われる。これが私にとって、酷いようだが、私小説を読む醍醐味となった。しかしこれは文学に限ったものなのか、このような自己客観による明視と解体は現代の都市人の内にも、より薄められながら、ひろく行き渡っているのではないか、という疑いはこの随筆を書く間にも絶えず伴った。

それにしてもこれらの小説は、あらためて読めば、じつに強い文章の骨格を備えている。その意味では古い由緒のものである。その骨格に拠り、心身を賭けて、豪気なように苦悩している。これもまた古い精神のなごりなのかもしれない。

永井荷風は明治十二年生の昭和三十四年没、谷崎潤一郎は明治十九年生の昭和四十年没、この長命の両頭をなぜ、この「東京物語考」の仕舞いに据えることになったのか。諸文学作品を通して東京を読み取ろうとするならば、たとえば「濹東綺譚」の作後贅言の中の、銀座の街角に立つ荷風散人の姿をつくづくと眺めるべきであっただろう。そこでは昭和の東京の誕生が嫌悪と好奇心とを以って観察されている。また関東大震災を汐に関西へ移住した谷崎潤一郎の、東京にたいする折々の一瞥を拾ってみるのも興味深いことであっただろう。しかしどうやらこの仕事のスタートの時から、私はこの両大家をアンカーとして頼みにしていたようだった。戦災中および戦後を映す鏡として、荷風の「罹災日録」と谷崎の「瘋癲老人日記」と、そしてまた荷風の短篇小説「買出し」が、早くから私の念頭にあった。

荷風、谷崎、また荷風と、なぜこのような順序の締めくくりとなったのか。谷崎の小説の中にはすでに六十年安保の騒ぎの声が聞えている。老人の情欲とマゾヒズムの書として昭和三十年代後半の世に大いにもてはやされた。芝居や映画にもなり、老人の狂態が大衆の好奇心を集めた。しかしこの作品の内に剛直なほどの筆を以って描かれた老病の荒涼が、世人の身辺に迫ったのは、はるか後年のことだった。時代はまだ若かった。——とそう結ばずに、なぜ年代をまた逆戻ししたのか。

おそらく、老婆の遺体を後に捨てて、死物狂いに松林の丘陵を越えた、境を越して気分の一変した買出しの女の姿が、私の随筆を発端から引っ張っていたと思われる。今の世にある者にとって、こちらへ向かって来る姿であるはずなのに、なぜか後姿ばかりが目に染みてならない。

時空の迷路を内包する

解説　松浦寿輝

徳田秋声、正宗白鳥、葛西善蔵、宇野浩二、嘉村礒多、永井荷風、谷崎潤一郎――すべて明治生まれの七人の作家の手になる、様々な「東京物語」、すなわち東京を舞台とした小説群をめぐって紡がれた随想である。ただし、著者古井由吉自身も本書のところどころに慎ましく姿を見せ、自身の東京体験を物語り、かつまた彼なりの「東京物語」の登場人物の一人となってさえいるので、この七人に昭和生まれの古井も加え、八人とすべきかもしれない。

七人のうち生年がもっとも古いのは、一八七二年生まれの秋声であり、そのことだけとってみれば、本書が秋声の作品から書き起こされているのは一見当然と見える。ただし、一九四三年まで存命で、享年七十一で死んだ秋声が、短い生涯を駆け抜けた葛西善蔵（一八八七－一九二八）や嘉村礒多（一八九七－一九三三）が目撃することなく終わった太平洋戦争下の日本の世相を体験していることを思えば、文学史的な先後関係を一概に規定することはできない。葛西より八歳も年長の荷風（一八七九－一九五九）は戦後日本の高度成長期のとば口まで見届けたうえで死んでおり、葛西より一歳年長の谷崎（一八八六－一九六五）に至っては、貪婪な作家魂でその高度成長期真っ只中の風俗を真っ向から主題化した、『瘋癲老人日記』（一九六二）という異形の作を書き遺してもいるからだ。本書にその『瘋癲老人日記』が登場するのは、ようやく最終章の一つ手前の章になってからのことだが、谷崎はじつは、古井が本書の出発点とした秋声の『足迹』の発表年（一九一〇年）に、すでに「刺青」や「麒麟」といったきらびやかな耽美小説で早熟の才を示していた作家である。

書かれた時間、読まれた時間、生きられた時間、想起された時間、等々が蜘蛛の巣のように込み入った錯綜関係に置かれており、そこに時代状況、作品史、実人生の複雑な絡み合いも重なり合ってくる。淡々と綴られた文学随想の外観を呈しているものの、これはじつはきわめて濃密な時空の迷路を内包している書物である。ちなみに、明治・大正・昭和という元号が本書の主題となる諸作家にとっても古井自身にとっても大きな意味を持っていたのは自明ながら、手っ取り早い見取り図を提出するために、本稿での記述は西暦で行なってみた。

古井由吉は、秋声以降、東京に居を定めた作家たちがこの都市を舞台としてどんな「物語」をつくり上げてきたのか、風景がどう描かれ、習俗や人間関係、そしてそれにまつわる心理の綾がどのように「小説化」されてきたのか、その実相を、印象深い細部の数々に注意深く目を留めつつ、おおよその時系列に沿ってゆるゆると探ってゆく。秋声が『足迹』を発表した一九一〇年と言えば、文明開化のご時世になって以来すでに四十数年の歳月が経過しており、人々の意識から江戸の名残りはもはやほとんど払拭されている。曲りなりにも近代都市という呼称を引き受けざるをえなくなった「東京」がすでに実在しており、以後作家たちは、自分自身を含めそこに棲まう人々の生のありようを文学作品へと昇華する責を担うことになった。

その責の重圧を自身の肩に感じていたのは、八人目の作家たる古井由吉自身（一九三七―二〇二〇）も同様である。古井が本書の母胎となる連載を行なったのは、一九八二年七月から翌年八月にかけての『図書』誌上でのことだ。そのとき古井は四十四歳から四十五歳。この随想が岩波書店の「同時代ライブラリー」の一冊として一九九〇年に再刊された際に付された「あとがき」も本書に収録されているが、そこには、彼が日本の近代小説における「東京物語」の系譜を辿り返そうと思い立つに至った経緯が懇切に語られている。東京をどう物語のなかに取り込むか。「東京の風景ひとつ描けない」と、何か吐き棄てるように、わざわざ改行して一行だけ屹立させているのが印象的だが、その難渋、その行き悩みの「屈託」から逃れようとして秋声の読み直しが始まったというのである。

もちろんさらに遡れば、森鷗外（一八六二－一九二二）や夏目漱石（一八六七－一九一六）の描いた東京風景が見えてくるはずだった。いや遡るまでもなく、たとえば『雁』の執筆は一九一一－一三年、『それから』は一九〇九年、『道草』は一九一五年なのだから、これらは時期的には『足迹』とほぼ同時代である。しかし一九七〇－八〇年代に「東京物語」を書きあぐねていた戦後日本の実作者にしてみると、その困難のルーツは、文学史で「自然主義」として括られる作品群のうちに見出されるはずだ、鷗外・漱石という両文豪の仕事はこの困難とはいささか異質の問題系に属するはずだ――そんな認識、ないし直観があったのだろう。

七人の作家のうち、東京生まれは荷風、谷崎の二人にすぎない。他は地方からいわば「笈を負って」上京し、「他者のトポス」としての「都市」を自身のうちに内化しつつ、「東京物語」を紡いでいった人々である。むろん、たんに首都に居を移せばそれで故郷のしがらみからただちにすっぱり縁が切れるわけではない。故郷の共同体の血縁や地縁は東京で暮らす作家たちの生活に陰に陽に浸潤しつづけ、また彼らの書く作品じたいにもその中核には、感性の基礎が形成された幼少期の記憶が潜みつづける。そうしたものをすべて含みこんだうえでの「東京物語」ということになる。

秋声から礒多まで、十回を費やしてその五人の地方出身者の作品を辿り返したところで、随想の流れにいささかの転調が訪れる。八人目の作家としての古井自身が前景にせり出し、東京市荏原区での出生から始めて、米軍空襲による被災体験、そして青年期、中年期、現在に至るまでの半生の時間が、「とりいそぎ略歴」の表題の下に急ぎ足で回顧されるのだ。古井が五十代以降、小説とエッセイを隔てる境界の無化を標榜しつつ書き継いでゆくことになる独創的な後期作品群では、この被災体験が、少しずつ視点や重点を変えながら繰り返し巻き返し語り直されてゆくことになるが、彼がこの実体験に正面から言及したのは、本書のこの箇所をもって嚆矢とするのではないか。四十代半ばまであえて語らずにいた、あるいは語れずにいた記憶の、封印が解かれた瞬間を劃する文章として、この「とりいそぎ略歴」は、そしてそれを含む本書『東京物語考』は、古井の作品歴において決定的な重要性を持つ問題作と言うべきだろう。

ところで、「とりいそぎ略歴」の最後は、古井の父の葬儀に触れて締め括られている。「昨五十七年六月、八十歳になる父親の葬式を魚籃坂下の寺から出した」。本書「あとがき」で古井は、それがこの随想の連載が始まって「半月後」のことだったと回想している。第一回「安易の風」で秋声の『足迹』を取り上げたとき、そこで古井がことさらにこだわったのが、この作中の葬式、納棺の場面と、そこにやや頓狂な明るさで立った笑い声だったことは、決して偶然ではあるまい。そもそも葬式の場面——その行き帰りの道程まで含めて——は古井作品にしばしば登場する、特徴的な主題の一つである。

ここには錯綜した時空の迷路が内包されている、と先に書いた。その錯綜のさまは、八人目の「東京作家」である古井自身の生のありようを本書の記述に重ね合わせてみるとき、さらにいっそう際立ってくるだろう。本書の劈頭に置かれているのは、「昭和の二十八年か、あるいは九年に」、すなわち一九五三年ないし五四年に、高校生の古井が五反田で小津安二郎の『東京物語』を見たという体験の回想である。一九九〇年に書かれた「あとがき」によれば、一九八二年六月、古井の父の遺骸を運ぶ霊柩車は「魚籃坂下から桐ヶ谷へ」と、その「八ッ山通りに面した映画館」があったのと同じ界隈を抜けていったのだという。一九五三－五四年の出来事が一九八二年に回想され、その回想に一九一〇年の秋声の小説の読み直しが接続し、さらにそうしたすべてが一九九〇年の時点からもう一度俯瞰される。

時空の迷路とは、時間と空間が絡み合う迷路ということでもある。たとえば古井由吉自身がいわば登場人物となって「東京物語」のなかをさまよう、「窪溜の栖」の章を見てみよう。そこで語られるのは、秋声の『足迹』の舞台となった「傳通院の直下の方の新開町」の、いわばフィールド・ワークのような、実地探査の体験である。旧小石川表町、現在の文京区小石川三丁目あたりが、当時は「新開町」であったことにある感慨を覚えつつ、古井は小路が迷路のように入り組んだ界隈を徘徊し、坂を登り下りし、崖上・崖下の地勢的様態が、秋声が小説中に描写した頃とさほど変わっていないことを確かめてゆく。この歩行の運動を描出する文章は小説的興趣に満ちており、わたしたちはまるで古井作品の一篇のうちにゆるりといざなわれてゆくような気分にならずにはいられない。

いきなり余談になって恐縮だが、わたし自身も自作の長篇小説『巴』のなかで、一見世捨て人と見えて、しかしひと皮めくるとじつはけっこう生臭い欲望をまだ滾らせていると いった難儀な性格の主人公を、この界隈の、「窪ための家」に住まわせてみたことがある。母の実家が文京区の団子坂上にあり、また二十代の三年ほどを白山上のアパートで暮らしたこともあるわたしにしてみると、東大植物園から旧小石川表町にかけてのあたりは子供の頃から馴染み深い散歩圏内で、それなりの土地鑑があったし今もある。『巴』をどんな発想、どんな気分で書き進めていったかはもうほとんど覚えていないが、たぶんこの界隈に、東京の都市的無意識とでも言うべき妖異な精気が滞留しているといった直観に導かれながらの執筆だったはずだ。実際、古井もまたこの実地探査の折り、ここにあるお寺の一つ、信州善光寺別院の境内にふらりと入っていき、「……窪はいよいよ窪らしく、おりしも日は暮れかかり、次第に夕闇とともに妖しい気を底から溜めていくように見えた」という感想を書き留めている。

秋声の『足迹』が読売新聞に連載されたのは、繰り返すなら一九一〇年のことで、物語の舞台となっているのはそれよりさらに数年遡る東京である。逆に言えば、数年前の過去に記憶と想像力の触手を伸ばしつつ、秋声は一九一〇年にこの小説を書いていった。そして、その作品を古井由吉が初めて読んだのは——「とにかく仕舞いまで辛抱した」のは

——十七歳のときだとあるから、一九五四年あたりということになる。一九八二年頃に小石川をさまよう古井の心に、『足迹』に描かれた一九〇〇年代初年の街並みの風景が揺曳し、とともに、数年前のそれを想起しながら『足迹』という小説的虚構をつくっていった一九一〇年頃の秋声の、創作現場の心理のありようが追体験され、さらにまた、この小説を初めて読んだ十七歳の自分の姿も甦ってくる。それだけではない。先ほどから何度も引いてきた一九九〇年の「あとがき」での、すなわち五十三歳の古井由吉もまた、この「東京物語」の登場人物の一人なのである。

「とりいそぎ略歴」を経た後、本書の残る三章は、やや時間が飛んで一挙に戦後の「東京物語」の話になる。扱われる荷風、谷崎は、「自然主義」の流れから切れているという点でも、東京出身者であるという点でも、これに先立つ五人とは異質である。「とりいそぎ略歴」で戦火の東京での被災体験を語ったことから、荷風の『罹災日録』（一九四七年）へと思いが自然にいざなわれたのか。焼尽した東京の風景を荷風に擬りつつ語るための準備として、あらかじめ自身の被災体験に触れておいたと見るべきか。

「命なりけり」の章で『罹災日録』、「肉体の専制」の章で『瘋癲老人日記』（初出は『中央公論』六一年十一月-六二年五月）を主題とした後、古井は最終章となる「境を越えて」でもう一度に荷風に立ち戻り、「買出し」（一九五〇年一月発表）という短篇小説の筋立てをかなり細かく紹介している。この時系列の捩じれもまたきわめて興味深い。この短篇で描かれる死者の持ち物を剝ぎ取るという行為は、恐ろしいと言えばきわめて恐ろしい罪であろう。その持ち物がどんなつまらぬものであろうと、刑事罰の対象となるcrimeではない、道徳的な赦しを決して得られないsinを思わせるおぞましさがそこにはある。急死した老婆の風呂敷包みから米を盗ってそそくさと立ち去った女は、前方に見える松林の岡をめざしてひたすら歩きつづける。あそこを越すまでは死んでも休むまい、あそこさえ越せば自分は身軽になれる……。

「そして、ひとつ越してさえしまえば、何の理由《わけ》もなく、境界が変わる――これこそ、〔…〕戦後三十何年の都会人の、さまざまな東京物語の、意識無意識のうちの合言葉ではなかったか」と古井は言う。「買出し」の舞台は厳密に言えば東京ではなく、千葉船橋の郊外の田園である。なのに古井は、本書掉尾のいわば結論とでも呼ぶべき場所に荷風のこの作を置いた。「あとがき」には、この「境を越して気分の一変した買出しの女の姿が、私の随筆を発端から引っ張っていた」とある。その牽引力が「東京物語」の時系列に捩じれを生じさせたということだ。そして、「今の世にある者にとって、こちらへ向かって来る姿であるはずなのに、なぜか後姿ばかりが目に染みてならない」とも。

「戦後三十何年の都会人」は、あそこを越すまでは、あそこさえ何とか越してしまえばと自分に言い聞かせつつ歩きつづけて、まだ越せずにいる、それどころかあの「買出しの女」の後ろ姿にさえ追いつけずにいる、追い越せずにいるということか。「戦後三十何

学会誌に発表。
一九六五年（昭和四〇年）　二八歳
四月、立教大学に転任、教養課程でドイツ語を教える。ヘルマン・ブロッホ、ノヴァーリス、ニーチェについて、それぞれ小論文を立教大学紀要および論文集に発表。東京都北多摩郡保谷市に住む。
一九六六年（昭和四一年）　二九歳
文学同人「白描の会」に参加。同人に、平岡篤頼・高橋たか子・近藤信行・米村晃多郎らがいた。一二月、エッセイ「実体のない影」を『白描』七号に発表。この年はもっぱら翻訳に励み、また一般向けの自然科学書をよく読んでいた。
一九六七年（昭和四二年）　三〇歳
四月、ヘルマン・ブロッホの長編小説「誘惑者」を翻訳して筑摩書房版『世界文学全集56　ブロッホ』に収めて刊行。／九月、長女麻子生まれる。ギリシャ語の入門文法をひと通りさらったが、後年続かず、この夏から手を染めた競馬のほうは続くことになった。
一九六八年（昭和四三年）　三一歳
一月、処女作「木曜日に」を『白描』八号、一一月「先導獣の話」を同誌九号に発表。／一〇月、ロベルト・ムージルの「愛の完成」「静かなヴェロニカの誘惑」を翻訳、筑摩書房版『世界文学全集49　リルケ　ムージル』に収めて刊行。／九月、世田谷区上用賀二丁目に転居。一二月、虫歯の治療をまとめておこない、初めて医者から、老化ということをほのめかされた。
一九六九年（昭和四四年）　三二歳
七月「菫色の空に」を『早稲田文学』、八月「円陣を組む女たち」を『海』創刊号、一一月「私のエッセイズム」を『新潮』、「子供たちの道」を『群像』、「雪の下の蟹」を『白描』一〇号に発表。『白描』への掲載はこの号でひとまず終了。／四月、八木岡英治の推輓で、学芸書林版『全集・現代文学の発見』別巻『孤独のたたかい』に「先導獣の話」が収められる。／一〇月、次女有子が生まれる。この年、大学紛争盛ん。

一九七〇年（昭和四五年）三三歳

二月「不眠の祭り」を『海』、五月「男たちの円居」を『新潮』、八月「杳子」を『文芸』、一一月「妻隠」を『群像』に発表。／六月、第一作品集『円陣を組む女たち』（中央公論社）、七月『男たちの円居』（講談社）を刊行。／三月、立教大学を助教授で退職。八年続いた教師生活をやめる。この年、『文芸』などの仕事により阿部昭・黒井千次・後藤明生らを知る。作家たちと話した初めての体験であった。一一月、母親の急病の知らせに駆けつけると、ちょうど三島由紀夫死去のニュースが入った。

一九七一年（昭和四六年）三四歳

二月より『文芸』に「行隠れ」の連作を開始（一一月まで全五編で完結）。三月「影」を『文学界』に発表。／一月『杳子・妻隠』（河出書房新社）を刊行。一一月、「新鋭作家叢書」全一八巻の一冊として『古井由吉集』を河出書房新社より刊行。／一月「杳子」により第六四回芥川賞を受賞。二月、母鈴死去。六二歳。親類たちに悔やみと祝いを一緒に言われることになった。五月、平戸から長崎まで、小説の《現場検証》のため旅行。

一九七二年（昭和四七年）三五歳

二月「街道の際」を『新潮』、四月「水」を『季刊芸術』春季号、九月「狐」を『文学界』、一一月「衣」を『文芸』に発表。／三月『行隠れ』（河出書房新社）を刊行。一一月、講談社版『現代の文学36』に李恢成・丸山健二・高井有一とともに作品が収録される。／一月、山陰旅行。八月、金沢再訪。一二月、土佐高知に旅行、雪に降られる。

一九七三年（昭和四八年）三六歳

一月「弟」を『文芸』、「谷」を『新潮』、五月「畑の声」を『新潮』に発表。九月より「櫛の火」を『文芸』に連載（七四年九月完結）。／一二月『筑摩世界文学大系64 ムージル ブロッホ』に「愛の完成」「静かなヴェロニカの誘惑」「誘惑者」の翻訳を収録刊行。四月『水』（河出書房新社）、六月『雪の下の蟹・男たちの円居』（講談社文庫）を刊行。／三月、奈良へ旅行、東大寺二月堂の修二会のお水取りの行を外陣より見学する。八月、佐渡へ旅行。九月、新潟・秋田・盛岡をまわる。

一九七四年（昭和四九年）三七歳

三月『円陣を組む女たち』（中公文庫）、一二月『櫛の火』（河出書房新社）を刊行。／二月、京都へ。神社仏閣よりも京都競馬場へ急行した。四月、関西のテレビに天皇賞番組のゲストとして登場する。七月、ダービー観戦記「橙色の帽子を追って」を日本中央競馬会発行の雑誌『優駿』に書く。八月、新潟まで競馬を見に行く。

一九七五年（昭和五〇年）三八歳

一月「雫石」を『季刊芸術』冬季号、「駆ける女」を『新潮』に発表。同月より「聖」を『波』に連載（一二月完結）。／三月『櫛の火』が日活より神代辰巳監督で映画化される。六月『文芸』で、吉行淳之介と対談。

一九七六年（昭和五一年）三九歳

一月「櫟馬」を『文芸』、三月「夜の香り」を『新潮』、四月「仁摩」を『季刊芸術』春季号に発表。六月「女たちの家」を『婦人公論』に連載（九月完結）。一〇月「哀原」を『文学界』、一一月「人形」を『太陽』に発表。／五月『聖』（新潮社）を刊行。／この頃から高井有一・後藤明生・坂上弘と寄り合う機会が多くなった。三月、『文芸』で武田泰淳と対談（一〇月、武田泰淳死去）。一一月、九州からの帰りに奈良に寄り、東大寺の三月堂の観音と戒壇院の四天王をつくづく眺めた。

一九七七年（昭和五二年）四〇歳

一月「赤牛」を『文学界』、五月「女人」を『プレイボーイ』、六月「安堵」を『すばる』に発表。九月、後藤明生・坂上弘・高井有一と四人でかねて企画準備中だった同人雑誌『文体』を創刊、「栖」を創刊号に発表。一〇月「池沼」を『文学界』、一二月「肌」を『文体』二号に発表する。／二月『女たちの家』（中央公論社）、一一月『哀原』（文芸春秋）を刊行。／四月、京都東本願寺の職員組合に招かれ、若い僧侶たちと呑む。八月、金沢に旅行して金石・大野あたりの、室生犀星も遊んだはずの、渚と葦原が、埋め立てられて臨海石油基地になっているのを見て啞然とさせられる。帰路、新潟に寄る。

一九七八年（昭和五三年）四一歳

三月「湯」を『文体』三号、四月「椋鳥」を『海』、六月「背」を『文体』四号、七月「親坂」を『世界』、九月「首」を『文体』五号、一一月「子安」を『小説現代』、一二月「子」を『文体』六号に発表。／六月『筑摩現代文学大系96』に黒井千次・李恢成・後藤明生とともに作品が収録される。一〇月『夜の香り』（新潮社）を刊行。／四月、若狭の矢代という漁村に「手杵祭」という祭りを見に行く。一一月、大阪での仕事の帰りに京都・奈良に寄る。同月、美濃・近江・若狭をめぐる。さまざまな観音像に出会った。この旅により菊地信義を知る。

一九七九年（昭和五四年）四二歳

一月「咳花」を『文学界』、三月「道」を『文体』七号、六月「葛」を『文体』八号、七月「牛男」を『新潮』、九月「宿」を『文体』九号、一〇月「瘦女」を『海』、一二月「雨」を『文体』一〇号に発表。／九月『女たちの家』（中公文庫）、一〇月『行隠れ』

（集英社文庫）、一一月『栖』（平凡社）、一二月『杳子・妻隠』（新潮文庫）を刊行。／この頃から、芭蕉たちの連句、心敬・宗祇らの連歌、さらに八代集へと、逆繰り式に惹かれるようになった。三月、丹波・丹後へ車旅。六月、郡上八幡、九頭竜川、越前大野、白山、白川郷、礪波、金沢、福井まで車旅、大江山を越える。八月、久しぶりの登山、安達太良山に登ったが、小学生たちにずんずん先を行かれた。一〇月、北海道へ車旅、根釧湿原のほとりに立つ。一二月、新宿のさる酒場で文芸編集者たちの歌謡大会の審査員をつとめた。この頃から『文体』の編集責任の番が回ってきたので、自身も素人編集者として忙しく出歩いた。

一九八〇年（昭和五五年）　四三歳

一月「あなたのし」を『文学界』に発表。エッセイ「一九八〇年のつぶやき」を『日本経済新聞』に全二四回連載（六月まで）。三月「声」を『文体』一一号、四月「あなおもしろ」を『海』に発表。五月より「無言のうちは」を『青春と読書』に隔月連載（八二年二月完結）。六月「親」を『文体』一二号（終刊号）、一〇月「明けの赤馬」を『新潮』に発表。一一月「槿」を寺田博主幹の『作品』創刊号に連載開始。／二月『水』（集英社文庫）、四月〜六月『全エッセイ』全三巻（作品社、四月『山に行く心』、五月『言葉の呪術』、六月『日常の〝変身〟』）、八月『椋鳥』（中央公論社）、一二月『親』（平凡社）を刊行。／二月、比叡山に登り雪に降られる。帰ってきて山の祟りか高熱をだした。五月、近江の石塔寺、信楽、伊賀上野、室生寺、聖林寺まで旅行した。その四日後のダービーの翌日、一二年来の栖を移り、同じ棟の七階から二階へ下ってきた。半月後に、腰に鈴を付けて大峰山に登る。五月『栖』により第一二回日本文学大賞を受賞。鮎川信夫と対談。六月

『文体』が一二号をもって終刊となる。一〇月、高野山から和歌浦、四国へ渡って讃岐の弥谷山まで旅行。

一九八一年（昭和五六年）　四四歳

一月「家のにおい」を『文学界』、二月「静かさや」を『文芸春秋』、四月「団欒」を『群像』、六月「冬至過ぎ」を『すばる』、一〇月「蛍の里」を『群像』、一一月「芋の月」を『すばる』に発表。一二月「知らぬおきなに」を『新潮』に発表。／六月『新潮現代文学80　聖・妻隠』（新潮社）、一二月『櫛の火』（新潮文庫）を刊行。／一月、成人の日に粟津則雄宅に、吉増剛造・菊地信義と集まり連句を始める。ずぶの初心者が発句を吟《よ》まされる。「越の梅初午近き円居かな」。二月、京都・伏見・鞍馬・小塩・水無瀬・石清水などをまわる。六月、福井から敦賀、色の浜、近江、大垣まで「奥の細道」の最後の道のりをたどる。また、雨の比叡山に時鳥の声を聞きに行き、ついで朽木から小浜まで足をのばし、また峠越えに叡山までもどる。同じく六月、東京のすぐ近辺で蛍の群れるところを見た。七月、父親が入院、病院通いが始まった。

一九八二年（昭和五七年）　四五歳

一月『作品』の休刊により中断していた「槿」の連載を新雑誌『海燕』で再開（八三年四月完結）。同月「囀りながら」を『海』、エッセイ「風雅和歌集」を『読売新聞』（一一～一四、一六日）に発表。二月『青春と読書』に隔月で連載した作品が第一二回「帰る小坂の」で完結（『山躁賦』としてまとめられる）。四月「陽気な夜まわり」を『群像』、七月「飯を喰らう男」を同じく『群像』に発表。同月『図書』に連載エッセイ「私の《東京物語》考」を始める（八三年八月まで）。／四月『山躁賦』（集英社）を刊行。九月、文芸春秋『芥川賞全集』第八巻に「杳子」を収録刊行。同月より『古井由吉 作品』全七巻を河出書房新社より毎月一巻刊行開始（八三年三月完結）。／六月、『優駿』の依頼で、北海道は浦河の奥、杵臼の斎藤牧場まで行き、天皇賞馬モンテプリンス号の育成の苦楽を斎藤氏一家にたずねるうちに、父英吉死去の知らせが入った。八〇歳。

一九八三年（昭和五八年）　四六歳

一月より「一九八三年のぼやき」を共同通信配信の各紙において全一二回連載。四月二五日より八四年三月二七日まで、『朝日新聞』の「文芸時評」を全二四回連載。八月『図書』連載の「私の《東京物語》考」完結。一二月、菊地信義と対談「本が発信する物としての力」を『海』に載せる。／六月『槿』（福武書店）、一〇月『椋鳥』（中公文庫）を刊行。／九月、仲間が作品集完結祝いをしてくれる。同月『槿』で第一九回谷崎潤一郎賞を受賞。

一九八四年（昭和五九年）　四七歳

一月「裸々虫記」を『小説現代』に連載（八五年一二月完結）。九月「新開地より」を『海燕』、一〇月「客あり客あり」を『群像』に発表。一一月、吉本隆明と対談「現在における差異」を『海燕』に掲載。一二月「夜はいま――」を『潭』一号に発表。／三月『東京物語考』（岩波書店）、四月『グリム幻想』（PARCO出版局、東逸子と共著）、一一月、エッセイ集『招魂のささやき』（福武書店）を刊行。／六月、北海道の牧場をめぐる。九月『海燕』新人文学賞選考委員をつとめる（八九年まで）。一〇月、二週間の中国旅行、ウルムチ、トルファンまで行く。一二月、同人誌『潭』創刊。編集同人粟津則雄・入沢康夫・渋沢孝輔・中上健次・古井由吉、デザイナー菊地信義。

一九八五年（昭和六〇年）　四八歳

一月「壁の顔」を『海燕』、二月「邯鄲の」

を『すばる』、四月「叫女」を『潭』二号に発表。『優駿』にエッセイの連載を開始(二〇一九年二月まで)。五月「斧の子」を『三田文学』、六月「眉雨」を『海燕』、八月「道なりに」を『潭』三号、九月「踊り場参り」を『新潮』、一一月「秋の日」を『文学界』、一二月「沼のほとり」を『潭』四号に発表。／三月『明けの赤馬』(福武書店)刊行。／八月、日高牧場めぐり。

一九八六年(昭和六一年) 四九歳
一月「中山坂」を『海燕』に発表。二月、『文芸』春季号に「厠の静まり」を連作『仮往生伝試文』の第一作として発表(八九年五月『文芸』夏季号「また明後日ばかりまゐるべきよし」で完結)。四月「朝夕の春」を『潭』五号に発表。九月「卯の花朽たし」を『潭』六号、エッセイ「変身の宿」を『読売新聞』(一九日)、一二月「椎の風」を『潭』七号に発表。／一月『裸々虫記』(講談社)、二月『眉雨』(福武書店)、『聖・栖』(新潮文庫)、三月『「私」という白道』(トレヴィル)を刊行。／一月、芥川賞選考委員となる(二〇〇五年一月まで)。三月、一ヵ月にわたり粟津則雄・菊地信義・吉増剛造らとヨーロッパ旅行。吉増剛造運転の車により六〇〇〇キロほど走る。一〇月岐阜市、一一月船橋市にて、前記の三氏と公開連句を行う。

一九八七年(昭和六二年) 五〇歳
一月「来る日も」を『文学界』、「年の道」を『海燕』、二月「正月の風」を『青春と読書』、「大きな家に」を『潭』八号、八月「露地の奥に」を『新潮』、九月「往来」を『潭』九号に発表。一〇月、エッセイ「二十年ぶりの対面」を『読売新聞』(三一日)に掲載。一一月「長い町の眠り」を『石川近代文学全集10』に書き下ろす。／三月『夜はいま』(福武書店)、四月『山躁賦』(集英社文庫)、八月『フェティッシュな時代』(トレヴィル、田中康夫と共著）、九月、吉田健一・福永武彦・丸谷才一・三浦哲郎とともに『昭和文学全集23』（小学館）、一一月『石川近代文学全集10　曾野綾子・五木寛之・古井由吉』（石川近代文学館）、『夜の香り』（福武文庫）、一二月、ムージルの旧訳を改訂した『愛の完成・静かなヴェロニカの誘惑』（岩波文庫）を刊行。／一月、備前、牛窓に旅行。二月、熊野の火祭に参加、ついで木津川、奈良、京都、近江湖北をめぐる。四月「中山坂」で第一四回川端康成文学賞受賞。八月、姉柳沢愛子死去。

一九八八年（昭和六三年）　五一歳

一月「庭の音」を『海燕』、随筆「道路」を『文学界』、四月「閑の頃」を『海燕』に発表。『すばる』臨時増刊《石川淳追悼記念号》に「石川淳の世界　五千年の涯」を載せる。五月「風邪の日」を『新潮』に、七月「畑の縁」を『海燕』に、一〇月「瀬田の先」を『文学界』に発表。／二月『雪の下の蟹・男たちの円居』（講談社文芸文庫）、四月、随想集『日や月や』（福武書店）、七月『ムージル　観念のエロス』（岩波書店）、『槿』（福武文庫）、一二月、古井由吉編『日本の名随筆73　火』（作品社）を刊行。／一〇月、カフカ生誕の地、チェコの首都プラハなどに旅行。

一九八九年（昭和六四年・平成元年）　五二歳

一月「息災」を『海燕』に、三月「髭の子」を『文学界』に発表。四月「旅のフィールド・ノート〈オーストラリア〉」を『中央公論』に連載（七月まで）。七月「わずか十九年」を『海燕』阿部昭追悼特集に、「昭和の記憶　安堵と不逞と」を『太陽』に発表。八月『毎日新聞』に掌編小説「おとなり」（二日）を載せる。一〇月まで「読書ノート」を『文学界』に連載。一一月「影くらべ」を『群像』に発表。『すばる』に「インタビュー

文芸時評　古井由吉と『仮往生伝試文』」（聞き手　富岡幸一郎）が載る。／五月『長い町の眠り』（福武書店）、九月『仮往生伝試文』（河出書房新社）、一〇月『眉雨』（福武文庫）を刊行。／一二月、『中央公論』の連載のためオーストラリアに旅行。

一九九〇年（平成二年）　五三歳

一月『新潮』に「楽天記」の連載を開始（九一年九月完結）。五月、随筆「つゆしらず」を『文学界』、八月「夏休みのたそがれ時」を『日本経済新聞』（一九日）、九月「読書日記」を『中央公論』に発表。／三月『東京物語考』を同時代ライブラリーとして岩波書店より刊行。／二月、第四一回読売文学賞小説賞（平成元年度）を『仮往生伝試文』によって受賞。九月末からヨーロッパ旅行。一〇月初め、フランクフルトで開かれた日本文学とヨーロッパに関する国際シンポジウムに大江健三郎、安部公房らと出席。折しも、東西両ドイツ統合の時にいあわせる。その後、ドイツ国内、ウィーン、プラハを訪れる。

一九九一年（平成三年）　五四歳

一月「文明を歩く――統一の秋の風景」を『読売新聞』（二一〜三〇日）に連載。二月「平成紀行」を『文芸春秋』に発表。『青春と読書』に「都市を旅する――プラハ」を連載（八月まで四回）。三月、エッセイ「男の文章」を『文学界』に発表。六月「天井を眺めて」を『日本経済新聞』（三〇日）に掲載。九月「楽天記」（『新潮』）完結。一一月より九二年二月まで『すばる』にエッセイを連載。／三月、新潮古典文学アルバム21『与謝蕪村・小林一茶』（新潮社、藤田真一と共著）を刊行。／一二月、頸椎間板ヘルニアにより約五〇日間の入院手術を余儀なくされる。四月退院。一〇月、長兄死去。

一九九二年（平成四年）　五五歳

一月『海燕』に連載を開始（第一回「寝床の

上から」)。二月「蝙蝠ではないけれど」を『文学界』に発表。三月、養老孟司との対談「身体を言語化すると……」を『波』、四月、江藤淳と対談「病気について」を『海燕』、松浦寿輝と対談「『私』と『言語』の間で」を『ルプレザンタシオン』春号に載せる。『朝日新聞』(六～一〇日)に「出あいの風景」を執筆。五月、平出隆と対談「『楽天』を生きる」を『新潮』、六月、エッセイ「だから競馬は面白い」を『文芸春秋』、七月「昭和二十一年八月一日」を『中央公論』、九月、吉本隆明と対談「漱石的時間の生命力」を『新潮』に掲載。／一月『招魂としての表現』(福武文庫)、三月『楽天記』(新潮社)を刊行。

一九九三年(平成五年)　五六歳

一月、大江健三郎と対談「小説・死と再生」を『群像』、随筆「この八年」を『新潮』、「無知は無垢」を『青春と読書』に載せる。『文芸春秋』に美術随想「聖なるものを訪ねて」を一二月まで連載。五月、「魂の日」(連載最終回)を『海燕』に発表。七月、創作「木犀の日」と評論「凝滞する時間」を『文学界』に発表。同月四日から一二月二六日までの各日曜日に『日本経済新聞』に「ここ ろ」と題して随想を連載。八月「初めの言葉として《わたくし》」を『群像』に、「鏡を避けて」を『文芸』秋季号に発表。九月、吉本隆明と対談「心の病いの時代」を『中央公論文芸特集』に載せる。／八月『魂の日』(福武書店)、一二月『小説家の帰還　古井由吉対談集』(講談社)を刊行。／夏、柏原兵三の遺児光太郎君とベルリンを歩く。

一九九四年(平成六年)　五七歳

一月「鳥の眠り」を『群像』、江藤淳と対談「文学＝隠蔽から告白へ――『漱石とその時代　第三部』について」を『新潮』、二月「追悼野口冨士男　四月一日晴れ」を『文芸』春季号、随筆「赤い門」を『文学界』、「ボケへの恐怖」を『新潮45』、三月「背中ばかりが暮れ残る」を『群像』、奥泉光と対談「超越への回路」を『文学界』に掲載。七月『新潮』に「白髪の唄」の連載を始める（九六年五月まで）。七月四日より一二月一九日まで『読売新聞』の「森の散策」にエッセイを寄稿。九月「陰気でもない十二年」を『本』に、一〇月『世界』に「日暮れて道草」の連載を開始（九六年一月まで）。／四月、随想集『半日寂寞』（講談社）、『水』（講談社文芸文庫）、八月『陽気な夜まわり』（講談社）、一二月、古井由吉編『馬の文化叢書9 文学 馬と近代文学』（馬事文化財団）を刊行。

一九九五年（平成七年） 五八歳

一月「地震のあとさき」を『すばる』、「新宿から山登り」を『青春と読書』、二月、柳瀬尚紀と対談「ポエジーの『形』がない時代の表現」を『海燕』、「震災で心に抱えこむいらだちと静まり」を『朝日新聞』（一六日）、四月、高橋源一郎と対談「表現の日本語」を『群像』、八月「『内向の世代』のひとたち」（講演記録）を『三田文学』に掲載。／五月『ムージル著作集』（松籟社刊）第七巻に「静かなヴェロニカの誘惑」「愛の完成」を収録。一〇月、競馬随想『折々の馬たち』（角川春樹事務所）、一一月『楽天記』（新潮文庫）を刊行。

一九九六年（平成八年） 五九歳

一月「日暮れて道草」（『世界』）の連載完結。五月「白髪の唄」（『新潮』）の連載完結。六月、福田和也と対談「言語欺瞞に満ちた時代に小説を書くということ」を『海燕』、同月「信仰の外から」を『東京新聞』（七日）、七月、大江健三郎と対談「百年の短編小説を読む」を『新潮』臨時増刊、八月『早稲田文学』に小島信夫・後藤明生・平岡篤頼らと座談会「われらの世紀の文学は」を掲載。一一月『群像』に連作「死者たちの言葉」の連載を開始。一二月、「クレーンクレーン」（連作　その二）を『群像』に、江藤淳との対談「小説記者夏目漱石――『漱石とその時代　第四部』をめぐって」を『新潮』に掲載。／六月『神秘の人びと』（岩波書店、「日暮れて道草」の改題）、八月『白髪の唄』（新潮社）、『山に彷徨う心』（アリアドネ企画）を刊行。

一九九七年（平成九年）　六〇歳

一月『群像』に、連作「島の日（死者たちの言葉　その三）」（以下、三月「火男」、四月「不軽」、五月「山の日」、七月「草原」、八月「百鬼」、九月「ホトトギス」、一一月「通夜坂」、一二月「夜明けの家」、九八年二月「死者のように」で完結）を発表。同月、中村真一郎との対談「日本語の連続と非連続」を『新潮』、随筆「姉の本棚　謎の書き込み」を『文学界』に掲載。二月「午の春に」（随筆）を『文芸』春季号に発表。六月「詩への小路」を『るしおる』（書肆山田）に連載開始（二〇〇五年三月まで）。七月「《追悼石和鷹》気をつけてお帰りください　石和鷹の声」を『すばる』に発表。一二月、西谷修と対談「全面内部状況からの出発」を『新潮』に掲載。／一月『白髪の唄』により第三七回毎日芸術賞受賞。

一九九八年（平成一〇年）　六一歳

二月「死者のように」を『群像』に掲載。八月、津島佑子と対談「生と死の往還」を『群像』に掲載。八月より、佐伯一麦との往復書簡を『波』に連載（翌年五月まで）。一〇月、藤沢周と対談「言葉を響かせる」を『文学界』に掲載。／二月『木犀の日　古井由吉自選短篇集』（講談社文芸文庫）、四月、短篇集『夜明けの家』（講談社）を刊行。／三月五日から一七日、右眼の黄斑円孔（網膜の黄斑部に微小の孔があく）の手術のため東大病院に入院。四月、河内長野の観心寺を再訪、如意輪観音の開帳に会う。同行、菊地信義。五月一四日から二五日、再入院再手術。七月、国東半島および臼杵《うすき》に、九月、韓国全羅南道の雲住寺に、石仏を訪ねる。一一月五日から一一日、右眼の網膜治療に伴う白内障の手術のため東大病院に入院。

一九九九年（平成一一年）六二歳

一月、花村萬月と対談「宗教発生域」を『新潮』に掲載。二月より「夜明けまで」に始まる連作を『群像』に発表（以下、三月「晴れた眼」、五月「白い糸杉」、六月「犬の道」、八月「朝の客」、九月「日や月や」、一一月「苺」、二〇〇〇年二月「初時雨」、同三月「年末」、同四月「火の手」、同六月「知らぬ唄」、同七月「聖耳」で完結）。／一〇月、佐伯一麦との往復書簡集『遠くからの声』（新潮社）、『白髪の唄』（新潮文庫）を刊行。／二月一五日から二三日、左眼に黄斑円孔発症、前年の執刀医の転勤を追って、東京医科歯科大病院に入院。同じ手術を受ける。五月六日から一一日、左眼網膜治療に伴う白内障手術のため東大病院に入院。以後、右眼左眼ともに健全。八月五、六日、大阪に行き、後藤明生の通夜告別式に参列、弔辞を読む。一〇月一〇日から三〇日、野間国際文芸翻訳賞の授賞式に選考委員として出席のためにフランクフルトに行き、ついでに南ドイツからコルマール、ストラスブールをまわる。

二〇〇〇年（平成一二年）六三歳

九月、松浦寿輝と対談「いま文学の美は何処にあるか」を『文学界』に、一〇月、山城むつみと対談「静まりと煽動の言語」を『群像』に、一一月、島田雅彦、平野啓一郎と鼎談「三島由紀夫不在の三十年」を『新潮』臨時増刊に掲載。／九月、連作短篇集『聖耳』（講談社）を刊行。一〇月、『二〇世紀の定義

1　二〇世紀への問い』（岩波書店）のなかに、「二〇世紀の岬を回り」を書く。／一〇月、長女麻子結婚。一一月、新宿の酒場「風花」で朗読会。以後、三ヵ月ほどの間隔で定期的に、毎回ホスト役をつとめ、ゲストを一人ずつ招いて続ける（二〇一〇年四月終了）。

二〇〇一年（平成一三年）　六四歳

一月より、「八人目の老人」に始まる連作を『新潮』に発表（以下、二月「槌の音」、三月「白湯」、四月「巫女さん」、五月「枯れし林に」、六月「春の日」、八月「或る朝」、九月「天躁」、一〇月「峯の嵐か」、一一月「この日警報を聞かず」、一二月「坂の子」、二〇〇二年一月「忿翁」で完結）。一〇月から『毎日新聞』で松浦寿輝と往復書簡「時代のあわいにて」を交互隔月に翌年一一月まで連載。／五月、『二〇世紀の定義7　生きること死ぬこと』（岩波書店）に「『時』の沈黙」を書く。／三月三日、風花朗読会が旧知の河出書房新社編集者、飯田貴司の通夜にあたり、焼香の後風花に駆けつけ、ネクタイを換えて朗読に臨む。一一月、次女有子結婚。

二〇〇二年（平成一四年）　六五歳

三月、齋藤孝と対談「声と身体に日本語が宿る」を『文学界』に、四月、養老孟司と対談「日本語と自我」を『群像』に、同月、奥山民枝と対談「怒れる翁とめでたい翁」を『波』に掲載。六月、連作「青い眼薬」を『群像』に連載開始（六月「1・埴輪の馬」、七月「2・石の地蔵さん」、八月「3・野川」、九月「4・背中から」、一〇月「5・忘れ水」、一一月「6・睡蓮」、一二月「7・彼岸」）。一〇月、中沢新一、平出隆と鼎談「正岡子規没後百年」を『新潮』に掲載。／三月、短篇集『忿翁』（新潮社）を刊行。／九月、長女麻子に長男生まれる。一一月四日から二〇日、朗読とシンポジウムのため、ナント、パリ、ウィーン、インスブルック、メラノに行く。二二日から二九日、ウィーンで休暇。
二〇〇三年（平成一五年）六六歳
一月、小田実、井上ひさし、小森陽一と座談会「戦後の日米関係と日本文学」を『すばる』に掲載。一月五日から日曜毎に、随筆「東京の声・東京の音」を『日本経済新聞』に連載（一二月まで）。三月、連作「青い眼薬」を『群像』に掲載（三月「8・旅のうち」、四月「9・紫の蔓」、五月「10・子守り」、六月「11・花見」、七月「12・徴《しるし》」、九月「13・森の中」、一〇月「14・蟬の道」、一二月「15・夜の髭」）。四月、高橋源一郎と対談「文学の成熟曲線」を『新潮』に掲載。／五月『槿』（講談社文芸文庫）を刊行。／一月二三日から三〇日、NHK・BS「わが心の旅」の取材のため、リーメンシュナイダーの祭壇彫刻を求め、かたわら中世末の《聖女》マルガレータ・フォン・エブナーの跡をたずね、ヴュルツブルク、ローテンブルク、メディンゲンなどを歩く。九月、南フランスでシンポジウム。
二〇〇四年（平成一六年）六七歳
一月、『群像』に連作「青い眼薬」の完結篇「16・一滴の水」を発表。六月、高橋源一郎、島田雅彦と座談会「罰当たりな文士の懺悔」を『新潮』に掲載。七月、「辻」に始まる連作を『新潮』に発表（以下、八月「風」、九月「役」、一一月「割符」、一二月「受胎」）。八月、平出隆と対談「小説の深淵に流れるもの」を『群像』に掲載。／五月『野川』（講談社）、一〇月、随筆集『ひととせの東京の声と音』（日本経済新聞社）、一二月、新装新版『仮往生伝試文』（河出書房新社）を刊行。
二〇〇五年（平成一七年）六八歳
一月、連作「辻」を『新潮』に不定期連載（一月「草原」、三月「暖かい髭」、四月「林の声」、五月「雪明かり」、七月「半日の花」、八月「白い軒」、九月「始まり」で完結)。五月、寺田博と対談「「かろうじて」の文学」を『早稲田文学』に掲載。／一月『聖なるものを訪ねて』(ホーム社・集英社発売)刊行。一二月、一九九七年六月から二〇〇五年三月まで『るしおる』に二五回にわたって連載した『詩への小路』(書肆山田)を刊行(ライナー・マリア・リルケ「ドゥイノの悲歌」の試訳をふくむ)。／一〇月、長女麻子に長女生まれる。

二〇〇六年(平成一八年)　六九歳

一月「休暇中」を『新潮』に発表。三月、蓮實重彦と対談「終わらない世界へ」を『新潮』に掲載。四月、連作「黙躁」を『群像』に連載開始(四月「1・白い男〈『白暗淵』収録にあたって「朝の男」と改題〉」、五月「2・地に伏す女」、六月「3・繰越坂」、八月「4・雨宿り」、九月「5・白暗淵」、一〇月「6・野晒し」、一二月「7・無音のおとずれ」)。七月、高橋源一郎、山田詠美との座談会「権威には生贄が必要」を『群像』に掲載。一二月「年越し」を『日本経済新聞』(三二日)に掲載。／一月、連作短篇集『辻』(新潮社)、九月『山躁賦』(講談社文芸文庫)を刊行。／四月、次女有子に長男生まれる。

二〇〇七年(平成一九年)　七〇歳

一月、連作「黙躁」を『群像』に掲載(一月「8・餓鬼の道」、二月「9・撫子遊ぶ」、四月「10・潮の変わり目」、五月「11・糸遊」、六月「12・鳥の声」で一二篇完結)。三月、『群像』誌上で松浦寿輝と対談。／八月、松浦寿輝との往復書簡集『色と空のあわいで』(講談社)、『野川』(講談社文庫)、九月、エッセイ集『始まりの言葉』(岩波書店)、一二月、連作短篇集『白暗淵』(講談社)を刊行。／七月、関東中央病院に検査入院。八月六日、日赤医療センターに入院。八日、頸椎を手術、一六年前と同じ主治医による。二三日、退院。

二〇〇八年（平成二〇年）七一歳

一月、福田和也との対談「平成の文学について」を『新潮』に掲載。二月、岩波書店の連続講演「漱石の漢詩を読む」を行う（週一回で計四回）。同月、『毎日新聞』に月一回のエッセイを連載開始。講演録「書く　生きる」を『すばる』に、三月「小説の言葉」を『言語文化』（同志社大学）に掲載。四月、『新潮』に連作を始める（四月「やすみしほどを」、六月「生垣の女たち」、八月「朝の虹」、一一月「涼風」）。／二月、講演録『ロベルト・ムージル』（岩波書店）を刊行。六月、『不機嫌の椅子　ベスト・エッセイ2008』（光村図書出版）に「人は往来」を収録。九月『夜明けの家』（講談社文芸文庫）、一二月『漱石の漢詩を読む』（岩波書店）を刊行。／この年、七〇代に入ってから二度目の連作にかかり、終わるものだろうかと心細くもなったが、心身好調だった。

二〇〇九年（平成二一年）七二歳

一月、前年からの連作を『新潮』に発表（一月「瓦礫の陰に」、四月「牛の眼」、六月「掌中の針」、八月「やすらい花」）。二月、随筆「招魂としての読書」を『すばる』に掲載。六月「ティベリウス帝『権力者の修辞』［タキトゥス『年代記』］」を『文芸春秋』に掲載。七月から『日本経済新聞』に週一度のエッセイ連載を始める。同月、島田雅彦と対談「恐慌と疫病下の文学」を『文学界』に掲載。／八月、坂本忠雄著『文学の器』（扶桑社）に福田和也との対談「川端康成『雪国』」を収録。一一月、口述をまとめた『人生の色気』（新潮社）を刊行。／この年、新聞のエッセイ連載がふたつ重なり、忙しくなったが、小説のほうにはよい影響を及ぼしたようだった。五月、次女有子に次男生まれる。

二〇一〇年（平成二二年）　七三歳

一月、大江健三郎との対談「詩を読む、時を眺める」を『新潮』に、二月、佐伯一麦との対談「変わりゆく時代の『私』」を『すばる』に、三月、「小説家52人の2009年日記リレー」の二〇〇九年一二月二四日〜三一日を担当し『新潮』に掲載する。同月、往年の『文芸』および『海燕』の編集長寺田博氏亡くなる。四月、一〇年ほども新宿の酒場で続けた朗読会を第二九回目で終了。五月より「除夜」に始まる連作を『群像』に発表（以下、七月「明後日になれば」、一〇月「蜩の声」、一二月「尋ね人」）。一二月、佐々木中との対談「ところがどっこい旺盛だ。」を『早稲田文学　増刊π』に掲載。／三月『やすらい花』（新潮社）を刊行。この年、ビデオディスク『私の1冊　人と本との出会い』（アジア・コンテンツ・センター）に『山躁賦』を収録。／この年、初夏から秋にかけて長年の住まいの、築四二年目のマンションが三回目の改修工事に入り、騒音に苦しんで暮らすうちに、住まいというものの年齢を考えさせられた。

二〇一一年（平成二三年）　七四歳

一月、随筆「『が』地獄」を『新潮』に掲載。二月、前年からの連作を『群像』に掲載（二月「時雨のように」、四月「年の舞い」、六月「枯木の林」、八月「子供の行方」で完結）。三月「草食系と言うなかれ」を『文芸春秋』に掲載。四月から翌年三月まで、『読売新聞』「にほんご」欄に月一度、随筆（「時字随想」）を連載。六月「ここはひとつ腹を据えて」を『新潮45』に、一〇月、平野啓一郎との対談「震災後の文学の言葉」を『新潮』に、一二月、松浦寿輝との対談「小説家が老いるということ」を『群像』に掲載。／

一〇月『蜩の声』（講談社）刊行。／三月一一日の大震災の時刻は、自宅で「枯木の林」を書いている最中だった。

二〇一二年（平成二四年）　七五歳

一月、随筆「埋もれた歳月」を『文学界』に、片山杜秀との対談「ペシミズムを力に」を『新潮45』に、又吉直樹との対談「災いの後に笑う」を『新潮』に掲載。三月、随筆「紙の子」を『群像』に掲載。五月、「窓の内」に始まる連作を『新潮』に掲載（以下、八月「地蔵丸」、一〇月「明日の空」、一二月「方違え」）。同月「『古井由吉自撰作品』刊行記念連続インタヴュー『40年の試行と思考古井由吉を、今読むということ』（聞き手佐々木中）、『文学は「辻」で生まれる』（聞き手　堀江敏幸）」を『文芸』夏季号に掲載。七月、神奈川県川崎市の桐光学園中学校・高等学校にて、「言葉について」の特別講座を行う（二〇一三年八月、水曜社より刊行の『問いかける教室　13歳からの大学授業』に収録）。八月、中村文則との対談「予兆を描く文学」を『新潮』に掲載。一二月、一〇月二〇日に東京大学ホームカミングデイの文学部企画講演「翻訳と創作と」を加筆・修正して『群像』に掲載。／三月『古井由吉自撰作品』刊行開始（一〇月、全八巻完結）。『戦時下の青春』（『コレクション　戦争×文学15』）に「赤牛」が収録、集英社から刊行。七月、前年四月一八日からこの年三月二〇日まで『朝日新聞』に連載した佐伯一麦との震災をめぐる往復書簡を『言葉の兆し』として朝日新聞出版から刊行。／思いがけず河出書房新社から作品集を出すことになった。

二〇一三年（平成二五年）　七六歳

三月、前年からの連作を『新潮』に掲載（三月「鐘の渡り」、五月「水こほる聲」、七月「八ツ山」、九月「机の四隅」で完結）。／六月『聖耳』（講談社文芸文庫）を刊行。／一月、又吉直樹がパーソナリティーを務めるニッポン放送のラジオ番組「ピース又吉の活字の世界」に出演（一月一六、二三日放送）。

二〇一四年（平成二六年）　七七歳

一月より、「躁がしい徒然」に始まる連作を『群像』に発表（以下、三月「死者の眠りに」、五月「踏切り」、七月「春の坂道」、九月「夜明けの枕」、一一月「雨の裾」）。一月、随筆「病みあがりのおさらい」を『新潮』に、五月、随筆「顎の形」を『文芸春秋』に掲載。六月、大江健三郎との対談「言葉の宙に迷い、カオスを渡る」を『新潮』に掲載。／二月、『新潮』の連作をまとめた『鐘の渡り』（新潮社）、三月、『古井由吉自撰作品』の月報の連載をまとめた『半自叙伝』（河出書房新社）、六月『辻』（新潮文庫）を刊行。

二〇一五年（平成二七年）　七八歳

前年からの連作を『群像』に掲載（一月「虫の音寒き」、三月「冬至まで」で完結）。一月、随筆「夜の楽しみ」を『新潮』に、随筆「達意ということ」を『文学界』に掲載。三月、大江健三郎との対談「文学の伝承」を『新潮』に、七月、堀江敏幸との対談「連れ連れに文学を思う」を『群像』に掲載。八月より、「後の花」に始まる連作を『新潮』に発表（以下、一〇月「道に鳴きつと」、一二月「人違い」）。一〇月、六月二九日に紀伊國屋サザンシアターにて行われた大江健三郎とのトークイベントを「漱石100年後の小説家」のタイトルで『新潮』に掲載。一二月、九月二日に八重洲ブックセンターで行われた又吉直樹とのトークイベントを「小説も舞台も、破綻があるから面白い」のタイトルで『群像』に掲載。／三月、TOKYO MXの「西部邁ゼミナール」に富岡幸一郎と出演（三月一五、二二、二九日放送）。五月、「東京大学新図書館トークイベントEXTRA」（飯田橋文学会、東京大学大学院総合文化研究科・教養学部附属共生のための国際哲学研究センター、東京大学附属図書館共催）における阿部公彦とのトークショーで、『辻』『白暗淵』『やすらい花』について語る（二〇一七年一一月、東京大学出版会より刊行の『現代作家アーカイヴ1　自身の創作活動を語る』に収録）。一一月、SMAPの稲垣吾郎がホストを務めるTBSテレビ「ゴロウ・デラックス」に出演、「課題図書」は『雨の裾』（一一月一二日放送）。／四月、大江健三郎との対談集『文学の淵を渡る』（新潮社）、六月、『群像』の連作をまとめた『雨の裾』（講談社）を刊行。同月、『現代小説クロニクル1995～1999』（日本文藝家協会編）に「不軽」が収録、講談社文芸文庫から刊行。七月、『仮往生伝試文』を講談社文芸文庫より初めて文庫本として刊行。

二〇一六年（平成二八年）七九歳
前年からの連作を『新潮』に掲載（二月「時の刻み」、四月「年寄りの行方」、六月「ゆらぐ玉の緒」、八月「孤帆一片」、一〇月「その日暮らし」）。／一月、「内向の世代」初期作品アンソロジー』（黒井千次選）に「円陣を組む女たち」が収録、講談社文芸文庫から刊行。六月『白暗淵』（講談社文芸文庫）を刊行。

二〇一七年（平成二九年）八〇歳
六月、又吉直樹との対談「暗闇の中の手さぐり」を『新潮』に掲載。八月より、「たなごころ」に始まる連作を『群像』に発表（以下、一〇月「梅雨のおとずれ」、一二月「その日のうちに」）。／二月、『新潮』の連作をまとめた『ゆらぐ玉の緒』（新潮社）、『半自叙伝』（河出文庫）、五月『蜩の声』（講談社文芸文庫）、七月、エッセイ集『楽天の日々』（キノブックス）を刊行。

二〇一八年（平成三〇年）　八一歳

前年からの連作を『群像』に掲載（二月「野の末」、四月「この道」、六月「花の咲く頃には」、八月「雨の果てから」、一〇月「行方知れず」で完結）。三月、「創る人52人の『激動2017』日記リレー」の二〇一七年一一月一九日～二五日を担当し『新潮』に掲載する。／五月、『群像短篇名作選 2000 ~ 2014』（群像編集部編）に「白暗淵」が収録、講談社文芸文庫から刊行。

二〇一九年（平成三一年・令和元年）　八二歳

一月、インタヴュー「読むことと書くことの共振《ともぶ》れ」（聞き手・構成　すんみ）を『すばる』に掲載。二月、三四年続けた『優駿』のエッセイ連載を終了。四月、インタヴュー「生と死の境、『この道』を歩く」（聞き手　蜂飼耳）を『群像』に掲載。七月より、「雛の春」に始まる連作を『新潮』に発表（以下、九月「われもまた天に」、一一月「雨あがりの出立」）。／一月、『群像』の連作をまとめた『この道』（講談社）を刊行。一二月、『深淵と浮遊　現代作家自己ベストセレクション』（高原英理編）に「瓦礫の陰に」が収録、講談社文芸文庫から刊行。／七月、次兄死去。この年、肝細胞がんなどの治療のため、関東中央病院に四回入退院。

二〇二〇年（令和二年）

一月、『詩への小路　ドゥイノの悲歌』（講談社文芸文庫）を刊行。同月、『戦時下の青春』（「セレクション戦争と文学7」集英社文庫）に「赤牛」が収録される。

二月一八日、肝細胞がん骨転移のため死去。享年八二。

四月「遺稿」を『新潮』五月号に掲載。また文芸各誌に追悼特集が掲載される。『群像』五月号に「追悼　古井由吉」（奥泉光「感謝と追悼」、角田光代「ありがとうございました」、黒井千次「遠いもの近いもの」、中村文則「生死を越え」、蓮實重彥「古井由吉とは親しい友人関係になかった」、蜂飼耳「一度だけの記憶」、保坂和志「身内に鼓動する思念」、堀江敏幸「往生を済ませていた人」、町田康「渡ってきたウイスキーの味」、松浦寿輝「静かな暮らし」、見田宗介「邯鄲の夢蝶の夢」、山城むつみ「いままた遂げた」、吉増剛造「小さな羽虫が一匹、ゆっくりと飛んだ」、富岡幸一郎「古井由吉と現代世界――文学の衝撃力」)、『新潮』五月号に「追悼・古井由吉」(蓮實重彥「三篇の傑作について――古井由吉をみだりに追悼せずにおくために」、島田雅彦「生死不明」、佐伯一麦「枯木の花の林」、平野啓一郎「「踏まえるべきもの」の絶えた時代に」、又吉直樹「ここにあるもの」)、『文学界』五月号に「追悼・古井由吉」(柄谷行人「古井由吉の永遠性」、蓮實重彥「学生服姿の古井由吉――その駒場時代の追憶」、三浦雅士「知覚の現象学の華やぎ――古井由吉を悼む」、中地義和「音律の探求者」、大井浩一「奇跡のありか――後期連作群をめぐって」、安藤礼二「境界を生き抜いた人――古井由吉試論」、島田雅彦×松浦寿輝対談「他界より眺めてあらば」、随想再録「達意ということ」)、『すばる』五月号に「追悼　古井由吉」(モブ・ノリオ「古井ゼミのこと」、すんみ「「わからない」という感覚から始まる」)、『文芸』夏季号に「追悼　古井由吉」(堀江敏幸「古井語の聴き取れる場所」、佐々木中「クラクフ、ビルケナウ、ウィーン中央駅十一時十分発」、朝吹真理子「冥界の門前」)。六月、『野川』(講談社文芸文庫)、九月、遺稿を含む『新潮』の連作をまとめた『われもまた天に』(新潮社)、一二月、講演録と未収録エッセイ、芥川賞選評をまとめた『書く、読む、生きる』(草思社)を刊行。

二〇二一年(令和三年)

一月、『私のエッセイズム　古井由吉エッセイ撰』（河出書房新社）、二月、『こんな日もある　競馬徒然草』（講談社）を刊行。

（著者編・編集部補足）

【底本】
『東京物語考』　岩波書店　同時代ライブラリー　一九九〇年三月刊
作中の記述に、今日から見て不適切と思われる表現がありますが、作品の発表された時代背景、文学的価値などを考慮し、底本のままとしました。よろしくご理解のほどお願いいたします。

東京物語考《とうきょうものがたりこう》

古《ふる》井《い》由吉《よしきち》

二〇二一年五月一〇日第一刷発行

発行者——鈴木章一
発行所——株式会社　講談社
東京都文京区音羽2・12・21　〒112-8001
電話　編集（03）5395・3513
販売（03）5395・5817
業務（03）5395・3615

講談社
文芸文庫

デザイン——菊地信義
印刷——豊国印刷株式会社
製本——株式会社国宝社
本文データ制作——講談社デジタル製作

定価はカバーに表示してあります。

ISBN978-4-06-523134-0

講談社文芸文庫

東山魁夷——泉に聴く　桑原住雄——人／編集部——年
久生十蘭——湖畔｜ハムレット 久生十蘭作品集　江口雄輔——解／江口雄輔——年
日夏耿之介-ワイルド全詩（翻訳）　井村君江——解／井村君江——年
日夏耿之介-唐山感情集　南條竹則——解
日野啓三——ベトナム報道　著者——年
日野啓三——地下へ｜サイゴンの老人 ベトナム全短篇集　川村 湊——解／著者——年
日野啓三——天窓のあるガレージ　鈴村和成——解／著者——年
平出 隆——葉書でドナルド・エヴァンズに　三松幸雄——解／著者——年
平沢計七——一人と千三百人｜二人の中尉 平沢計七先駆作品集　大和田 茂——解／大和田 茂——年
深沢七郎——笛吹川　町田 康——解／山本幸正——年
深沢七郎——甲州子守唄　川村 湊——解／山本幸正——年
深沢七郎——花に舞う｜日本遊民伝 深沢七郎音楽小説選　中川五郎——解／山本幸正——年
福田恆存——芥川龍之介と太宰治　浜崎洋介——解／齋藤秀昭——年
福永武彦——死の島 上・下　富岡幸一郎-解／曾根博義——年
福永武彦——幼年　その他　池上冬樹——解／曾根博義——年
藤枝静男——悲しいだけ｜欣求浄土　川西政明——解／保昌正夫——案
藤枝静男——田紳有楽｜空気頭　川西政明——解／勝又 浩——案
藤枝静男——藤枝静男随筆集　堀江敏幸——解／津久井 隆——年
藤枝静男——愛国者たち　清水良典——解／津久井 隆——年
富士川英郎-読書清遊 富士川英郎随筆選 高橋英夫編　高橋英夫——解／富士川義之-年
藤澤清造——狼の吐息｜愛憎一念 藤澤清造 負の小説集　西村賢太——解／西村賢太——年
藤田嗣治——腕一本｜巴里の横顔 藤田嗣治エッセイ選 近藤史人編　近藤史人——解／近藤史人——年
舟橋聖一——芸者小夏　松家仁之——解／久米 勲——年
古井由吉——雪の下の蟹｜男たちの円居　平出 隆——解／紅野謙介——案
古井由吉——古井由吉自選短篇集 木犀の日　大杉重男——解／著者——年
古井由吉——槿　松浦寿輝——解／著者——年
古井由吉——山躁賦　堀江敏幸——解／著者——年
古井由吉——聖耳　佐伯一麦——解／著者——年
古井由吉——仮往生伝試文　佐々木 中——解／著者——年
古井由吉——白暗淵　阿部公彦——解／著者——年
古井由吉——蜩の声　蜂飼 耳——解／著者——年
古井由吉——詩への小路 ドゥイノの悲歌　平出 隆——解／著者——年
古井由吉——野川　佐伯一麦——解／著者——年
古井由吉——東京物語考　松浦寿輝——解／著者——年

▶解=解説 案=作家案内 人=人と作品 年=年譜を示す。 2021年5月現在

講談社文芸文庫

北條民雄──北條民雄 小説随筆書簡集　若松英輔──解／計盛達也──年
堀田善衞──歯車|至福千年 堀田善衞作品集　川西政明──解／新見正彰──年
堀江敏幸──子午線を求めて　野崎 歓──解／著者──年
堀口大學──月下の一群（翻訳）　窪田般彌──解／柳沢通博──年
正宗白鳥──何処へ|入江のほとり　千石英世──解／中島河太郎─年
正宗白鳥──世界漫遊随筆抄　大嶋 仁──解／中島河太郎─年
正宗白鳥──白鳥随筆 坪内祐三選　坪内祐三──解／中島河太郎─年
正宗白鳥──白鳥評論 坪内祐三選　坪内祐三──解
町田 康──残響 中原中也の詩によせる言葉　日和聡子──解／吉田凞生・著者─年
松浦寿輝──青天有月 エセー　三浦雅士──解／著者──年
松浦寿輝──幽|花腐し　三浦雅士──解／著者──年
松下竜一──豆腐屋の四季 ある青春の記録　小嵐九八郎─解／新木安利他─年
松下竜一──ルイズ 父に貰いし名は　鎌田 慧──解／新木安利他─年
松下竜一──底ぬけビンボー暮らし　松田哲夫──解／新木安利他─年
松田解子──乳を売る|朝の霧 松田解子作品集　高橋秀晴──解／江崎 淳──年
丸谷才一──忠臣藏とは何か　野口武彦──解
丸谷才一──横しぐれ　池内 紀──解
丸谷才一──たった一人の反乱　三浦雅士──解／編集部──年
丸谷才一──日本文学史早わかり　大岡 信──解／編集部──年
丸谷才一編─丸谷才一編・花柳小説傑作選　杉本秀太郎─解
丸谷才一──恋と日本文学と本居宣長|女の救はれ　張 競──解／編集部──年
丸谷才一──七十句|八十八句　編集部──年
丸山健二──夏の流れ 丸山健二初期作品集　茂木健一郎─解／佐藤清文──年
三浦哲郎──拳銃と十五の短篇　川西政明──解／勝又 浩──案
三浦哲郎──野　秋山 駿──解／栗坪良樹──案
三浦哲郎──おらんだ帽子　秋山 駿──解／進藤純孝──案
三木 清──読書と人生　鷲田清一──解／柿谷浩一──年
三木 清──三木清教養論集 大澤聡編　大澤 聡──解／柿谷浩一──年
三木 清──三木清大学論集 大澤聡編　大澤 聡──解／柿谷浩一──年
三木 清──三木清文芸批評集 大澤聡編　大澤 聡──解／柿谷浩一──年
三木 卓──震える舌　石黒達昌──解／若杉美智子─年
三木 卓──K　永田和宏──解／若杉美智子─年
水上 勉──才市|蓑笠の人　川村 湊──解／祖田浩一──案
水原秋櫻子─高濱虚子 並に周囲の作者達　秋尾 敏──解／編集部──年

講談社文芸文庫

古井由吉
東京物語考
解説=松浦寿輝　年譜=著者、編集部
徳田秋聲、正宗白鳥、葛西善藏、宇野浩二、嘉村礒多、永井荷風、谷崎潤一郎ら先人たちが描いた「東京物語」の系譜を訪ね、現代人の出自をたどる名篇エッセイ。
978-4-06-523134-0
ふA13

古井由吉
詩への小路　ドゥイノの悲歌
解説=平出 隆　年譜=著者
リルケ「ドゥイノの悲歌」全訳をはじめドイツ、フランスの詩人からギリシャ悲劇まで、詩をめぐる自在な随想と翻訳。徹底した思索とエッセイズムが結晶した名篇。
978-4-06-518501-8
ふA11